PENSÉES

ET

RÉFLEXIONS.

JEAN-LOUIS-MARIE GUILLEMEAU.

Né à Niort, le 5 Juin, 1766.

Reçu Docteur en Médecine à Montpellier, le 1er Juillet 1789, correspond
de l'Académie Nationale de Médecine à

PENSÉES

ET

RÉFLEXIONS

DU

DOCTEUR GUILLEMEAU,

Ancien Médecin des Armées ; Correspondant de l'Académie nationale de Médecine ; auteur de l'Histoire naturelle de la Rose ; de la Flore des environs de Niort ; de l'histoire naturelle des Oiseaux des Deux-Sèvres ; d'une Météorologie élémentaire ; de la Polygénésie ; de la Mimésie ou Hypocrisie, et de ses différentes espèces considérées médicalement ; d'un Recueil de Fables, etc. ; traducteur des quatre ouvrages incontestés d'Hippocrate ; du poème italien : *Il Fodero*, et de plusieurs Opuscules du célèbre naturaliste Linné, etc., etc

« C'est un grand agrément que la diversité.
« L'ennui naquit un jour de l'uniformité. »
    (LA MOTHE, fab. des *Amis trop d'accord.*)

In varietate voluptas. (Un ancien.)
Varietas grata. (CICERO de Orat)

NIORT,

TYPOGRAPHIE DE L. GILLET , PLACE DE LA MAIRIE, Nº 2.

Août 1852.

MODESTE AVIS AUX LECTEURS.

J'ai toujours aimé à coucher sur le papier mes pensées et mes réflexions. Celles que je publie aujourd'hui sont en quelque sorte des jalons qui indiquent les différentes époques de ma vie, depuis l'âge où j'ai commencé à raisonner et à sentir jusqu'à celui où l'homme rassasié, et convive satisfait se retire volontairement du vaste banquet de la société humaine.

Ainsi, tels quatrains ont été composés à l'âge de quinze à vingt ans; tels autres de trente à quarante, ainsi de suite.

J'ai cru toutefois pour éviter la monotonie

ne pas devoir suivre l'ordre chronologique ;
mais en lisant *ces Pensées* on saura bien dire :
il avait vingt ans quand il a composé celles-ci ;
il en avait trente lorsqu'il a écrit celles–là ;
enfin, il approchait de sa quatre-vingt-sep–
tième année lorsque ces dernières ont paru.

Le Docteur G......

PENSÉES ET RÉFLEXIONS,

DU

DOCTEUR GUILLEMEAU.

In varietate voluptas. (Un ancien)

1.

Ne ressemble jamais à ce *gui* parasite ,
Qui végète aux dépens d'un chêne caverneux ;
Sois libre , indépendant , vis de ton seul mérite ,
Et par les seuls secours de ton bras vigoureux.

2.

Méfions-nous de l'*habitude ;*
C'est une superfluité ,
Qui ne cause d'abord aucune inquiétude ,
Mais qui devient bientôt une *nécessité.*

3.

On est toujours *assez riche* en ce monde ,
Lorsqu'on possède une maison, des champs.
Une femme économe, une vache féconde
Et deux ou trois jolis enfants.

4.

Aux heures de la nuit consacre tes *pensées,*
Tes actes aux heures du jour ;
Mais avant que d'agir les personnes sensées
De la nuit sombre attendent le retour.

5.

Mortel, retiens bien cet adage,
C'est, dit-on, un présent des cieux :
Sois bon, si tu veux être heureux ,
Et, pour l'être longtemps, sois sage.

2

6 (*).

. . , ...

7.

Pour nous aimer, pour nous chérir,
Ce n'est pas trop de toute notre vie ;
Malheur au cœur rongé d'envie,
Qui trouve le temps de hair.

8.

La *mère sage* et qui raisonne,
Doit toujours, par précaution,
Garder sa fille à la maison,
Sans la confier à personne.

9.

La terre rarement produit
Deux récoltes dans une année ;
Des champs de l'*amitié*, la glèbe fortunée,
Chaque jour donne un nouveau fruit.

10.

La bonne mère de famille,
Doit, par un soin religieux,
Rester toujours avec sa fille,
Et ne point s'endormir sur les genoux des dieux.

11.

Que comme un *crible*, ton oreille
Conserve avec soin le bon grain,
Et livre, au vent frais du matin,
La paille stérile et trop vieille.

12.

Puisque chez les faibles humains
L'existence est sitôt ravie,
Dans le fleuve de la vie
Ne puisons jamais des *deux* mains.

(*) Les pensées et réflexions que nous supprimons ici seront
rétablies lors de la 2me édition

13.

Le mal au bien souvent s'allie,
Et voile, quelquefois, les plus beaux sentiments :
L'amour, dans ses emportements,
Touche de *près* à la *folie*.

14.

Par un juste arrêt du destin,
En tous lieux la vertu mérite notre hommage ;
Mais pour qu'on l'aimât davantage,
On la créa du sexe *féminin*.

15 et 16.

. . . .

17.

Ce serait des soins superflus !
On ne peut pas deux fois cueillir la même rose,
L'innocence ainsi qui s'expose
S'*effeuille* et ne reparaît plus.

18.

. . . .

19.

Ce n'est jamais au déclin de l'année,
Que la rose paraît sur les monts d'alentour ;
De même renoncez aux douceurs d'hyménée,
Plutôt que de donner les *restes* de l'amour.

20.

Celui qui suit une route commune
N'a rien à redouter des cris des factions :
L'homme au *banquet* de la fortune,
S'expose aux indigestions.

21.

Pour faire sûrement la route,
Qui, du berceau, conduit à la barque à Caron,
De *l'instinct* la voix seule écoute :
De l'aveugle c'est le *bâton*.

22.

Si vous voulez que sur vos traces,
Jeunes filles, pleines d'appas,
L'hymen s'attache et ne vous quitte pas,
A ces walses, à ces polkas,
Préférez la danse des *Grâces*.

23.

Sois l'ami de la vérité,
Jusqu'au martyr, avec constance ;
Mais n'en sois pas l'apôtre redouté
Jusqu'à l'*intolérance*.

24.

Ne touche point, jeune homme, au pudique bandeau
Qui dérobe à tes yeux ta jeune fiancée,
Et qui du dieu d'amour te cache le flambeau ;
Elle ne sera pas, pour toi, toujours voilée ;
Mais avant ce grand jour, ce brillant appareil,
Que de bonheur pourtant, mortel ! te reste encore ;
Tu peux au moins jouir *du lever* de l'aurore,
Qui devance toujours les rayons du soleil.

25.

Jusqu'au déclin de l'âge, au plus bas périgée,
Conserve les *jouets* de tes plus jeunes ans ;
Car la vie humaine, en tous temps,
N'est qu'une enfance prolongée.

26.

Sois *instruit*, plutôt que *savant* ;
Cède à l'instinct de la nature ;
Car la science, bien souvent,
Ne solde pas *tous les frais* de culture.

27.

. . . . , ...

28.

D'un amour sincère et pudique,
Jeune femme aime ton époux ;

Que jamais rien d'*antipathique*
Ne trouble l'accord entre vous.
Sois de moitié dans ses souffrances ;
A ses maux sache compatir ;
Partage aussi ses jouissances ;
Mais ne sois point la première à *jouir.*

29.

A la vieillesse un chacun porte envie ;
On voudrait longtemps vivre en parfaite santé ;
Deux choses prolongent la vie :
La *modération*, la *médiocrité.*

30.

Point d'action frivole ;
Hâtons-nous de faire le bien ;
Bien plutôt ce soir que demain :
La vie est *courte* et le temps vole.

31.

Pourquoi tant redouter la mort ?
C'est une maison que l'on quitte ;
Il est vrai, (c'est l'arrêt du sort),
Pour une autre un peu plus *petite.*

32.

Quand les vents déchaînés couvrent la voix du sage ;
Que le peuple en rumeur s'agite furieux,
Et ne respecte plus ni les lois ni les dieux,
Il faut se retirer sous la roche sauvage,
Invoquant, dans son cœur l'*écho mystérieux.* (1)

33.

Malheur à celui qui consomme,
Sans réfléchir, son capital ;
Car avant d'être libéral,
Il faut être *économe.*

34.

Mortel, tes jours sont peu nombreux
Mais avec de l'économie ,

(1) *Flantibus ventis echo adora* (Symb)

Tu trouveras , durant ta vie,
Encor tout le temps d'*être heüreux.*

35.

Jeune fille , à la fois folâtre et gracieuse ,
Qui te plais à courir au fond de nos bosquets,
Demande, un peu plus sérieuse ,
A l'abeille laborieuse ,
Si les plus belles fleurs ne *font* que des bouquets?

36.

Pourquoi se plaindre quand on quitte
Une vie , enfant du hasard !
Bien plus de gens meurent *trop tard*,
Que de gens ne meurent trop vite.

37.

Il faut *finir* tout travail commencé ;
Deux labeurs ne vont point ensemble :
Le fruit à la fleur ne ressemble ;
Le printemps vient quand l'hiver est passé.

38.

Pour faire sur les flots avancer un navire ,
Il faut des *bulles* d'air , soufflant de l'horizon ;
Mais pour faire d'un pas avancer la raison,
Que de *bulles* d'esprit ne doit-on pas produire.

39.

Tous les hommes naissent égaux :
De nos libertés c'est le gage !
Mais placerez-vous bien , sous les mêmes niveaux,
Les *insensés* et l'homme sage ?

40.

Parle peu , surtout n'écris pas ,
Jette loin ta plume insensée ;
Car l'écriture est ici-bas
Le *cadavre* de la pensée.

41.

Que jamais ton enfant ne soit emmailloté ;
Laisse son corps libre d'entrave :

Assez tôt il sera l'esclave
Des *factices* liens de la société.

42.

Que toute femme de ménage,
N'imite point dans ses écarts,
Les cigales aux chants criards,
Qui font plus de bruit que d'*ouvrage*.

43.

. . . .

44.

Respectez de ce coq le sexe et la puissance !
Dans nos fermes et dans nos champs,
C'est lui qui, par sa vigilance,
Compte l'heure et *marque* le temps.

45.

Jeune homme! à l'âme diaphane,
N'attends point le déclin du jour,
Pour rendre la vertu l'objet de ton amour :
Ne prends point la vertu pour une *courtisanne*.

46.

Pour, étant marié, n'en être point marri,
Il est prudent de placer d'ordinaire,
La *tête* de la ménagère
Sur les épaules du mari.

47.

. . . .

48.

Ainsi l'epouse de Titon,
Toujours le blond Phébus devance;
Ainsi la flatteuse *espérance*,
Est pour nous le fruit en bouton.

49.

Evite les excès, agis avec adresse,
Jeune homme! suis ce précepte divin ;

Pas plus de femmes que de vin :
Ne fais jamais débauche de *sagesse*.

50.

Sachons bien sagement employer les instants
D'une existence courte et promptement ravie ;
Donnons, à notre esprit, le *dixième du temps*,
Et laissons, pour le cœur, le reste de la vie.

51.

Crains de t'appuyer sur ton cœur,
Car le cœur est toujours fragile ;
La femme n'est faible et mobile,
Que parce que, toujours facile,
Elle l'a pour *régulateur*.

52.

Le moyen le plus salutaire,
Pour en paix de la vie atteindre enfin le bout :
C'est de se *défier* de tout,
Et que rien ne nous *désespère*.

53.

Défions-nous d'un imprudent désir
Qui des maux bien souvent nous amène la troupe :
Aussi *dégustons* le plaisir,
Avant d'en prendre à pleine coupe.

54.

Lorsque l'on frappe deux cailloux,
Ils produisent une étincelle ;
Mais de deux peuples en courroux
C'est toujours du *sang* qui ruisselle.

55.

La sage et prudente fourmi,
De la prévoyance est l'emblême ;
Le chien est un autre soi-même ;
C'est vraiment l'*ombre* d'un ami.

56.

De la fille d'OEdipe honore la mémoire,
Jeune fille, au cœur généreux ;

Pour suivre un père aveugle et proscrit et bien vieux ,
    Antigone , à l'hymen , au plaisir , à la gloire
    Renonça , sans espoir d'un destin plus heureux.

57.

    Si pour résoudre ce problème :
    Quelqu'un vous dit : Qu'est-ce que le bonheur ?
    Répondez lui , d'après mon cœur :
‹ C'est être, en tous les temps d'*accord* avec soi-même. »

58.

    Que ton domaine soit borné ;
    Que ton toit soit couvert de chaume ,
    Mais d'arbres toujours couronné :
Mortel ! un point suffit, pour loger un *atôme*.

59.

    Ne porte point un fer tranchant,
    Sur l'arbre planté *par ton père* ;
    Respecte aussi pareillement
Celui qui te prêta son ombre hospitalière ,
Pour te mettre à l'abri de l'orage et du vent.

60.

    Qu'importe les grandeurs, qu'importe la richesse ;
    Elles causent souvent la peine et la douleur ;
Seulement d'être heureux , occupons-nous sans cesse :
    Car pour tous les états , *il existe un bonheur*.

61.

    Cache ta vie, a dit un sage ;
    Je ne pense ainsi qu'à moitié :
Il vaut mieux , selon moi , durant ce long voyage,
    S'*abriter* sous le toit de la douce amitié.

62.

    Fi ! d'une créature oisive ;
La nature a dit : *Vole* , au jeune et faible oiseau ;
Nage , a chaque poisson qui file au sein de l'eau ;
    Elle a dit à l'homme : *Cultive*.

63.

Celui-là de la noble et sainte liberté,
　　Goûte franchement la venue,
　　Qui, comme l'oiseau dans la nue,
Ne connait d'autres lois que la *nécessité.*

64.

Vieillards caducs, couverts de souquenilles,
Pourquoi murmures-tu contre l'arrêt du sort?
Ne sommes-nous pas tous les sujets de la mort;
En hiver, le soleil n'a-t-il pas des *béquilles.*

65.

　　Compte, jusqu'au dernier moment,
　　Sur ton chien, constant et fidèle;
　　Sur ta femme, c'est différent:
　　Jusqu'à la première *querelle.*

66.

Aux seuls besoins, bornons tous nos désirs;
Des objets superflus ne faisons point usage;
C'est l'*unique moyen* de jouir des plaisirs
　　Que la raison permet au sage.

67.

De bien bonne heure apprends à te servir
　　Du *bouclier* de la philosophie.
Mais pour qu'il puisse aussi vraiment te garantir,
Il faut l'usage entier, bien souvent, de la vie.

68.

　　Il n'est point à plaindre à demi,
Le proscrit, qui, jeté sur la terre étrangère,
　　Ne peut *heurter* sa coupe solitaire
　　Contre la coupe d'un ami.

69.

Que le mensonge, avec ses apparences,
Sous un épais *manteau* cache sa nudité;
　　Que l'hypocrite, avec habileté,
En un *masque* trompeur mette ses espérances:

Sous prétexte des *bienséances*,
. On a tué la vérité.

70.

L'homme, dans ses désirs, est *imprudent*, peu *sage !*
A-t-il le nécessaire, il veut les superflus :
Qui possède très peu veut avoir davantage ;
Qui possède beaucoup veut avoir encor plus.

71.

Jeune homme ! crains une disgrâce :
Le plaisir n'est pas le *bonheur* ;
Bien aisément et sans douleur,
Du plaisir, le bonheur se passe.

72.

Donne, en hiver, un asile aux oiseaux,
Qui, durant le printemps, l'été même et l'automne,
Par des chants, dont l'écho raisonne,
Rendaient bien plus aisés tes pénibles *travaux*.

73.

Jeune homme ! au banquet de la vie,
Prends place avec précaution,
Entre l'imagination,
Et la sagesse à la raison unie.
Alors, bravant du destin la rigueur,
Toujours bon, toujours équitable,
Tu ne sortiras point de table
Sans avoir *goûté* le bonheur.

74.

Jeunes époux ! pour faire bon ménage,
Il faut que vos deux cœurs, toujours à l'unisson,
Soient ainsi que deux *luths*, toujours au même ton,
Ou comme un ciel brillant et presque sans nuage.

75.

Ne demande à l'ingrat un asile en hiver !
Les cendres des tombeaux au sein des solitudes,
Sont bien moins froides et moins rudes,
Que celles que l'on peut en son *foyer* trouver.

76.

Qui médit, doit avoir une puce à l'oreille,
Et ne dormir un seul instant ;
Car, qui s'endort en médisant,
Toujours *calomnié*, s'éveille.

77.

A la cour, en grand appareil,
On assiste au *lever* et des rois et des princes ;
Pour nous, pauvres gens des provinces,
Nous préférons un *lever* du soleil.

78.

Au char brillant de la fortune,
Préférez les trésors de la sage raison ;
Le philosophe, à pied, sans souci, sans rancune,
Voyage lestement à l'aide d'un *bâton*.

79.

Ne chassez point l'*abeille* qui butine,
Sur la fleur de votre jardin ;
Car cette fleur, ou blanche ou purpurine,
Peut vous fournir un jour un breuvage divin.

80.

Chasseur trop matinal, dont l'ardeur inquiète
Devance, bien souvent, le soleil dans son cours,
Daigne épargner au moins la première allouette,
Qui vient, chaque printemps, t'annoncer les beaux jours.

81.

L'*ordre* partout est d'un heureux présage ;
Il doit toujours marcher devant :
La *méthode* fait le savant,
Mais l'*ordre* toujours fait le sage.

82.

Si la terre fournit des moissons et des fruit
Pourquoi, par un bizarre et singulier caprice,
Lui demander des pierres, des rubis ?
Pourquoi *désosser* sa nourrice ?

83.

Prends un ami ! qu'il est doux de vieillir
    Sous le même toit deux ensemble !
    L'amitié qui deux cœurs rassemble,
    Complète la vie à venir.
Car, on le sait, une vie isolée
    Ne peut pas rendre l'homme heureux ;
Par qui serait un jour son âme consolée?
    Le bonheur est un *œuvre à deux*.

84.

    Les hommes remplis de prudence,
    Savent, avec dextérité,
    Borner l'*ardeur* de la science,
    Non l'*amour* de la vérité.

85.

Jeune fille ! obéis, cède à ta destinée,
    Sans attendre, même un seul jour,
Passe vite à l'autel du dieu de l'hyménée,
Si peu que tu touchas l'*arc brûlant de l'amour*.

86.

Qu'avec trop de rigueur l'homme fasse divorce !
Et si trop d'indulgence affaiblit le pouvoir,
    L'autorité doit en tous temps savoir,
Marier, à propos, la douceur à la force.

87.

Celui qui, dans le sein de la prospérité,
Ne sait pas dignement user de sa richesse,
Doit s'attendre à subir une affreuse détresse,
    S'il tombe dans l'adversité.

88.

Dès l'aurore, en l'étude absorbe ta pensée ;
Redoute les effets d'un trop profond sommeil ;
Songe que le savoir de l'âme est la *rosée*,
Qui n'attend, pour briller, qu'un rayon du soleil.

89.

L'homme tempérant, l'homme sage,
Toujours guidé par la raison,
Ne doit point prendre pour boisson
Ni l'eau qui *dort*, ni l'eau d'*orage*.

90.

Le temps rapidement passe et fuit sans retour ;
Il aiguise surtout sa faux dure et cruelle,
Sur le front dénudé du vieillard sans cervelle,
Qui, trop légèrement, suit le char de l'*amour*.

91.

Plus l'amande est sèche et gardée,
Plus elle fait de bruit dans son noyau ;
Ainsi la vieille femme, et verbeuse et ridée,
A toujours bavarder trouve un plaisir nouveau.

92.

Jeune homme ! respectez, vénérez la vieillesse !
Du temps, de la raison, elle est l'heureux produit :
Et n'oubliez jamais, rappelez-vous sans cesse,
Que le vieil *amandier* donne le plus de fruit.

93.

La vérité n'est plus la lampe solitaire
Qui se manifestait aux sages seulement ;
C'est un soleil, radieux maintenant,
Qui *réchauffe* toute la terre.

94.

Josué, dans son cours, arrêta le soleil,
Lisons-nous dans l'histoire juive ;
Je ne désire point cette prérogative,
Mais je voudrais avoir le *secret* sans pareil,
De fixer de mes jours la course fugitive.

95.

Pourquoi prostituer la sainte liberté
A ce peuple inconstant, rempli de fantaisie,

Qui, dans ses vœux , jamais n'offre rien d'arrêté ?
La liberté du sage est l'*ambroisie*.

96.

Législateur ! pour rendre promptement
Les lois d'un très facile usage,
Ne les arrose point de sang ,
Mais va chercher de l'*huile* à la lampe du sage.

97.

. . . .

98.

Intègre et savant magistrat,
Malgré ton zèle et ta science ,
Du peuple n'attend point de la reconnaissance :
De tous les animaux , il est *le plus* ingrat.

99.

Si dans un doux repos tu veux finir ta vie ;
Si dans les champs tu fixes ton foyer,
Garde-toi de chercher l'ombrage du laurier :
S'il écarte la foudre, il attire l'*envie*. ,

100.

J'aime à voir lever le soleil !
Un jour viendra... bientôt peut-être,
Où cessant pour moi de paraître ,
La mort m'aura plongé dans l'*éternel sommeil*.

101.

Ne suspends point ta *lampe* studieuse,
Aux murs d'une vaste cité ;
Cherche plutôt des bois l'ombre silencieuse :
C'est aux champs qu'est la *liberté*.

102.

Dans nos hameaux, pauvres gens que nous sommes ,
Sans fiel , sans rancune , sans fard ,
Nous préférons, ainsi que le lézard ,
Un beau soleil, aux visites des hommes.

103.

Jeunes époux ! au lit soyez amans ;
De l'amour savourez l'ivresse ;
Mais, ailleurs, observez les lois de la sagesse ;
Ne soyez plus qu'*amis* constans.

104.

Si des personnes curieuses
Disent : Qu'est-ce que l'*amitié* ?
Réponds : « C'est le *lien*, et je suis de moitié,
« Qui réunit deux âmes vertueuses. »

105.

La liberté dit un jour à la loi :
Tu me *gênes*, tu me retardes ;
La loi lui répondit : Crois-moi !
Tu dirais bien mieux : *Tu me gardes*.

106.

Pour vivre heureux et longuement,
Avec franchise et sans aucune feinte,
Il faut marcher, toujours également,
Entre le *désir* et la *crainte*.

107.

Au culte des beaux-arts consacre les instans
Dont tu peux disposer, sans provoquer l'envie ;
  Car les beaux-arts furent, dans tous les temps,
  L'*assaisonnement* de la vie.

108.

La loi doit être utile, et sans nul appareil ;
  Ni trop douce, ni trop rigide :
  Écrite avec un rayon du soleil,
  Elle doit être aussi *lucide*.

109.

La loi doit nous trouver prompts à la soutenir ;
  Non pas en lui prêtant *main-forte* ;
  Mais en nous conduisant de sorte
  Que chacun la puisse chérir.

110.

Assis au banquet populaire,
Ne vide point ta coupe entièrement,
Car les *fortes liqueurs* ont ordinairement
Un dépôt fort peu salutaire.

111.

Jeune fille au joli contour,
Si tu le peux, avec adresse,
Mets le *manteau* de la sagesse,
Sur les épaules de l'amour.

112.

Pourquoi craindre la mort et son triste cortége ?
C'est le destin commun de chaque être vivant !
De l'immortalité, nul n'a le privilége ;
D'ailleurs mourir, c'est simplement
Changer de logement.

113.

Ne monte pas trop tôt, jeune homme,
Dans le *lit* de la volupté ;
Mais, trop tard, d'un autre côté,
Tu nourrirais l'infernale Eurynome.

114.

Un peuple de l'antiquité,
Un peu trop rempli d'indulgence,
Adorait, dit-on, l'indigence,
Enfant de la paresse et de l'oisiveté ;
Réserve ton *encens*, montre plus de prudence ;
Fais-le fumer pour la *sobriété*.

115.

Pour prier les dieux de la terre,
N'emprunte point d'autrui le secours impuissant :
Il ne va point chercher une *lèvre* étrangère,
Ce gentil et timide enfant,
Pour *baiser* le sein de sa mère.

3

116.

Homme d'Etat, homme savant,
Crois-moi, laisse au peuple sa *langue*;
Si tel est son plaisir, qu'il fasse une harangue :
Coupe-lui l'*ongle* seulement.

117.

Que ta maison soit isolée,
Près d'un bois, au milieu des champs ;
Et que non loin, une vallée
Reçoive tes troupeaux bêlans.
Que désires-tu davantage ?
Si tu trouves surtout, au sein de ton ménage,
Femme douce et jolis enfans.

118.

Prodigue tes soins au malade,
Et surtout au pauvre vieillard ;
La nature sur lui jette à peine une œillade,
Ou bien toujours se présente *trop tard*.

119.

Ne sois jamais, par aventure,
L'homme des bois ou des cités ;
Mais sois l'homme de la nature,
Et le fils de nos *libertés*.

120.

La résistance est certe à la *pensée*,
Ce que souvent elle est à la vapeur :
Une cause de force, et souvent de terreur,
Lorsque, par son excès, l'enveloppe est brisée.

121.

Heureux qui peut se répéter !
Lorsque la nuit de tous soins le délivre :
Si j'ai de moins un jour à vivre,
Une *bonne action* j'ai de plus à compter.

122.

Il faut pour s'en servir amasser des richesses,
Et s'en servir pour se faire honorer :
L'homme riche, par ses largesses,
Autour de lui voit tout et *croître* et *prospérer*.

123.

C'est lors qu'un grand homme succombe,
Que l'on connaît son mérite réel,
Et que l'on prend la pierre de sa tombe
Pour élever, à sa gloire, un *autel*.

124.

D'après les lois de la nature,
Nous sommes tous, faibles humains,
Nés pour le travail, la culture,
Et pour nous nourrir de nos *mains*.

125.

Quand le malheur chez toi jette l'alarme,
Reçois-le gracieusement,
Si tu peux, même en souriant,
C'est le moyen pour qu'il *désarme*.

126.

Ne t'endors point sur des bienfaits reçus ;
Qu'ils ne soient point un *oreiller* commode ;
Car si l'ingrat s'en accommode,
L'homme reconnaissant ne *s'endort* point dessus.

127.

Epouse, jeune et séduisante,
Chasse loin de ton cœur tous sentiments communs ;
Mais tâche d'imiter cette *fleur odorante*,
Qui seulement la nuit épanche ses parfums.

128.

Jeune fillette, à ton aurore,
Tu couves dans ton sein un des œufs de l'amour :
Mais avant de le faire éclore,
De l'*hymen* attend le retour.

129.

. . . .

130.

Bonne mère ! évite la foule,
Reste avec tes enfants, même joue aux éteufs :
« Toujours l'absence d'une poule
« Est dangereuse pour ses *œufs*. »

131.

Laisse aux oiseaux les longs voyages,
Tu n'as pas des ailes comme eux ;
Paisible casanier reste sous tes ombrages :
C'est le seul moyen d'*être heureux*.

132.

Mère prudente et femme de ménage,
Si ta fille te dit : Qu'est-ce que le phénix ?
Réponds, c'est un oiseau peu commun et sans prix :
C'est une femme *oisive* et sage.

133.

. . . .

134.

N'imite point les oiseaux voyageurs,
Qui, chaque hiver, désertent leur patrie ;
Ne quitte point cette terre chérie,
Qui, durant le printemps, te prodigua ses fleurs,
En été ses moissons, puis la grappe mûrie.

135.

Ne mesure jamais ton mérite à ton *ombre*,
Et surtout au soleil levant ;
Car rien n'est aussi décevant :
Les niais seuls sont de ce nombre.

136.

De peu compose ton bonheur ;
Suis simplement les lois de la nature ;
Afin de n'exciter ni crainte ni murmure,
Et de l'homme envieux la *jalouse* fureur.

137.

L'homme prudent, l'homme sage,
Qui n'agit jamais à demi,
    Ne fait point son *ami*
    D'un oiseau de passage.

138.

Jeune homme si tu veux les approbations
    Des gens sortis des plus nobles écoles :
    Pèse bien tes opinions,
Mesure tes désirs et *compte* tes paroles.

139.

    Jeune homme ! jaloux de longs jours,
Dans tes plaisirs mets beaucoup de prudence ;
Le brûlant *passereau*, si vif dans ses amours,
    N'a qu'une bien courte existence.

140.

    La *patience* est des époux,
    La divinité tutélaire ;
    Avec elle plus de courroux,
    Plus de brouille ni de colère.
    Les femmes, surtout prudemment,
    Avec un riant atticisme,
    Doivent l'implorer bien souvent :
    C'est là vraiment leur *héroisme*.

141.

    La folle prodigalité
    Naquit un jour de l'avarice,
    Et le prodigue est toujours un indice
    De l'avare *paternité*.

142.

Il est des femmes qui, même dans la colère,
Et par le plus adroit et séduisant détour,
De la grâce naive, ainsi que de l'amour,
Conservent à leur *voix* l'aimable caractère.

143.

Toujours, à la divinité ,
Les femmes demandent trois choses,
Plus fragiles cent fois que les feuilles des roses :
C'est : *beauté, fortune et santé.*
Elles gagneraient davantage ,
Si , plus modestes dans leurs vœux ,
Elles sollicitaient des dieux ,
De faire toujours bon ménage.

144.

Jeune fille, avant de changer ,
Songe d'abord au serment qui te lie ;
Le *parjure* le plus léger ,
Gâte toujours une bouche jolie.

145.

Nouvelle épouse , il est essentiel ,
Dans les provisions de ton jeune ménage
De ne point négliger l'usage ,
Et d'y comprendre un *doux rayon de miel.*

146.

Que l'*ordre* en tout préside dans ta vie ;
Alors tu trouveras le temps ,
De bien employer tes instants,
Et d'agir selon ton envie.

147.

Pour admirer deux choses de plus près ,
Il faut qu'un chacun s'agenouille ;
Car le monde leur doit sa gloire et ses succès :
C'est la *charrue* et la *quenouille.*

148.

Jeune fille , le temps est rapide en son cours !
Il est des *roses* à cent feuilles ;
Mais parmi celles que tu cueilles,
En vois-tu qui durent cent jours ?

149.

Respectez une femme d'âge ,
Ses rides et son long menton :

Ses rides sont un témoignage
De tout ce qu'elle fût dans sa *belle saison*.

150.

Nous naissons tous pour faire nombre,
Dans ce monde qui va par d'inconnus ressorts ;
Le plus sage, en vivant, c'est d'imiter les morts :
L'âme des-morts ne fait point d'*ombre*.

151.

Au lever de l'aurore et de très grand matin,
Jeune homme ! que l'étude occupe ta pensée ;
Songe qu'il ne faut point attendre le déclin,
Et que le vrai savoir de l'âme est la *rosée*.

152.

Jeunes filles de nos cités,
Parlez toujours avec sagesse et grâce,
Et de vos dents, nul ne verra la trace,
Ni leurs irrégularités.

153.

Bonne mère de famille !
Pour la marier dans un an,
Ne nourris point ta fille,
Avec des *œufs de paon.*

154.

Je dis, bien qu'à l'usage aujourd'hui je déroge,
Et pour le soutenir je ferai mille efforts :
« Soyons, pour les vivans, économe d'éloge,
« Et réservons les *parfums* pour les mo"'

155.

. . . .

156.

Une bonne action,
Pour l'homme prudent et sage,
De sa vie *est une page*,
Qui marque son intention.

157.

Pour se rendre Apollon beaucoup plus favorable
Le poète avec soin sait mâcher le laurier ;
Aussi *toi*, que l'hymen sous son joug sut lier,
Lorsque tu penseras un mot désagréable,
Contre ton vieil ami, ta femme jeune, aimable,
Mâche, avant de parler, une *fleur* du rosier.

158.

La boisson que contient la coupe de la vie,
Serait parfois d'une extrême fadeur,
Si des larmes, du fond du cœur,
N'en délayaient souvent la *lie*.

159.

Plus un ruisseau *gazouille* et plus il devient net :
Dans nos réunions publiques,
Pourquoi voit-on nos politiques
Parler beauconp et sans effet ?

160.

Pareils à deux ruisseaux limpides,
Jeunes époux ! *coulez* en paix vos jours ;
Tâchez surtout que des troubles perfides,
N'en viennent point changer le cours.

161.

Pour un très léger avantage,
Que tu dois au hasard, encor plus qu'à tes soins,
Plus qu'un autre ne te crois *sage*,
Car, ce serait prouver que tu l'es beaucoup moins.

162.

Hors de la ruche, on ne voit point d'*abeille*,
Lorsque la nuit a remplacé le jour ;
Ainsi le soir, quand ton époux sommeille,
Femme ! ne quitte point ton tranquille séjour.

163.

Garde la vérité, mais jamais ne l'expose,
Aux yeux des ignorans, des sots :

On ne nourrit point les pourceaux,
Avec quelques feuilles de *roses*.

164.

Prends un *sentier* qui ne te mène à rien,
Si doucement tu veux finir ta vie;
   Loin des méchans, loin de l'envie,
Tu pourras faire alors *obscurément* le bien.

165.

Pour garder ici-bas des mesures égales,
   Suivant l'avis des meilleurs conseillers,
Nous devons préférer les plus *petits sentiers*,
   Aux plus grandes routes royales.

166.

Marche du pas de tes bœufs laboureurs,
Pour tracer ton *sillon* dans le champ de la vie;
Autrement de chagrins et de peines suivie
Tu la verras finir au milieu des douleurs (1).

167.

Magistrats! songez qu'il importe,
De ne point mettre en opposition
   Les lois avec l'*opinion*;
   Car, dans plus d'une occasion,
   Celle-ci sera la plus forte.

168.

   Jeune homme! honore l'homme âgé;
Une belle vieillesse est le juste *salaire*
De celui qui, toujours, sut bien dire et bien faire,
Et qui sait, sans frayeur, attendre son congé.

169.

Loin des jaloux, loin de l'envie,
Passons nos jours obscurément,
Et ne nous appuyons que très légèrement
   Sur le *roseau* fragile de la vie.

(1) *Bos incedis* (Prov.)

170.

Jeune homme ! devant un vieillard,
Respectueusement observe le *silence* ;
Seul, par sa longue expérience,
Il peut dissiper le brouillard
Qui couvre encor les yeux de ton adolescence.

171.

Jeune femme ! désirez-vous
Rendre votre époux *sédentaire* ?
Ne soyez point folle et légère,
N'excitez jamais son courroux.
Mais soyez en tous temps pleine de modestie,
De grâces et de douceur,
Et que chez vous l'angélique candeur
A la tendresse soit unie.

172.

Celui qui veut obtenir de longs jours,
Doit contracter la louable habitude,
D'être toujours *sobre* dans ses discours,
Et surtout à la *table*, au *lit*, comme à l'*étude*.

173.

Une onde pure au voyageur ;
Pour l'enfant le lait de sa mère ;
Mais toutes les horreurs de la civile guerre,
Pour un peuple irrité, pour un peuple en *fureur*.

174.

Il ne faut sûrement, pour être heureux, au sage,
Que du pain, du miel et des fruits,
Un toit de chaume, une lyre, un ombrage,
Une femme aux yeux bleus qui ne soit point volage,
Et deux ou trois *amis* dans les beaux-arts instruits.

175.

La divine *pudeur*, comme une belle étoile,
N'a pas besoin du jour pour briller et surgir ;
Ainsi la jeune femme, en tous temps peut *rougir*,
Même lorsqu'elle porte un voile.

176.

Un peuple à jeûn est mutin ;
Un peuple mangeur est esclave ;
Un peuple *sobre* seul ne connaît point d'entrave,
Et seul *mérite* un semblable destin.

177.

Le silence, pour l'homme habile,
A parfois beaucoup de valeur,
Ce n'est point un arbre stérile ;
Car, bien souvent, il *corrige* l'erreur.

178.

Ne sois jamais le *singe* de personne ;
C'est des métiers le plus sot, le plus lourd ;
Rappelle-toi, la nature l'ordonne :
Que le singe souvent sert de proie au *vautour*.

179.

Les actions et les pensées,
Doivent être comme deux *sœurs*,
Et jour et nuit être censées
Le vœu le plus cher de deux cœurs.

180.

Dans la société, le manque de finesse,
Est un défaut puni parfois sévèrement :
Une *faute* toujours se pardonne aisément,
Mais jamais *une maladresse*.

181.

Les gens du peuple, à ce qu'on dit,
Tiennent tous leurs *conseils* à table,
Une femme adroite et capable,
Pour les *siens*, préfère le lit.

182.

Cette arche (vaste corps), du déluge suivie,
Unique asile alors du pauvre genre humain,
Est l'emblème sacré du pénible chemin,
Qui s'offre au voyageur sur les *flots* de la vie.

183.

Les *valets* sont un vrai lien,
Une charge lourde à l'extrême ;
Car, en tous temps, on n'a de bien,
Que ce que l'on a fait *soi-même.*

184.

L'homme n'est pas facile à concevoir ;
Et, ce serait une grande folie,
De le juger avant le *soir*
Du jour qui termine sa vie.

185.

La vie est un triste roman :
Ne laissons donc pas plus de *trace* sur terre,
Après une longue carrière,
Que le vaisseau sillonnant l'Océan.

186.

Magistrat ! que la loi soit toujours *éveillée* ;
Rien n'est plus dangereux que des lois le sommeil.
Durant les nuits, comme au soleil,
La nation veut être surveillée.

187.

Par un ami, lorsqu'on est arrêté,
Il vous souhaite et plaisir et santé :
Et pourquoi pas plutôt : *sagesse* et *liberté?*

188.

Jeunes filles, qui voulez plaire,
Et captiver de jeunes cœurs,
N'employez point d'autre mystère
Que l'*innocence* de vos mœurs.

189.

Au banquet de la vie,
Convives, ah ! soyez prudens,
(La sagesse vous y convie :)
Amassez les *miettes* du temps !

190.

Dédaigne, citoyen, l'éclat qui t'environne,
  Et ce luxe de souverain,
Commande seulement *à la soif*, *à la faim*,
Et tu n'*obéiras*, sois-en sûr, à personne.

191.

  Fais-toi plutôt cultivateur,
  Que d'honorer de ton hommage
  Quelqu'art ou factice ou menteur :
« L'agriculture est le *culte* du sage! »

192.

Pour garder aux brebis une aimable blancheur,
Tu choisis les *sentiers* couverts d'une pelouse,
Écartant, avec soin, le chardon destructeur ;
De même pour *garder* le cœur de ton épouse,
Ne lui parle jamais avec un *ton d'aigreur*.

193.

. . . .

194.

Toujours femme de ménage,
  Ne quitte pas plus ta maison
Que la *tortue* ou bien le limaçon ;
  Mais marche plus vite en voyage.

195.

Peuple mettez plus de solidité
  Dans vos *tombeaux* que dans vos citadelles :
Les unes tomberont à vos moindres querelles,
Les autres dureront *toute l'éternité*.

196.

Jeune épouse ! qui veut la paix dans ton ménage,
Qui chéris tes enfans, nombreux dans ta maison,
Suis, envers ton mari, ce conseil assez sage :
Sache éviter le *tort* d'avoir toujours raison.

197.

  Des effets souvent très contraires
  Résultent de nos passions ;

Nous *pleurons* au récit des belles actions,
Et nous *rions* parfois du sein de nos misères.

198.

Législateurs ou magistrats !
Soyez pour le crime inflexibles ;
Mais soyez indulgens et toujours accessibles
Pour le vrai repentir, *même* des scélérats.

199.

Dans le *tourbillon* de la vie,
Tout est soumis à la *nécessité* :
Lui-même, le soleil, dans sa course suivie,
Dans aucun temps ne peut être arrêté.

200.

Depuis longtemps les alchimistes,
Et grand nombre de gens encor,
Dont je ne donne point les listes,
Travaillent pour changer un vil métal en or ;
N'aurait-on pas plus d'avantage,
En faisant des efforts, fussent-ils superflus,
Pour transmuter, sans alliage,
Les passions des hommes en vertus :
Ce serait là vraiment le *grand'œuvre* du sage !

201.

Cultivez bien vos champs, sans craindre les revers,
C'est là le vrai *travail*, approuvé par le sage :
L'agriculture, et puis le mariage,
Produisent seuls dans l'univers.

202.

Législateur ! veux-tu, d'une main diligente,
Construire un rare monument,
D'une forme belle, élégante,
A l'abri de tout changement ?
Ne crains point de déplaire à la *tourbe* changeante.

203.

L'homme n'existe point certes pour travailler,
Mais s'il veut exister, il faut bien qu'il travaille ;

S'il ne le veut pas, qu'il s'en aille ;
Car la mort pourra bien un jour le *houspiller.*

204.

Bon père ! au sein de ta demeure,
Occupe tes enfans à d'utiles travaux :
En fuyant du plaisir les perfides réseaux,
Ils deviendront des hommes de *bonne heure.*

205.

Ne faites qu'un, jeunes époux !
Femme, que ton mari sache ce que tu penses,
Mari, ne fais jamais naître un soupçon jaloux :
Le mariage est un vase à deux anses.

206.

Ce que tu peux faire soudain,
Ne le remets jamais, et je te le conseille :
Ne charge point le lendemain,
· Du pesant *fardeau* de la veille.

207.

Hommes de paix, hommes de bonnes mœurs,
Qui ne courtisez point l'inconstante fortune,
Préférez mille fois au *trident* de Neptume,
Le paisible *trident* des simples laboureurs.

208.

L'excellent poète Hésiode,
Dans son livre qu'on lit encor,
Présente cet adage ou cette période :
« Langue discrète est un *trésor.* »

209.

Sincère ennemi du mensonge,
Poursuis-le, plein d'ardeur, sans relâche et sans paix :
Mais, crains qu'un trop grand zèle en un crime te plonge :
« Défends la vérité, ne la *venge* jamais. »

210.

Homme prudent, homme d'étude ;
Qui craint du peuple et la joie et les pleurs,

Préfère à la tribune, ainsi qu'à ses honneurs,
L'*écho* de la solitude (Symbole.)

211.

Veux-tu loin des chagrins et des soucis amers,
Vivre tranquillement bien loin de la critique :
Ne sème point ton *bon grain* sur les mers,
Comme les *vérités* sur la place publique.

212.

Que sert une extrême beauté !
Si la fraîche pudeur ne marche sur ses traces ;
Si rien ne voile aux yeux sa belle nudité :
Il faut toujours donner un *vêtement* aux grâces.

213.

Jeune homme ! honore les vieillards ;
Rends à leurs cheveux blancs un continuel hommage ;
Ils peuvent te sauver d'un grand nombre d'écarts :
« Car, les *vieillards* sont les dieux du jeune âge. »

214.

Défiez-vous, jeune homme ! du *plaisir* ;
Malheur, malheur ! à celui qu'il héberge.
Le soleil est bien près d'atteindre son nadir,
Quand on ne le voit plus au signe de la *Vierge*.

215.

Ne prends point, jeune homme prudent,
Pour épouse une paresseuse,
Qui toujours folâtre et rieuse,
N'a point vu le soleil levant ;
Et qui ne s'est point exposée,
A voir mouillés par la *rosée*
Ses souliers, ni son vêtement.

216.

La vérité, tout comme l'innocence,
Possède, produit constamment,
Un très inimitable accent,
Dont l'hypocrite en vain recherche l'*apparence*.

217.

Trois espèces de fruits résultent du raisin :
A savoir : le plaisir, l'ivresse et la dispute ;
A ces maux, avec l'eau, nul n'est jamais en butte :
Homme sage ! *abstiens-toi du vin.*

218.

Lorsque dans ton cuvier, il bouillonne et digère,
Ne *déguste* jamais ton vin :
Ainsi, ne juge pas, avec trop de dédain,
L'homme qu'égare la *colère.*

219.

Avec ton ami, ta moitié,
Ne te permet jamais rien de dur, ni rien d'aigre :
Ne verse jamais de vinaigre
Dans la coupe de l'*amitié.*

220.

Dans toute affaire sérieuse,
De ce monde plein de douleur,
L'amour, comme consolateur,
Vient offrir sa face joyeuse.

221.

Pour t'assurer de la *virginité*
De la femme qui doit devenir ton épouse,
Et bannir de ton cœur toute crainte jalouse,
Consulte bien plutôt *ses mœurs* que sa beauté.

222.

Ne méprise pas tant la simple violette,
Bien que sa fleur éclose au milieu des chardons ;
Le vent la sème au loin et fort peu s'inquiète,
Où, de son doux parfum, il disperse les dons.

223.

Epouse, dans tes droits, durement offensée,
Pour te venger renonce à des soins superflus ;
Chasse bien loin de toi cette triste pensée :
Un *généreux pardon*, même embellit Vénus.

4

224.

Si du travail, sans peine, on ne peut être quitte ;
Si la vertu s'acquiert avec difficulté ;
    C'est pour donner au travail son *mérite*,
    A la vertu sa *dignité*.

225.

    Laisse à la foule indiscrète, insensée,
      La fausseté, la trahison :
Mais toi, fais que toujours ta *langue* et ta *pensée*
      Soient deux flûtes à l'unisson.

226.

    Quelques jours avant ta naissance,
    On s'occupa de ton berceau ;
    De même, occupe-toi d'avance
    De ton cercueil, de ton *tombeau*.

227.

    Si ta fortune est seulement modique,
      Et si, dans l'âge du repos,
Tu veux jouir en paix du fruit de tes travaux,
Eloigne ton *foyer* de la place publique.

228.

Les magistrats chargés d'exécuter la loi,
    Doivent fuir ce qui peut trop amollir leurs âmes,
      Et s'éloigner de bonne foi,
      Du *vin vieux* et des *jeunes femmes*.

229.

    Homme juste, mais homme actif,
      Pour te venger, toujours diffère ;
Et n'allume jamais ta lampe solitaire,
      Au foyer du *vindicatif*.

230.

Le soir, assis, au bord d'une claire fontaine,
J'*aime* à voir le soleil pencher ses rayons d'or,
Vers un autre hémisphère, une rive lointaine,
Qui, des bienfaits du jour ne jouit point encor.

231.

Je suis vieux, je le sais ; chaque jour qui m'arrive,
Est un bienfait du ciel ou le jeu du hasard ;
Car, hélas ! le jeune homme, ainsi que le vieillard,
Peuvent le même jour *franchir* la sombre rive.

232.

Sois bienfaisant dans la prospérité ;
Loyalement use de ta richesse,
Pour trouver à ton sort quelqu'un qui s'intéresse,
Lorsque viendra l'*adversité*.

233.

Pour qui commande, la justice
Est la première des vertus ;
Seule, elle réforme le vice,
. Et sait réprimer les *abus*.

234.

Que le malheur s'enfuie à votre approche,
De tous vos biens, c'est le plus beau produit :
Mais d'un bienfait pour savourer le fruit,
Il ne faut pas qu'il soit suivi d'un dur *reproche*.

235, 236, 237 et 238.

. . . .

239.

Il est parfois très rare,
De distinguer le vrai d'avec la fausseté,
Car Bien souvent le mensonge se pare
Des couleurs de la *vérité*.

240.

Si la force est de l'homme le partage,
La femme a réservé pour elle la douceur ;
D'elle dépend donc son bonheur,
Puisqu'avec la *douceur*, la *force* est sans courage.

241.

Le sage pardonne aisément ;
Les vices seuls méritent sa férule :

Le monde, au vice indifférent,
N'attaque que le *ridicule*.

242.

En lisant, deux moyens s'offrent à pratiquer ;
Par un seul le lecteur s'honore :
Le savant *lit* pour s'éclairer encore,
Et l'ignorant pour critiquer.

243.

Dans tous les arts, surtout dans la peinture,
La nature, avec soin, nous devons consulter ;
Mais très facilement on *outre* la nature :
Il est très malaisé de la bien imiter.

244.

Oui, l'Etat doit veiller avec un soin pénible,
A ce que l'indigent obtienne des secours ;
Mais l'indigent n'a pas le droit imprescriptible,
De dire : Du *travail* ou j'attente à tes jours.

245.

. . . .

246.

L'amour et l'amitié sont deux consolateurs,
Que prudemment la nature nous donne :
Au printemps de nos jours, l'un enflamme nos cœurs,
Et l'autre nous arrive à la fin de l'automne.

247.

De la nature c'est la loi,
Sagement pour l'homme établie :
« L'habitude réconcilie
« Avec ce qui jadis causait le plus d'effroi. »

248.

. . . . , ...

249.

Nous naissons tous chétifs et misérables ;
De l'indulgence écoutons donc la voix ;
Car nul n'est établi, d'après l'ordre et les lois,
Juge et *censeur* de ses semblables.

250.

Tous les hommes , en général ,
Aiment les faits invraisemblables ;
Cependant , il ne faut qu'un fait faux , sans égal ,
Pour remplir l'univers de fables.

251.

Pour l'homme , le passé n'est plus ;
Le présent ne le flatte guère ;
L'imagination le pousse d'ordinaire
Vers l'*avenir* , toujours nébuleux et confus.

252.

De lui-même un abus s'éternise et s'attable ;
L'homme sage doit donc toujours s'en défier :
Un abus établi , d'Augias c'est l'*étable* ,
    Qu'Hercule seul peut nettoyer.

253.

Nul n'est exempt , et même le plus sage ,
    De faire mal , de s'égarer ;
    Mais le véritable courage ,
Consiste à réparer sur-le-champ le dommage ,
Qu'une *fatale erreur* vient d'occasionner.

254.

Que chacun sagement demeure dans sa sphère ;
C'est un conseil prudent que l'on doit écouter :
    L'homme ne descend d'ordinaire
    Que pour avoir voulu trop haut *monter*.

255.

Pour te vieillir , ô , pauvre femme !
Le temps n'a pas besoin de hâter son affront ;
    Et sur les *rides* de ton front ,
    Je lis les douleurs de ton âme.

256.

Les hommes cesseraient d'être inventeurs , actifs ,
S'ils pouvaient , sans soucis , vivre dans l'incurie.
    Le besoin rend les hommes inventifs :
    La misère est *mère* de l'industrie.

257.

Bien que l'on soit juste et parfait,
Il faut payer tribut à la nature humaine :
Et le grand Salomon, comme l'on dit, péchait
Quarante-neuf fois par semaine.

258.

Espère, dans l'adversité,
Un doux regard de la fortune ;
Mais, crains du sort quelque rancune,
Au sein de la *prospérité.*

259.

Si la timidité, pour l'homme est une honte,
C'est pour la femme un titre de faveur ;
Le *fuseau*, dans ses mains, lui fait autant d'honneur,
Que le *glaive* au guerrier, quand la mort il affronte.

260.

Pour nos amis, avec bonheur,
Et sans considérer ni les gains ni les pertes,
Trois choses doivent être ouvertes ;
La *bourse*, les *bras* et le *cœur.*

261.

Si le malheur nous décourage,
S'il semble nous anéantir ;
Les biens ont le triste avantage
De nous tromper et de nous *éblouir.*

262.

Le désespoir donne souvent aux femmes,
Un caractère et *sublime* et touchant ;
On lit, sur tous leurs traits, un noble sentiment,
Qui peint bien le fond de leurs âmes.

263.

Le comble du malheur,
C'est de vivre sans espérance,
Et d'être menacé de la triste influence
Des *destins* en fureur.

264.

Tous les jours un sot fait fortune,
Et ramasse un gros capital ;
Lorsqu'au savant le destin tient rancune,
Et souvent le conduit, *mourant*, à l'hôpital.

265.

Il n'est rien que l'homme crédule
N'admette comme *vérité* ;
Il porte ainsi la *peur* jusques au ridicule :
La crainte un jour naquit de la *crédulité*.

266.

Les femmes, dans leurs goûts, sont très capricieuses,
Et pour leur plaire on est souvent à bout :
Elles se dégoûtent de tout,
Et même, dit-on, d'être *heureuses*.

267.

. . . .

268.

Celle que l'amour enchaîne,
Aime à parler de sa douleur ;
Et le confident de sa peine,
En est souvent l'*heureux vengeur*.

269.

La sensibilité, tout comme l'innocence,
Garde une sorte de pudeur ;
Défions-nous de la grande douleur
Qui d'un bon cœur souvent n'offre que l'apparence.

270.

La raison, bien souvent, est un faible soutien
Contre les maux affreux des âmes trop fidèles :
Les peines du corps ne sont rien,
Mais celles du *cœur* sont cruelles.

271.

Les fleuves vont avec bien moins d'ardeur,
Dans leurs courses aventureuses,

Vers les mers orageuses,
Que les hommes ne vont chaque jour à l'*erreur*.

272.

De notre liberté la plus grande ennemie,
C'est à coup-sûr la prodigalité :
Pour ne point déroger à notre dignité,
Pratiquons donc l'*économie*.

273.

Jeune homme ! travaillez et vous ferez très bien ;
La *paresse est* une adroite sirène,
Qui toujours doucement nous mène
A n'être jamais propre à rien.

274.

. . . .

275.

Certainement les animaux
Sont moins que les hommes à plaindre ;
Ils *ignorent la mort*, et ce qu'ils ont à craindre,
Tandis que nous voyons, en naissant, nos tombeaux.

276.

Vieillard ! considère ton âge ;
La nature a brisé, chez toi, chaque ressort :
Et l'amour, cet oiseau volage,
Ne se pose jamais sur l'arbre déjà *mort* !

277.

C'est vainement que l'on s'abuse :
La *violence*, assurément,
Produit, presqu'au même moment,
La *finesse* et la *ruse*.

278.

. . . .

279.

Les hommes, au sujet des femmes,
Disent tout ce qui leur plaît ;

Et les hommes, disent ces dames,
Sont soumis au moindre *souhait*.

280.

De tout, par malheur on abuse ;
Bien que chacun cite sa bonne foi :
Mais l'*argent*, plus fort que la loi,
Promet souvent ce que l'autre refuse.

281.

Un mal léger, et presque sans douleurs,
Pour le voluptueux, lui que rien ne chagrine,
Est une très piquante épine,
Qui s'*élance* du sein des fleurs.

282.

Sur le front bien uni d'une femme sincère,
Trois choses font paraître une vive rougeur :
Premièrement, c'est la *colère*,
Puis le *plaisir*, puis la *pudeur*.

283.

Franc ennemi de l'imposture,
Le vin chérit la loyauté :
C'est une sorte de *torture*
Qui fait jaillir la vérité.

284.

Dans le malheur, un homme sage
Ne cherche point l'*obscurité* ;
Il sait toujours, avec courage,
Résister à l'adversité.

285.

Vainement à vos vœux les destins sont propices,
Si la raison, l'honneur en condamne l'abus ;
Il est toujours honteux de mettre les vertus
À la *solde* des vices.

286.

Des roses l'agréable odeur,
Quelques instans à peine dure ;

Quand de leurs aiguillons la cuisante piqûre
Cause, pour bien longtemps, une *vive douleur*.

287.

Pour être heureux dans son ménage,
Selon certain roi d'Aragon,
Il faut que le mari soit *sourd* à la maison,
Et la femme *aveugle* et très sage.

288.

. . . .

289.

Plus d'un moyen, avec adresse,
D'un pauvre peut faire un Crésus ;
Mais un seul conduit aux vertus,
Et c'est celui de la *sagesse*.

290.

Un héros engendre souvent
Un enfant paresseux et lâche ;
Mais du poltron toute la tâche,
Est d'engendrer un *lâche* seulement.

291.

L'*usage* est des plus incommodes ;
Il enveloppe tout de ses tristes vapeurs :
Il s'étend jusque sur les mœurs,
Alors qu'il ne *devrait* regarder que les modes.

292.

Vouloir éloigner de son cœur
Ce qui vivement nous afflige,
C'est vouloir empêcher à la rose, à sa tige,
De *faire ombre* au soleil des nuages vainqueur.

293.

C'est vainement qu'on se désole,
Pour atteindre la vérité ;
L'imagination, de la maison la folle,
Va toujours au-delà de la *réalité*.

294.

Le sage n'est point insensible ;
Il compatit en tout temps au malheur :
Mais au milieu des flots d'une mer en fureur,
Son cœur reste *impassible*.

295.

Qui le croirait ? c'est vrai pourtant ;
L'amour à la *lune* est semblable :
Quand de croître il n'est plus capable,
Il s'éclipse en diminuant.

296.

Hélas ! dans le siècle où nous sommes,
Plus que jamais le mal prend son essor.
Avec de l'or on a des hommes,
Et les hommes procurent l'*or*.

297.

A l'*école* de l'indigence,
Chacun apprend la modération ;
Mais on apprend la sotte ambition,
A l'école de l'opulence.

298.

De la jeunesse un grand écueil,
C'est la *présomption* funeste ;
Mais le contre-poison, du reste, de l'orgueil,
C'est un air doux, simple et modeste.

299.

Selon le temps, selon le cas,
Au *bizarre* tout est en butte :
On se relève aisément d'une chute,
Et très rarement d'un faux pas.

300.

On ne sait pas vraiment comme il faut vivre ;
Car, dans ce monde, au *faux* tout est soumis :
L'or ne fait que de faux amis ;
L'adversité seule en délivre.

301.

Nous jouissons, mais comme d'un dépôt,
Des biens que la fortune ici-bas nous concède;
Car l'*héritier* à l'héritier succède,
Comme le flot succède au flot.

302.

Qu'est-ce donc que l'humaine engeance;
Et qu'entend-on par homme vertueux?
On *rougit* plus de l'indigence,
Que des vices les plus honteux!

303.

Ainsi que le *parfum* qui s'échappe en silence,
D'un parterre émaillé de mille et mille fleurs,
Les regards de la bienveillance,
Sont toujours rians et flatteurs.

304.

Malheur à la jeune fille,
Qui, seule avec son amant,
Dans le fond d'une charmille,
Ne se défend qu'en *riant*.

305.

Songez bien, jeunesse folâtre,
Tendres desservans de l'amour,
Que l'univers est un théâtre,
Où *chacun* paraît à son tour.

306.

Suivant le vœu de la nature,
Et dans nos actions, et dans tous nos projets,
Facilement oublions une injure,
Mais n'oublions point les *bienfaits*.

307.

La *pudeur*, ce charme des âmes,
Est et fut constamment
L'heureux privilége des femmes,
Et contre leur faiblesse un secours très puissant.

308.

. . . .

309.

S'il est bien malaisé de taire sa douleur,
Et de ne point parler de ce que l'on peut craindre ;
C'est avec *volupté* que parfois notre cœur,
Aime à s'affliger, à se plaindre.

310.

La vertu qui, chaque moment,
Réclame tous les soins d'un gardien très fidèle,
Ne vaut pas, très certainement,
La peine d'une *sentinelle*.

311.

Les plus brillans événemens,
Disparaissent de la *mémoire*,
Comme on voit se flétrir, sans honneur et sans gloire,
Les plus belles fleurs du printemps.

312.

Dédaignant les vaines promesses
D'un sort très souvent inconstant,
Le sage connaît mieux le prix de chaque instant,
Que l'*avantage* des richesses.

313.

On s'énorgueillit vainement
De jouir d'une foi robuste :
Ce n'est pas assez d'être juste,
Faut encor être *bienfaisant*.

314.

Jeune fille ! pour vous, l'écueil le plus critique,
Est très certainement la *curiosité* :
Car, lorsque vous saurez certaine vérité,
Vous voudrez la mettre en pratique.

315.

Les héros de l'humanité,
Les vrais bienfaiteurs de la terre,

Sont ceux dont toute la carrière
Fut d'abattre, avec fermeté,
La *violence* et la *cupidité.*

316.

Soyons toujours très brefs en comptant une histoire;
Vainement de l'esprit on implore l'appui :
La longueur d'un récit fatigue la mémoire,
Et le *dégoût* est enfant de l'ennui.

317.

L'aimable et très sage *Epicure,*
De nos destins en traçant le tableau,
Nous dit : En tout, suivez l'instinct de la nature :
« Sans l'amitié la vie est un fardeau. »

318.

Le cœur d'une femme est sans cesse
Le jouet d'une passion :
L'amour *ou* la dévotion,
Tour-à-tour l'*intéresse.*

319.

Pour conduire au tombeau cet homme vertueux,
Ah ! pourquoi ces pompes funèbres,
Et ces nombreux flambeaux qui fatiguent mes yeux ?
« L'*Eclair* ne brille jamais mieux
« Que dans les profondes ténèbres. »

320.

La perte des objets les plus chers à nos cœurs,
De l'action du temps éprouve la puissance ;
Et les regrets profonds, et les vives douleurs,
Disparaissent toujours avec notre *espérance.*

321.

La fortune à son char traîne ordinairement
Un grand nombre de fous, trompés par ses promesses :
Le *sage* commande aux richesses,
Tandis que l'insensé s'y soumet humblement.

322.

La *prévoyance* a souvent pour compagne ,
    La craintive *timidité ;*
Comme la *hardiesse*, en entrant en campagne ,
Se fait suivre toujours par la témérité.

323.

    Lorsqu'au doute l'on est en proie ,
C'est la seule douceur et la placidité ,
Qui peuvent dissiper notre incrédulité ;
    La violence est une pauvre voie ,
    Pour conduire à la *vérité.*

324.

    Nous naissons tous pour porter une chaîne ,
    Mais durant un temps limité ;
    Car la mort n'est point une peine ,
Mais une loi de la *nécessité.*

325.

    Les superbes lauriers que donne la victoire ,
    Pour un guerrier sont pleins d'attraits ;
Mais n'existe-t-il pas cependant plus de gloire ,
A *produire* les fruits que dispense la paix ?

326.

J'accorde beaucoup moins de mérite et de gloire,
Au guerrier qui *tua* des milliers de soldats ,
Qu'à celui , dont partout on *chérit* la mémoire ,
Pour le bien qu'il répand sans cesse sur ses pas.

327.

    Le monde est une loterie ,
    Où l'on trouve pour deux gagnants ,
Bien des milliers de gens perdants ,
    Par *malheur* ou filouterie.

328.

    Des vices le plus en horreur ,
    C'est , à coup-sûr , la *perfidie ;*
    Cette lâche palinodie
    Couvre de mépris son auteur.

329.

La nature sage et prudente ,
A donné des défauts à tout le genre humain ,
   Afin que notre âme indulgente ,
   Le fût *surtout* pour le prochain.

330.

Aujourd'hui pour un mariage ,
L'*or* seul semble avoir quelque prix ,
Et séduire bien d'avantage ,
Que les roses et que les lys ,
Répandus sur un beau visage.

331.

Le monde que nous habitons ,
A certain parterre ressemble ,
Où l'on voit croître tout ensemble ,
Et les *roses* et les *chardons.*

332.

Dans nos sociétés humaines ,
La plupart des contradicteurs ,
Sont des gens à façons hautaines ,
Pensant être à chacun en tout supérieurs.

333.

   L'*hypocrisie* est un hommage
Qu'à la vertu rend le vice , ici-bas ;
   Puisque , pour sortir d'embarras ,
Tartuffe , en se masquant , en présente l'image.

334.

Heureuse , pour toujours , la *médiocrité* ,
   Qui ne peut provoquer l'envie!
Heureux qui n'eut jamais cette *méchanceté* ,
Qui se voit , en tous lieux , de la crainte suivie !

335, 336 et 337.

. . . .

338.

Prométhée est l'heureux emblème ,
Du savoir , de la liberté ;

Du ciel en dérobant la brillante clarté,
Il égala l'homme à Dieu même.

339.

Ce qui charme le plus et nos yeux et nos cœurs,
Ce qui porte en nos sens une bien douce flamme,
Et qui de l'homme peut assurer le bonheur :
C'est une belle *femme*.

340.

Le monde est plein de très jeunes vieillards,
Qui, suivant du plaisir la route assez commune,
Sont tous, par leurs excès, tombés dans l'infortune,
Et d'être bientôt vieux ont couru les hasards.

341.

On poursuit les délits, les choses sont bien faites,
Je ne puis en disconvenir :
Mais les lois, pour être complètes,
Devraient *récompenser* aussi bien que punir.

342.

C'est du temps, de l'expérience,
Que l'homme avec succès peut tirer quelque fruit,
Pour se conduire ensuite avec prudence :
Si le bonheur nous *plaît*, le malheur nous *instruit*.

343.

Ces superbes tombeaux, qu'embellit la sculpture,
Et qu'on ne construit point sans de nombreux efforts,
Sont une preuve bien plus sûre
D'une vaniteuse nature,
Que du vrai *mérite* des morts.

344.

Retirez-vous plutôt au fond d'un précipice,
Que d'habiter avec l'homme sans *loyauté* ;
L'ambition et la cupidité
Ne savent ce que c'est que raison et justice.

345.

L'homme n'est heureux qu'à demi,
Fût-il sans aucuns soins et sans inquiétude,

S'il ne peut se livrer au charme de l'étude :
Un bon livre et un *bon ami*.

346.

On aime une plaisanterie,
Qui ne peut attaquer ni l'esprit ni le cœur ;
On sourit à la raillerie,
Mais on déteste le *railleur*.

347.

Tout passe, tout dégénère,
Telle est l'*influence* des ans :
Les familles, ainsi que les fruits de la terre,
N'ont plus la même sève après un certain temps.

548.

Le mérite est modeste, aisément il s'efface ;
Au contraire, l'ignare est toujours grand parleur :
Aussi, la *vérité* demande peu de place,
Tandis qu'en tous les lieux on rencontre l'erreur.

349.

La plus légère imprudence,
Est cause bien souvent d'un malheur redouté ;
Vaut mieux pécher par trop de *prévoyance*,
Que par trop de *sécurité*.

350.

La main est deux fois généreuse,
Qui sait le malheureux à propos soulager,
Et qui ne laisse point le temps de *demander*
A l'indigence malheureuse.

351.

C'est toujours assez rarement,
Qu'une femme en loue une autre ;
Lorsqu'elle fait le bon apôtre,
C'est pour *trahir* plus surement.

352.

Je vois avec regret un vaste sol en friche,
Où d'un ancien château les vastes éboulis ;

Mais les plus affligeans encor de ces débris,
Sont les *débris* de l'homme riche.

353.

La vertu n'est qu'un mot dans ce vaste univers !
Le mal seul est impérissable :
On grave sur l'airain les crimes des pervers ;
Les noms des gens de bien sont gravés *sur le sable*.

354.

En aimant, nous faisons des efforts superflus,
Pour conserver longtemps le cœur d'une maîtresse :
L'*inquiétude* et la *tristesse*
Sont les suivantes de Vénus !

355.

De la mort la faulx redoutable,
Partout répand l'égalité,
Nous dit-on ; le tout est croyable,
Mais *ce n'est pas* la vérité.

356.

Le contraire nous est démontré par l'histoire :
Bien souvent on la voit, dans ses très justes lois,
Numéroter tout simplement les rois,
Tandis que des savans *elle date* la gloire.

357.

La prudente sobriété,
De la belle Vénus est la grande ennemie ;
Seule elle peut, aux bords de l'infamie,
Mettre un frein à la volupté.

358.

Dans les causes les plus belles,
Les uniques arrêts par le public reçus,
C'est que les seuls rebelles,
Sont toujours les vaincus.

359.

Tout ici-bas n'est qu'imposture,
Mensonges et déception :

Aussi le temps brise l'opinion,
En *confirmant* l'arrêt de la nature.

360.

Ménagez ceux qui, par l'arrêt du sort,
Ont déjà de Caron franchi le triste hâvre,
Car, véritablement, *calomnier* un mort,
C'est plonger un poignard dans le cœur d'un *cadavre.*

361.

L'étude peut faire un savant,
Un musicien plein d'harmonie,
Mais la nature et son bras tout puissant,
Seule peut faire un homme de *génie.*

362.

La vie a des rapports avec le menuet,
On fait quelques pas, on s'avance;
Et puis, on fait la révérence....
Pour revenir, et tout *est fait.*

363.

La plus aimable n'est pas celle,
Qui provoque le plus nos regards enchantés :
« Une femme qui n'est pas belle
« *Peut avoir* encor des beautés. »

364.

Dans ce siècle d'erreur, d'adresse et de rancunes,
Chacun, en fait d'esprit, a tout ce qu'il lui faut,
Et chez très peu l'esprit semble faire défaut,
Mais nous ne voyons pas de *très grandes fortunes.*

365.

Nous voyons tous les jours de ces hommes tranchans,
Qui prononcent sur tout, et d'un air fort habile :
Rien n'est pourtant plus difficile,
Que de *juger* l'esprit et les talens.

366.

Plus ou moins, un chacun aime la flatterie;
Des hommages toujours l'*amour-propre* est flatté;

L'*Orgueil* s'en passe avec facilité,
Mais la *vanité* les publie.

367.

Le plus haut degré de l'amour,
Est de chérir avec ivresse,
Sans être payé de retour,
Tous les *défauts* de sa maîtresse.

368.

En examinant bien l'impétueuse ardeur
Des passions de la jeunesse,
On croirait que la vie est un don de fureur,
Et qu'elle ne promet qu'un seul jour d'allégresse.
Au contraire, aux précautions,
Que prend le vieillard qui *chancelle*,
On croirait, se faisant quelques illusions,
Que pour l'homme elle est éternelle.

369.

C'est aux choses qu'on peut le mieux nous disputer,
Que très souvent on met plus d'importance;
Nous le prouverons d'abondance,
Dans le fait que plus bas nous allons raconter :
Lorsque la flotte d'Angleterre,
Sous le règne d'Elizabeth,
Dans l'américaine terre,
Un très beau pays découvrait,
Cette assassine de *Marie* (1).
Ce monstre, affreux par ses lubricités,
Voulut qu'on lui donnât le nom de *Virginie*,
En souvenir, riez donc je vous prie,
De ses douteuses qualités.

370.

Bien que cela ne soit inscrit dans nos annales,
La *politesse* est bien l'expression,
Mieux encor l'imitation,
Des vertus sociales.

(1) Marie Stuart, assassinée par Elizabeth, reine d'Angleterre

371.

Pour l'homme, on sait bien que l'amour
Est, de sa vie, un très court épisode,
Et pour la femme, il est non une simple mode,
Mais l'*aliment* de chaque jour.

572.

La *vanité*, pour une femme,
De tous ses ennemis, certe est le plus puissant :
Elle fait plus de ravage en son âme,
Que tous les sens, le goût et le penchant.

373.

Le plus souvent, l'extrême politesse
N'est qu'un rempart, dont la *fatuité*
Se sert pour éviter, avec un peu d'adresse,
Trop de *familiarité*.

374.

Suivant un ancien philosophe,
Qui ne connut jamais ni les pleurs ni les ris,
La vie est une triste *étoffe*,
Dont les ornemens font le prix.

375.

La fortune est bizarre et très capricieuse ;
Et bien souvent une heure lui suffit,
Pour *détruire* tout le profit
D'une vie et très longue et très laborieuse.

376.

L'homme superbe et fier ose attaquer la mort ;
Le faible la reçoit sans gémir ni se plaindre ;
Celui-là seul l'implore, sans la craindre,
Qui languit sous les coups de l'implacable sort.

377.

Le chaînon qui retient attachés à la vie,
L'homme riche et l'homme puissant,
Retient aussi solidement,
La victime du sort à la glèbe asservie..

378.

Le bienfaiteur souvent est, quoique très vanté,
Aussi loin de la *bienfaisance*,
Que le prodigue, en sa dépense,
L'est de la *générosité*.

379.

Bien que l'amour soit un dieu très volage,
Les jeunes et les vieux sont frappés de ses traits :
« Car, le *cœur* n'a point d'âge ;
« Il ne vieillit jamais. »

380.

La volupté, l'amour des femmes
Ne rendent point un homme vicieux ;
A moins que dévoré par de *honteuses flammes*,
Il ne blesse à la fois la nature et les dieux.

381.

La nature prudente et sage,
Sait répartir avec douceur,
Quelques *parcelles* de bonheur,
Dans chaque état et dans chaque ménage :
Sous l'humble toit du laboureur,
Sur le trône d'un empereur,
Ainsi qu'au sein de l'esclavage,
Ou du cachot du malfaiteur.

382.

Des âmes l'union est toujours dangereuse,
Entre la femme et l'homme ; et plus ils sont d'accords,
Plus cette liaison doit paraître douteuse :
Par l'*intime union* de l'âme avec le corps.

383.

Le souffle léger de la vie,
De la nature est un prêt généreux,
Que nous devons, débiteur soucieux,
Acquitter aussitôt qu'elle nous en convie.

384.

On a besoin d'unir certaines qualités ,
Pour prévenir des balourdises :
Oui, le cœur sans l'esprit fait souvent des sottises,
Et l'esprit sans le cœur fait des *méchancetés*.

385.

Les hommes ne pourraient nullement vivre ensemble ,
Si l'autre à l'un disait ce qu'il pense de lui.
Vraiment le monde est un *bal* aujourd'hui ,
Où chacun se déguise , où nul ne se ressemble ;
D'un *domino* , d'un *masque* ils empruntent l'appui.

386.

J'aimerais mieux subir les lois de l'ostracisme,
Plutôt que d'habiter d'un *jaloux* le séjour :
La jalousie est un pur *égoïsme* ,
Déguisé sous le nom d'amour.

387.

Un mari curieux assez souvent s'expose,
Dans certaine recherche , à parfois s'égarer ,
Et savoir une chose,
Qu'il serait *heureux* d'ignorer.

388.

Les talens , la vertu , la gloire ,
La grâce , ainsi que la beauté ,
Et plus d'une autre qualité ,
Qui ne me sont point en mémoire ,
Ne sont le prix de l'*or* , ainsi qu'un vêtement :
Mais si vous avez l'*or* , bien des gens sans grimoire ,
Vous prouveront , au moins feront semblant de croire ,
Que vous les possédez tous *naturellement*.

389.

Trois choses sont souvent très peu faciles :
De garder un secret , d'employer bien son temps,
Et de ne point répondre aux propos insultants
Des gens qui ne sont pas *toujours* des imbéciles.

390.

Nul homme n'est parfait au fond ;
Nous avons tous notre iliade :
Le bossu ne doit point à son vieux camarade
Reprocher qu'il a le dos rond.

391.

La pauvreté vaut mieux que l'ignorance ,
Parce qu'elle est un *manque* seulement ;
Tandis que l'autre, en semblable occurrence ,
Est un défaut de jugement.

392.

Que la jeunesse se dépouille
De cette nonchalance et son triste attirail :
« L'*oisiveté* se compare à la rouille ;
« Elle use plus que le travail. »

393.

Quand on vieillit , souvent on pleure ,
Sur des ans écoulés par trop rapidement ,
Et dont on n'a pas su profiter sagement :
« Pour être longtemps vieux, *faut l'être* de bonne heure. »

394.

Sur cette terre , où l'on n'est qu'en passant ,
Les objets semblent fuir comme un léger nuage ;
Jouir, n'est pas un bien vraiment à notre usage :
Espérer et *rêver* voilà notre élément.

395.

Sans beaucoup de façon, je compare un poète ,
A ces hommes, fendeurs de bois ;
Les rimes, sans pitié, mettent l'un aux abois,
Tandis que sur ses *coins* l'autre frappe et s'arrête.

396.

Le plus grand des forfaits est la *délation* ;
Elle est horrible au bandit même
C'est le degré le plus extrême ,
Du déshonneur, de la corruption.

397.

Qu'il est à plaindre et misérable
Celui qui, sans espoir, sent les feux de l'amour ;
 Mais qu'il est fortuné l'amant que, chaque jour,
Ce dieu vint caresser d'une aile favorable.

398.

Ceux qui recherchent les primeurs
N'espèrent pas, sans doute, longtemps vivre ;
 Car il vaudrait cent fois mieux suivre
La marche des saisons : les fruits seraient *meilleurs.*

399.

Offrir son superflu, c'est chose très vulgaire ;
 Elle n'a point de mérite à mes yeux.
 Mais il est vraiment généreux
Celui qui, de bon cœur, donne *son nécessaire* (1).

400.

Désirez-vous former un brave citoyen,
Qui, contre les erreurs, soit un puissant athlète,
Et diriger son cœur, en tout temps, vers le bien,
 Enseignez-lui, c'est là le seul moyen,
Le sentiment du *bon*, du *juste* et de l'*honnête.*

401.

On trouve au sein de la société
 Trois puissances à qui tout cède,
 Et que chacun à son tour intercède :
 L'*or*, la *science* et la *beauté.*

402.

Dans tous les instants de la vie,
Jeunesse ! livrez-vous à d'utiles travaux ;
 Car l'ennui, c'est la maladie
 Et des *paresseux* et des *sots.*

403.

. . . .

(1) A l'abbé M. . . .

404.

Adieu ! plaisirs d'amour, douce folâtrerie,
Lorsque le temps, sur nous, jette un triste regard,
La *bonté*, seul attrait qu'on permette au vieillard,
Des cheveux blancs alors est la *coquetterie*.

405.

Lorsque pour nous brille le premier jour,
Nous chantons, confians, l'hymne de la jeunesse,
Et sur des flots trompeurs et féconds en promesse
Nous cherchons l'*idéal* d'un bonheur sans retour.

406.

Le sentiment, cette céleste flamme,
A tous raisonnemens résiste sans effort ;
Et la raison toujours a tort,
Lorsqu'elle veut lutter contre un *effort* de l'âme.

407.

. . . . , ...

408.

Pourquoi voit-on souvent un homme instruit, capable,
Poursuivre la fortune avec tant d'apreté ?
C'est parce que l'*or* est une réalité
Et la gloire une *ombre* impalpable.

409.

Elle est *une* la vérité,
Tout le reste n'est qu'un vain songe ;
Et si la voir, pour nous est une rareté ;
C'est qu'on *gagne* trop au mensonge.

410.

Il n'est peut-être point de plus *vive* douleur
Que de se rappeler, au sein de ses misères,
Des momens plus prospères,
Et ses jours de bonheur.

411.

Ainsi que cette fleur qu'on nomme sensitive,
Se replie au contact des autans en fureur ;

Ainsi, longtemps avant que le malheur arrive,
Il frappe *sourdement* au fond de notre cœur.

412.

Femme bonne, prudente, habile,
Ne quitte jamais ta maison,
Et prenant en tous temps pour guide la raison,
Abstiens-toi d'un pas *inutile*.

413.

La récompense vient et germe au fond du cœur,
De l'homme qui, plein de sagesse,
Accomplit ses *devoirs* sans orgueil, sans bassesse,
Et qui ne connaît rien au-dessus de l'honneur.

414.

Bon jeune homme, ah ! je t'y convie,
N'imite point le champignon,
Qui nait, meurt et pourrit sous le même buisson,
Sans laisser nulle trace et de *force* et de vie.

415.

Un doux repos est le plus grand des biens ;
Pour le corps et l'esprit il est très nécessaire.
D'ailleurs, il vaut mieux ne rien faire
Que de faire souvent des *riens.*

416.

La fortune est fantasque, insolente, inhabile,
On ne connaît jamais au fond son dernier mot ;
Elle fuit du savant le bien modeste asile,
Pour habiter souvent la demeure d'un *sot.*

417.

A s'enrichir chacun aspire,
Et pour y parvenir on unit tous ses soins :
L'homme, en effet, beaucoup désire,
Bien qu'il n'ait que *peu* de besoins.

418.

Nous devons regarder la vie,
Comme un fleuve qui fuit au milieu des roseaux,

Sans *rechercher* la source de ses eaux ;
Sans même demander : sera-t-elle ravie ?

419.

Dans le calme des nuits, le doux souffle du vent,
On trouve ce repos, cette paix salutaire,
Qu'*exhalent* les doux chants d'une excellente mère
Qui *berce* les chagrins de son unique enfant.

420.

C'est une grande maladresse ;
C'est manquer d'esprit et de cœur,
Que de parler de son bonheur,
A ceux qui sont dans la *détresse*.

421.

Les gens, surtout en dignité,
Disent, jusqu'à satiété,
Sans permettre qu'on en rabatte,
Nous n'aimons que la vérité !...
Oui, mais la vérité qui *flatte*.

422.

L'homme, dans ses égaremens,
Ressemble à ce moulin placé sur la colline ;
Dans son humeur et fantasque et chagrine,
Il *tourne* à tous les vents.

423.

Aux passions abandonnée,
La jeunesse est en proie à de graves erreurs ;
Mais, c'est bien vainement que, l'âme consternée,
Des parens irrités montrent quelques rigueurs ;
Celle qui pleure est bientôt pardonnée.

424.

Notre vie est pleine d'écueils ;
Le temps sourdement nous entraîne ;
Et successivement nous voyons des cercueils,
Se *fermer* sur l'espèce humaine.

425.

Tout suit dans l'univers les lois de la raison ;
Si le malheur paraît, le bonheur le corrige :
Ce sont deux fleurs venant sur une même tige,
Peut-être *du même bouton.*

426.

L'homme se plaint dans ses détresses,
Il pousse sans raison de vains gémissements ;
Devant lui, cependant, sont d'immenses richesses :
N'est-il pas l'*héritier* du temps ?

427.

De l'homme le travail est l'unique partage ;
Seul, il peut s'élever et s'égaler aux dieux ;
Tout travail est sacré ! nous ont dit plus d'un sage :
Large comme la terre, il se perd dans les cieux.

428.

La solitude et le silence,
Pour l'homme valent mieux que le bruit, que le chant ;
Aussi le Suisse dit, dans sa sage prudence :
Si le silence est d'*or*, la parole est d'argent.

429.

En voyant l'Apollon, notre corps se redresse,
Et prend, sans s'en douter, un plus noble maintien ;
L'habitude de voir aussi l'homme de bien,
Fait germer dans nos cœurs la force et la noblesse.

430.

Le marin, en mettant le pied sur son vaisseau,
Pense fouler encore le sol de sa patrie,
Et retrouver, sur cette mer chérie,
Les lieux où s'éleva son modeste *berceau.*

431.

A tort, on se hâte, on s'agite,
Pour bien souvent ne faire rien :
En tous temps on fait assez vite
Quand on fait *bien.*

432.

Ainsi qu'un phare, un homme de génie
Est *placé* pour instruire, éclairer les humains ;
Du sommet d'un rocher, et des climats lointains,
Il propage une flamme ineffable, infinie.

433.

Il est bien rare assurément
Qu'en secret on aime une femme,
Sans que celle-ci, dans son âme,
N'en ait eu le *pressentiment*.

434.

Femme prudente, un peu sévère,
Qui veux bien *placer* tes enfans,
Rappelle-toi qu'au bal on trouve les amans,
Et les maris sous le *toit* d'une mère.

435.

Se conformant à nos goûts, à nos mœurs,
La *nature* toujours et prévoyante et sage,
Du bien, du mal a su faire un juste partage :
« La peine a ses plaisirs, la joie a ses douleurs. »

436.

. . . .

437.

L'amitié des grands et des rois
N'est pas plus durable que l'*ombre*
De ces ormeaux, quand la nuit sombre,
S'étend sur les champs et les bois.

438.

Un *peuple* généreux, réduit à l'esclavage,
Et malgré lui soumis au sort le plus affreux,
Est comme un vieil ormeau renversé par l'orage,
Mille jets de son sein s'élancent vigonreux,
Bravant avec succès et les vents et leur rage.

439 et 440.

. . . .

441.

Franchement, je suis peu touché,
De ces rares objets que l'on offre à ma vue ;
Car une chose superflue
Est *rarement* à bon marché.

442.

Soit que nous gémissions sous le joug en esclave,
Soit que sur nous des grands s'épande la faveur,
Nous aimons encor mieux une homme qui nous brave
Que le ton mielleux d'un insigne *menteur*.

443.

Les *faux amis* sont comme l'*ombre* ;
Elle paraît quand le ciel est serein ;
Mais devient-il et nébuleux et sombre,
Sa trace disparaît soudain.

444.

. . . .

445.

La nature riche et féconde,
Etablit son niveau, sans un grand appareil ;
Et de même que le soleil,
Le travail est pour tout le monde.

446.

Tant que je n'ai rien eu je n'ai manqué de rien,
Disait le sage Abdolonyme,
Au vainqueur noble, magnanime
Du Mède et de l'Assyrien :
Grand roi ! pour être heureux il faut très peu de chose,
Lorsque l'on sait borner ses désirs et ses gouts ;
Et que le cœur, exempt de sentimens jaloux,
Bien doucement en *paix* repose.

447.

Jeune fillette, au cœur discret,
Crains le serpent caché sous la fleur que tu cueilles ;
Mais, pour mieux éviter le *froissement* des feuilles,
N'approche pas de la forêt.

448.

L'ambition est un cheval farouche,
Qui se plaît à *ruer* aussitôt qu'on le touche,
Et qui, dans ses cruels ébats,
Ne s'arrête qu'après que son homme est *à bas.*

449.

Ce que j'ai me suffit ! que faut-il davantage ?
Mon sommeil est tranquille, et je me porte bien ;
Je trouve à mes repas des fruits et du laitage,
Et ce que je n'ai pas, je le compte pour rien.

450.

Bien des gens, saisis d'un beau zèle,
D'un voile épais couvrent la vérité ;
Des calculs le meilleur, dans la réalité,
C'est cependant toujours de lui rester *fidèle.*

451.

Celui dont le cheval est mené par l'orgueil,
A toujours la sottise en croupe ;
Et l'ironie et sa caustique troupe,
De sa porte assiègent le *seuil.*

452.

Si la blanche et verte aubépine,
Pique, en passant, le voyageur,
Son odeur suave et divine
Apporte un baume à sa douleur.
Ainsi, si parfois un nuage
Attriste le cœur d'un époux,
De sa femme un *regard bien doux,*
Ramène la paix du ménage.

453.

Dans tous les temps, comme aujourd'hui,
Le fou *profite* au sage et n'apprend rien de lui.

454.

Pourquoi chercher la cause, avec mystère,
Et de tous nos plaisirs et de tous nos revers ?

6

L'amour est le Dieu de la terre ;
Seul, il *anime* l'univers.

455.

Par une trompeuse espérance,
Le cœur de l'homme est sans cesse bercé !
Erreur pourtant, nous dit l'expérience :
Notre meilleur ami, c'est toujours le *passé.*

456.

On n'est heureux qu'au sein des paisibles retraites !
Les *songes* des ambitieux
Sont les enfans, tristes et nébuleux,
Des vents bruyans et des tempêtes.

457.

De ces conversions je suis fort peu touché ! (1)
Ces dames n'ont, avec leur repentance,
Ni les grâces de l'innocence,
Ni les attraits séduisans du *péché.*

458.

En parcourant un odorant parterre,
Ses suaves parfums à nous semblent s'unir ;
De même en s'éloignant d'une personne chère,
Notre cœur en *conserve* un tendre souvenir.

459.

Il est des gens durs, intraitables,
Fiers, orgueilleux de leur pouvoir ;
Mais il en est aussi d'autres toujours affables,
Que, pour les bien aimer, il *suffirait* de voir.

460.

O *Jeune Noémi !* (2) que j'aime ton ombrage,
Tes frais gazons, le vert gai de tes champs !
Ici, je crois encor être dans mon jeune âge,
Où tout charmait et mon cœur et mes sens.

461.

L'homme d'esprit, avec un soin extrême,
Avant de prononcer réfléchit prudemment ;

(1) 1850, en carême.

(2) Petite *villa* de l'auteur, située à un kilometre de Niort.

Au contraire , de tout l'imbécile est content,
Mais surtout content de *lui-même.*

462.

J'aime une gaîté franche et sans nul appareil ;
Le fade et triste persiflage
Comme un vent *froid* s'échappant d'un nuage,
Se fait sentir jusques en plein soleil.

463.

L'imagination bien souvent nous fourvoie ;
C'est la folle de la maison ,
Mais aussi l'on peut dire , avec plus de raison,
Que l'*admiration* de l'esprit est la *joie.*

464.

De nos docteurs subtils (1) quand je lis les débats ,
Très franchement je m'imagine ,
Sur une longue aiguille fine ,
Voir un danseur battre des *entrechats.*

465.

Conduit par une main trop jeune et maladroite,
Dans l'ornière de *gauche* un char brillant (2) tomba ;
Mais pour le relever , dans l'ornière de *droite ,*
Bien plus profonde, on l'embourba.

466.

Presque inutile à sa patrie ,
Le riche , sans soucis , vit dans l'oisiveté ;
De la misère et de la pauvreté
Naît au contraire l'*industrie.*

467.

Au printemps l'oiseau chante , est vif, plein de gaîté ,
Tandis que dans l'automne il garde le silence !
Serait-ce donc que l'*espérance*
A plus d'attraits que la réalité ?

(1) Les spiritualistes, les animistes, les pseudo-catholiques , les
casuistes, les gnostiques, les utopistes, les idéologues, les com-
munistes, les réalistes, les puseyistes , les probalistes , les rationa-
listes, les conceptualistes, les ecclectiques, etc

(2) Le char de la France

468.

Ne frappez point la féconde industrie,
Mais le consommateur, des utiles impôts :
Car une faible source est promptement tarie,
Si, dès son origine, on épuise ses eaux.

469.

On croit souvent entraîner le vulgaire,
En lui prêchant le faux pour la réalité ;
Mais le temps de la vérité
Est l'*invincible* auxiliaire.

470.

Noble, simple, sans appareil,
Sérieuse, mais non pas sombre,
La *justice*, égale au soleil,
Ne doit jamais paraître à l'*ombre*.

471.

L'amour, talisman précieux,
Qui de tout aisément se joue,
Tire parfois une âme de la boue,
Pour l'*élever* jusques aux cieux.

472.

Je connais quelqu'un, dit Voltaire,
Qui certe a plus d'esprit que moi,
Et ce quelqu'un, dont je subis la loi,
C'est *tout le monde*, et de plus, le parterre.

473.

Le travail et la liberté
Sont les deux grands moteurs du monde,
Et de cette source féconde,
Jaillit la *sainte* humanité.

474.

Aux élus seulement appartient l'allégresse ;
Mais, pour toucher tous les replis du cœur,
Chantez la mort, ou chantez la douleur :
A ce sujet *un chacun* s'intéresse.

475.

Il est des gens , comme on dit mal-léchés ,
Qui s'installent chez vous , sans façon et sans gêne ;
De sorte qu'on maudit l'instant qui les ramène ,
Et qu'on se trouve *heureux* de les quitter fâchés.

476.

Une femme belle et sensible ,
Est semblable à la rose et son joli bouton ;
Car , suivant le docte Platon ,
Le beau du bon est la *forme* visible.

477.

Le doux sommeil apaise la douleur ,
Que le soleil, il est vrai, fait renaître ;
Mais rien ne calme et ne fait disparaître
Les peines *réelles* du cœur.

478.

La misère est une prison obscure ,
Que gardent le mépris, l'insensibilité ;
Et que le riche , en sa félicité ,
Place presque au rang d'une *injure.*

479.

Il est des gens si fort ennemis du nouveau ,
Que pour les vieux abus ils sont prêts à tout faire ;
Et que, très volontiers, ils prendraient pour drapeau
Un *linceul* mortuaire.

480.

Entre la naissance et la mort ,
Ce n'est pas seulement un temps dit qui s'écoule ;
Mais encor des *devoirs* en foule
Nous sont, sur cette terre, imposés par le sort.

481.

. . . .

482.

Une jeune convalescente,
Qui longtemps de la vie attendit le réveil,
Est comme le bouton d'une rose naissante,
Qui, pour s'épanouir, a besoin du *soleil*.

483.

On a vu nos soldats, au champ de la victoire,
Tout couverts de haillons, et presque sans souliers (1);
Mais, sous tous ces haillons, resplendissait la *gloire*,
Et la palme ombrageait le front de nos guerriers.

484.

Le bon sens fait le fond de la terre de France,
L'*erreur* s'y montre rarement ;
Mais la folie, accidentellement,
Y joint aussi parfois sa légère influence.

485.

. . . .

486.

Le doute, en amour, fait souffrir ;
C'est vraiment respirer sans vie ;
C'est s'éteindre et ne point mourir,
Ah ! promptement plutôt qu'elle nous soit ravie !

487.

Lorsque l'on nous adresse un mot consolateur,
Après de vifs chagrins, une longue souffrance,
Le doux *parfum* de l'espérance
De l'oreille aisément arrive jusqu'au cœur.

488.

Nous recherchons tous sur la terre,
Du bonheur la réalité ;
Sans voir que le bonheur, comme une ombre légère,
Du *verre* a la fragilité.

(1) En 1793

489.

. . . .

490.

Comme un nuage, une faible vapeur,
Se dissipe parfois une longue souffrance ;
« Un *quart-d'heure* de jouissance
« Efface un siècle de douleur. »

491.

La fortune parfois d'exaucer prend à tâche
Les plus bizarres vœux, les plus extravagans ;
Tandis que, sans raison, souvent elle se fâche,
Et *contredit* tous ceux des plus honnêtes gens.

492.

Jeune homme, si tu veux vivre libre d'entraves,
A l'étude, aux beaux-arts livre-toi sans retour :
La liberté jamais n'accompagne l'amour,
Et les amans ne sont vraiment que des *esclaves*.

493.

L'amour seul enflamma ce fier navigateur,
Qui, le premier, bravant une mer en furie,
Sur une *faible planche* osa risquer sa vie,
Et de la mort affronter la terreur.

494.

Oui, la postérité rarement exagère ;
Mais, toujours juste, et, dans sa loyauté,
Dédaignant d'être trop sévère,
Elle ajoute parfois à la célébrité.

495.

La raison nous sert moins, elle est bien moins utile,
Lorsqu'elle nous conduit au comble des plaisirs,
Que lorsque, sans égard à tous nos vains désirs,
Elle nous fait *aimer* un sort doux et tranquille.

496.

Rassasié du bien, l'homme cherche le mieux ;
Mais il trouve le mal ; il gémit, il soupire ;

Il ne lui reste plus que la *crainte* du pire ,
    Et du sort le plus rigoureux.

497.

Ce que c'est que l'espèce humaine !
L'un très avidement recherche les plaisirs ,
L'autre , le cœur gonflé de larmes , de soupirs ,
Invoque *de la mort* la bonté souveraine.

498.

    Si l'on donnait à sa santé ,
Le *quart* des soins qu'on donne à sa fortune ,
De tant d'infirmités la cohorte importune ,
Affligerait bien moins la pauvre humanité.

499.

Dans l'immensité de l'espace ,
De tous les siècles à venir ,
Vraiment , qu'est-ce donc que mourir ?
C'est simplement *céder* sa place !

500.

Rien n'est certain dans l'univers !
    La prospérité la plus sûre ,
Est celle qu'avec soin l'auteur de la nature
    Parsème de quelques revers.

501.

Le *jeu !* c'est une triste affaire ;
C'est un appui chancelant , vermoulu ,
    Où l'on risque le nécessaire ,
    Pour obtenir le *superflu.*

502.

Tous nos dévots du jour , d'une voix peu commune ,
Disent : La *pauvreté* seule conduit à Dieu ;
Le ciel n'est pas pourtant leur unique et seul vœu ,
Puisqu'on les trouve tous poursuivant la fortune.

503.

La résignation , l'ineffable douceur ,
Il est vrai , ne sont point certe une jouissance ;

Mais, sous l'aile de l'*espérance*,
Elles peuvent souvent nous conduire au bonheur.

504.

Ce n'est point sans motif que l'homme, en sa détresse,
D'un monde organisé semble *ignorer* l'auteur ;
Pour l'être fortuné : bonheur, amour, ivresse !
Pour le pauvre souffrant : misère, oubli, douleur !

505.

Tout semble, en ce bas monde être contre nature,
Et marche sans raison, sans règles, sans ressort :
Dans nos bois, l'oisillon de l'aigle est la pâture ;
Et le faible est partout la *victime* du fort.

506 et 507.

. . , ...

508.

Soyez pauvre, proscrit, accablé de souffrance ;
Soyez le plus à plaindre et le plus malheureux :
Pour supporter un sort si rigoureux,
Un mot suffit, ce mot c'est l'*espérance*.

509.

Ce n'est jamais sans un secret dépit,
Qu'une femme du temps voit les traces rapides ;
J'en connais cependant, dont la grâce et l'esprit
Font aisément disparaître les *rides* (1).

510.

Pour se conduire bien, il faut se souvenir.
L'expérience seule est la reine du monde ;
En tous temps le passé nous *prédit* l'avenir,
Lorsque la prévoyance à propos nous seconde.

511.

Pour soulager les pauvres souffreteux,
Les gens riches donnent des fêtes ;
Leurs épouses font des conquêtes ;
C'est la *charité* des heureux.

(1) Mme M...

512.

Un mari généreux médite une conquête,
Disait certaine dame, avec beaucoup d'ennui :
Le mien vient de m'offrir, pour étrenne aujourd'hui,
De très beaux diamants, *et cela m'inquiète* (1).

513.

Qu'existe-t-il après l'amour et son bandeau ;
Après l'esprit, la force et la jeunesse ;
Après l'ambition, l'amitié, la richesse ?
Hélas ! une pierre..... un *tombeau !*

514.

Pourquoi donc les bossus, sous leurs formes étranges,
Ont-ils bien plus d'esprit que les autres encor ?
C'est que ce sont des *démons* ou des *anges*,
Qui, sous leurs monts osseux, cachent des ailes d'or.

515.

De toutes les raisons je n'en connais aucune,
Dans tous les lieux et sous tous les climats,
Plus propres à calmer les haines, les débats,
Que le *malheur*, que l'infortune.

516.

Rappeler *le bien* qu'on a fait ;
Le reprocher, surtout avec rudesse ;
C'est manquer de délicatesse :
« Un bienfait reproché cesse d'être un bienfait. »

517.

Pour être heureux, la route la plus sûre,
Est de bien cultiver son *esprit* et son *cœur :*
Ce n'est que dans les champs négligés, sans culture,
Que l'arbre vénéneux s'élève avec vigueur.

518.

Bien qu'une chose soit facile,
Encor de l'art partout faut-il ;
Aussi, l'ouvrier mal habile
Jamais ne trouve un bon *outil.*

(1) Mme D R. C

519.

. . . .

520.

Pour les meilleurs gouvernements,
La *prospérité* d'une terre,
Dépend malgré ce qu'on peut faire,
De celle de ses habitants.

521.

Le bonheur n'est qu'au fond d'une aimable retraite,
Dans les champs, dans les bois et leur douce fraîcheur,
Loin de la foule, agitée, inquiète;
Le monde *fait fuir* le bonheur.

522.

La nature toujours, en prévoyante mère,
Pour d'une femme assurer le bonheur,
A voulu, qu'en son cœur, le doux instinct de plaire
Fut *inné* comme la pudeur.

523.

Aujourd'hui les oiseaux nocturnes
Volent sur les ailes des vents;
Les morts évoquent les vivans,
Et les *penseurs* sont taciturnes.

524.

La vie est courte et fuit avec rapidité;
Sachons donc, aussi bien qu'en l'heureuse fortune,
Supporter nos maux sans rancune,
Même avec courage et *gaîté*.

525.

D'une bonne action si l'on cherchait la cause,
On n'y verrait parfois rien de très généreux;
Sur un motif méprisable, honteux,
Assez souvent elle repose.

526.

Il est des gens dont l'esprit, les talens
Savent donner du prix à la plus mince chose,

Et qui, d'un bluet, d'une rose,
Font un *épi* de diamans.

527.

Malgré lui, bien souvent le plus pervers éprouve
Le sentiment d'une bonne action ;
Ainsi le miel parfois se trouve
Dans la *gueule* d'un fier lion.

528.

Rassurez-vous, âme simple et craintive,
Qu'un rien, le plus souvent, semble terrifier :
La *peur* n'est, croyez-moi, qu'une ombre fugitive,
Qu'il faut voir *de très près* avant de s'effrayer.

529.

On rencontre à Paris, dans le siècle où nous sommes,
Des femmes qui par art, ou par séduction,
Font intrépidement la *chasse* aux cœurs des hommes,
Comme l'Indien fait la chasse au lion.

530.

Il en est qui, dans leur histoire,
Ont eu souvent, mais tour-à-tour,
Et presque du *bonheur*, et presque de l'*amour*,
Et même presque de la *gloire*.

531.

Une jeune fillette, au teint vif et vermeil,
Est une fleur fraîche et vivante,
Qui, pour s'épanouir et devenir charmante,
Ne demande au printemps qu'un *rayon* du soleil.

532.

D'un luxe éblouissant le fragile avantage,
S'achète bien souvent par des soucis *amers* ;
La vie hélas ! ressemble aux vastes mers,
Ses effets les plus beaux sont dans les temps d'*orage*.

533.

La nature parfois dispense les talens,
Comme une aumône charitable,

Qu'elle jette, toujours aimable,
Dans le *bissac* des pauvres gens.

534.

Il est des nuits voluptueuses,
Que ne remplaceraient ni l'or ni la grandeur,
Qui sont même au-dessus des palmes glorieuses,
Que dans les champs de Mars, sait cueillir un vainqueur.

535.

Il est certains écrits pleins d'attraits et de charmes,
Dont la lecture attendrit notre cœur,
Mais qui font dire après, quand on connaît l'auteur :
Je voudrais reprendre mes larmes.

536.

Je dis que la dévotion
Du *cœur* est une maladie,
Qui donne à l'âme une folie
D'un caractère aimable et bon.

537.

Pour la femme qui sut jadis aimer et plaire
Il ne faut qu'un dépit, un caprice souvent,
Pour la faire passer, assez rapidement,
De son *boudoir* au sanctuaire.

538.

D'un plaisir qui n'est plus on croit encor jouir !
Le sentiment aime à s'en faire accroire.
Laissons aux cœurs froids la mémoire ;
Aux cœurs tendres le *souvenir* !

539.

Il est tel qui tremble, soupire,
Regarde tristement sans oser s'exprimer ;
Oui, c'est ainsi que le faible désire ;
Les forts seuls savent bien aimer.

540.

Certaine femme, en son jeune âge,
Est comme un souffle du printemps ;

Par ses grâces et ses talens,
Elle *ravive* tout sur son riant passage.

541.

La coquette, à l'œil séducteur,
Qui seulement à plaire aspire,
Circule bien autour du cœur,
Mais en vain s'y veut introduire.

542.

Sachons du sort supporter les fléaux ;
Dans les plus durs instans ne perdons point courage :
Car les beaux jours souvent succèdent à l'orage,
Et *le temps*, dans son cours, apaise bien des maux.

543.

En se donnant à Dieu, toute femme galante
Dans son isolement cherche quelque retour :
C'est une passion moins vive, moins ardente,
Qui *change* seulement l'objet de son amour.

544.

Ne serrez point, dit Phocylide,
Trop fort, surtout trop rudement,
La main et naive et timide
D'un modeste et bien jeune enfant :
N'exigez point qu'il soit *tout-à-coup* un savant.

545.

Comme les vastes flots des mers les plus lointaines,
Qui se suivent sans cesse et sans se dépasser,
Les *générations*, dans leurs courses certaines,
Se poursuivent toujours mais sans se devancer.

546.

Certaine femme, au déclin de la vie,
Très volontiers fait sa confession ;
Au fond du cœur même elle en est ravie,
De se *vanter* trouvant l'occasion.

547.

L'art de donner n'est pas aussi facile
Que communément on le croit ;

Pour bien l'apprendre il faut d'une façon subtile ,
Se mettre *au lieu* de celui qui reçoit.

548.

L'amour du peuple est éphémère ;
C'est le calme dans l'Océan ;
Mais la tempête et l'ouragan ,
Sont moins *affreux* que sa colère.

549.

Il est des gens très froids de constitution ,
Dont la bravoure et le courage
N'arrivent *qu'après coup* , et sans nul avantage ,
Ainsi que la réflexion.

550.

Tout se suit , tout naît , tout succombe ,
Le vieillard et le jouvenceau ;
Car le berceau touche à la tombe ,
Comme *tient* la tombe au berceau.

551.

Indépendant par caractère ,
L'homme fort agit librement ;
Mais pour le faible et l'indolent ,
Un vain *prétexte* est nécessaire.

552.

. . . .

553.

Nul ne doit laisser perdre , et surtout un vieillard ,
Dont l'existence peut être bientôt ravie ,
Les *miettes* qui tombant , s'échappent au hazard ,
Du banquet si *court* de la vie.

554.

L'économie appelle la santé :
Des pauvres elle est la richesse ;
Des riches elle est la sagesse ,
Et , pour tous , c'est la *liberté*.

555.

Le médecin, l'élève d'Epidaure,
Peut bien vaincre la fièvre et mille maux divers ;
Mais, il ne peut dompter un cœur sombre et pervers,
Que domine l'*orgueil*, que la haine dévore.

556.

Le vrai poltron du lâche est le filleul.
Je crois pourtant, que vous en semble ?
Que trois poltrons ont bien moins peur ensemble,
Qu'un *brave* lorsqu'il est tout seul.

557.

. . . .

558.

L'avenir est pour *tous* un fort mystérieux,
Que, dans l'obscurité, nous construisons nous-mêmes ;
Telles sont des destins les volontés suprêmes !
Edifions-le donc noble, majestueux.

559.

On ne peut arriver au temple de mémoire,
Par un chemin de fleurs et rempli d'agrément :
La fortune vient en dormant ;
Il n'en est pas de même de la *gloire*.

560.

Le cœur n'a pas toujours raison ;
Mais ce qu'il sent, *rien* ne l'efface ;
Les esprits dévorent l'espace ;
Les âmes n'ont point d'horizon.

561.

La vie est un voyage,
Seul, souvent ennuyeux ;
Mais, un bon mariage
Est un voyage à *deux*.

562.

Sur le sépulcre hélas ! où tu reposes,
Jeune beauté (1), dont mon cœur fut épris,

(1) Mlle C A.

On se plaît à semer des myrtes et des roses ;
Moi je n'y vois naître que des *soucis*.

563.

La jeunesse qui plie, et tristement se fane,
Se ranime parfois au souffle de l'*amour* ;
Ainsi la fleur penchée, au contour diaphane,
Se relève joyeuse aux rayons d'un beau jour.

564.

Pour être heureux, la meilleure des voies,
C'est de savoir borner sagement ses désirs :
L'intempérance offre de courtes joies,
    Dit Démocrite, et de *longs* déplaisirs.

565.

    Pour se détester et se nuire,
Les hommes ont recours à la religion ;
Mais ils en ont toujours faible provision,
    Pour s'entr'aider, s'aimer et se le dire.

566.

. . . .

567.

La *pudeur* est de l'innocence
L'emblème le plus précieux :
A la terre on doit la prudence,
Mais la pudeur nous vient des cieux.

568.

A la mort n'est point asservie
L'âme fidèle d'un amant :
L'extase de l'amour va bien plus loin vraiment
Que les limites de la vie.

569.

Parfois le malheureux rend son dernier soupir,
A deux pas d'une table abondamment servie,
Dont les *miettes* souvent, contentant son désir,
Eussent au moins suffi pour prolonger sa vie.

7

570.

Rempli de force et de vigueur,
Fuyant un repos inutile,
L'*esprit de l'homme*, ainsi qu'un voyageur,
Ne peut point rester immobile.

571.

Comme l'ambition, le dévorant amour
Fait très souvent taire la conscience ;
Et, sur bien des sermens qu'on eût crus sans retour,
Jette un voile d'oubli, même d'indifférence.

572.

Dans un illustre et noble cœur,
Le bienfait accordé ne laisse point de traces ;
Mais l'*obligé*, même au sein des disgrâces,
Doit, jusques au tombeau, chérir son bienfaiteur.

573.

Sachons nous contenter de notre patrimoine :
Faute de froment, comme on dit,
L'alouette fait bien son nid,
Dans les sillons d'un champ d'*avoine*.

574.

Ces philanthropes intrigants
N'ont rien pour moi de vénérable :
Amis des *noirs*, très ennemis des *blancs*,
Leur *bouche* seule est bonne et charitable.

575.

Demandez bien à Dieu, dit tout haut St *Bon-Sens*,
De chasser loin de vous d'une main très agile,
Les hommes de la cour, les femmes de la ville,
Et surtout les loups dévorants.

576.

Dans l'avenir tout gît et tout repose.
Le monde est un vaste bazard ;
Ensemencez donc le *hazard* ;
Il en naîtra, soyez sûr, quelque chose.

577.

Nous voyons tous les jours, et même parmi nous,
Des hommes qu'on eût crus vraiment recommandables,
Qui des vainqueurs embrassent les genoux,
Et foulent, sous leurs pieds, les vaincus misérables.

578.

La vie est un *duel* sans délai, sans repos,
Qu'en naissant nous livrons à notre destinée,
Et qui n'a d'autre fin que la dernière année,
Où la mort arrivant met un terme à nos maux.

579.

Si tu veux auprès d'une belle,
Jeune homme, faire un rapide chemin,
Pique sa jalousie, et sois un peu lutin :
La femme qui triomphe est *rarement* cruelle.

580.

On va bien loin souvent pour chercher le malheur ;
On court même parfois au-devant d'un naufrage ;
Quand, plein de grâce et de candeur,
Le bonheur nous attend dans notre *voisinage*.

581.

Elle est bien loin de nous cette belle saison,
Où nous croyions renaître avec le vert feuillage :
On a *deux torts*, en avançant en âge,
Et celui de vieillir, et puis d'avoir raison !

582.

Ils s'entendent d'autant plus vite,
Les vrais amants dans leurs débats,
Qu'ils s'expliquent moins et sans suite ;
Et d'autant mieux qu'ils ne *s'expliquent* pas.

583.

Chaque jour, comme à l'ordinaire,
Le soleil reparaît brillant et radieux,
Souriant, même *insoucieux*
Des crimes, des vertus que fait germer la terre.

584.

Que je plains d'un mortel les malheureux destins,
Quand je vois, contre lui, la médisance unie
    A la plus noire calomnie !
Je redouterais moins des *tigres* africains.

585.

Sous un triste tombeau s'en vont ensevelies
    Nos espérances d'un seul jour !
    Dans ce monde insensé, l'amour
Est la plus sage, hélas ! encor de nos folies.

586.

Contre ton cœur tu crois, par un adroit détour,
Trouver dans ta raison un appui tutélaire :
La raison, jeune fille, est faible d'ordinaire
    Contre les *ruses* de l'amour.

587.

    Le sort inconstant et volage
Porte souvent très haut ceux qui rampaient très bas ;
Mais si, selon le rang, on change de langage,
    Qu'au moins le *cœur* ne change pas !

588.

    Il est certain plaisir tranquille
    Qui ressemble fort au bonheur ;
    En tous lieux est son domicile,
    Quand la source est *au fond du cœur.*

589.

    Il est une imprudente et bouillante jeunesse,
Qui dans les seuls excès trouve tous ses plaisirs,
Et qui semble chercher, pour terme à ses désirs,
Les maux et les regrets d'une *triste vieillesse.*

590.

    Une *goutte* suffit souvent
Pour faire déborder l'eau qu'un vase renferme :
Ainsi la patience à la fin trouve un terme,
Et le *peuple* irrité se soulève en grondant.

591.

La *nature* jamais ne paraît plus paisible ,
Et dans un calme plus profond ,
Qu'au moment même où, puissante et terrible ,
Elle détruit et tout confond.

592.

La prodigue magnificence
Dans son écart , toujours fatal ,
Donne , pour borne à sa puissance ,
La fantaisie et l'*idéal.*

593.

. . . .

594.

Jeune homme ! dont l'âme est honnête ,
Du modeste pavot prends cette instruction :
Avant que de sa fleur il *relève* la tête ,
Il attend sa perfection (1).

595.

Lorsque l'amour s'enfuit, adieu bonheur, ivresse !
Adieu trompeur espoir du plus doux avenir !
Il ne nous reste plus qu'amertume et tristesse :
On peut fixer l'amour , mais non le retenir.

596.

Le mal au bien s'offre comme *intermède ;*
Le noir , le blanc mélangent leurs couleurs ;
Et s'il n'est point de douleurs sans remède ,
On ne voit point de plaisirs sans douleurs.

597.

La jalousie, en apparence,
Est l'effet du plus tendre amour :
Mais elle est bien mieux un détour
De l'*orgueil*, de la défiance.

598.

L'amour, dont le tissu se *cache* sous des fleurs ,
Malgré son ivresse et ses charmes ,

(1) Le bouton à fleur du pavot est penché jusqu'au moment de la
floraison.

Est rempli, bien souvent, d'amertume et de larmes;
Et l'éternel motif de toutes nos douleurs.

599.

Les sept sages étaient certe atteints de *folie !*
Ils cherchaient le bonheur, aimaient la vérité :
Mais, pour y parvenir, l'erreur qui les rallie,
C'est : fuyons les douceurs qu'offre la volupté !

600.

Les âmes tendres sont sujettes
A mêler la tristesse avec le sentiment ;
L'amour heureux à des peines secrètes,
Qu'il *s'explique* assez rarement.

601.

Modérons nos désirs, sachons avec adresse
Faire usage de tout, et n'abusons de rien ;
Pour être heureux longtemps c'est le souverain bien :
La modération *supplée* à la richesse.

602.

Nulle femme ne voit, sans un vif déplaisir,
Surtout lorsqu'il lui reste encor l'espoir de plaire,
Tout ce qui peut, par un destin contraire,
Dire son âge et la *vieillir.*

603.

La mode est la reine du monde ;
La mode a toujours dix-neuf ans ;
Fantasque, changeante, incommode,
Son pouvoir est de tous les temps.

604.

C'est bien en vain qu'on en raisonne ;
Cet adage est écrit pour tous :
« Les cimetières sont des lieux de rendez-vous,
« Où l'on ne voit venir jamais qu'une personne. »

605.

Jeunes hommes ! soyez toujours
Des amants constants et fidèles ;

Et ne vous bornez point à garder des amours
Seulement le vol et les ailes !

606.

Le véritable guide en toute occasion ,
Et le frein unique et suprême ,
Bien au-dessus des lois , de la religion ,
C'est , dans tous les instants , l'estime de soi-même.

607.

Gardons-nous des méchants ; ne le soyons jamais ;
Non , ne soyons heureux aux dépens de personne ,
Et que ce qui nous environne ,
Eprouve un sentiment de bonheur et de paix.

608.

Bien plus que la raison , le temps et les années
Suffisent pour changer nos goûts et nos penchants :
L'aiguillon du plaisir s'émousse avec le temps ;
Celui de la douleur a mêmes destinées!

609.

Un *esprit faux* présage un cœur méchant ;
Un esprit *juste* annonce une bonne âme ,
Que de l'humanité le saint amour enflamme :
De même tous les sourds sont muets en naissant!

610.

L'ivresse , le plaisir , la douleur , la démence
Sont quatre états consacrés à l'erreur ,
Et dans lesquels , une épaisse vapeur
Cache de la raison la plus faible apparence.

611.

Jeune fille folâtre , au teint vif et vermeil ,
Peut se livrer pourtant à la mélancolie ;
Mais ainsi qu'en été sous la nue affaiblie ,
On voit briller souvent un rayon du soleil.

612.

Oui du crime , l'hypocrisie
Fut la *protectrice* en tout temps ;

Et je crains beaucoup moins les crimes apparents
Que d'un cœur vicieux la feinte et l'argutie !

613.

L'amour et l'amitié sont deux illusions
Qu'il faut se ménager durant toute la vie :
Mais *l'épreuve*, souvent d'amertume est suivie ,
Et laisse au fond du cœur bien des déceptions

614.

L'*occupation* remplit l'âme ;
Elle empêche que , survenant ,
Malgré sa tentative infâme ,
Le *vice* insidieux n'y trouve un logement.

615.

Il est des gens auxquels les soucis , les alarmes ,
Les noirs chagrins et la vive douleur ,
Vont beaucoup mieux que le bonheur ,
Que le plaisir , même avec tous ses charmes.

616.

L'extrême sensibilité
Peut élever jusqu'au sublime ;
Si , par l'ouragan emporté ,
L'on ne tombe avant dans l'*abîme*.

617.

Oui , l'esprit de réaction ,
Conduit à cette chance :
On arrive à la *violence* ,
En parlant *modération*.

618.

Deux espèces de gens plaisent aux vieilles femmes ,
Et se font écouter sans de bien grands efforts :
Les uns , en leur disant : soyez de *saintes âmes* ;
Les autres en cherchant à les rendre *esprits forts*.

619.

Une fille rieuse et folle ,
Est semblable au sable mouvant :

L'impression, sur elle, est l'effet d'un moment ;
Bien fou qui croit à sa parole.

620.

Ou le bien ou le mal également provient
D'un sentiment que *tout le monde adore* :
« L'amour est un feu qui dévore ;
« L'amour est un feu qui soutient. »

621.

Notre cœur est une atmosphère,
Qui reçoit les *impressions*
Des météores, des saisons,
Aussi bien que le fait la terre.

622.

L'âme souvent plus que le corps
Réclame les secours qu'offre la médecine,
Heureux le docteur qui devine,
Et qui sait à propos adoucir ses ressorts !

623.

Nos corps sont comme un baromètre,
L'orage, la pluie et les vents
Changent parfois nos sentiments,
Décident de notre *bien-être*.

624.

Rien n'égale les voluptés
Que donne la convalescence :
C'est vraiment une renaissance
Qui *double* au moins nos facultés.

625.

Nul homme ne dira, s'il est prudent et sage :
Je peux braver les coups du sort ;
C'est bien souvent en arrivant au port,
Que le navire fait *naufrage*.

626.

Un beau jour printanier,
La jeunesse et la vie

Sont la branche fleurie
Sur laquelle l'*amour* pose ainsi qu'un ramier.

627.

Comme un mince vase d'albâtre
Qui laisse s'échapper sa suave liqueur,
Une jeune beauté, *débile*, mais folâtre,
Voit loin d'elle s'enfuir la vie et le bonheur.

628.

La fortune parfois, du plus haut de sa roue,
Frappe et jette au plus bas un mortel orgueilleux,
Tandis qu'assez souvent elle prend dans la *boue*,
Celui qu'elle désire élever jusqu'aux cieux.

629.

L'homme puissant ne cherche point d'excuse ;
Sa force est dans sa volonté ;
Mais le faible, de son côté,
Pour réussir a recours à la *ruse*.

630.

Pour soumettre un peuple irrité,
Toujours on a recours à la force brutale ;
Tandis que l'on eût pu, sans trouble ni scandale,
Le satisfaire avec *plus d'équité*.

631.

Il *semblerait* parfois que la fortune
Se repent des maux qu'elle a faits ;
Et, dans d'autres moments, qu'elle garde rancune
Aux imprudents comblés de ses bienfaits.

632.

Contentons-nous du modeste héritage,
Que nous légua le juste sort :
Celui qui reste dans le port
Ne craint point de faire *naufrage* !

633.

Du vert printemps le plus beau jour,
Sans l'*amour* est plein de tristesse !

Oui , sans l'amour que ferait la jeunesse ?
Sans la jeunesse aussi que deviendrait l'amour ?

634.

Qu'est-ce donc que le suicide ?
C'est renoncer à tout dans le même moment :
A l'amour , à l'espoir , à l'amitié solide...
C'est en un mot *se tuer tout vivant.*

635.

Ah ! c'est une douleur suprême
Que de perdre l'objet des plus doux sentimens !
On est vraiment alors mort pour tous les vivans ,
Et l'on n'est plus *vivant* que pour l'objet qu'on aime.

636.

On peut dire que les Français
Sont de véritables *gribouilles :*
Pour mettre à sec tous leurs marais ,
Ils ont appelé les grenouilles.

637.

. . . .

638.

Une loi trop sévère est un immense gouffre ,
D'où jaillissent souvent bien des torrens de pleurs ;
Mais on baillonne en vain le malheureux qui souffre ;
On n'apaise point ses douleurs.

639.

On ne voit plus de douleur véritable ;
On ne voit plus d'inflexible serment ;
On ne voit plus d'amour constant :
Dans ce temps , tout est *périssable !*

640.

Chaque âge subit son destin ,
Et jamais le temps ne sommeille :
Un vieillard regarde la *veille ,*
Un jeune homme le *lendemain.*

641.

Un bel et brillant équipage,
Un silence majestueux,
Cachent souvent un *sot* présomptueux,
Un très médiocre personnage.

642.

Dans les chagrins vifs et cuisans,
Le calme n'est qu'à la surface ;
Une *larme* bientôt l'efface,
Brise la digue, et s'échappe en torrents.

643.

.   .   .   .   ,   .   .   .

644.

L'homme reçoit de la fortune
Toujours *trop*, lorsqu'il est heureux ;
Lorsque le malheur l'importune,
Que lui font des biens précieux ?

645.

L'envie est une *fièvre ardente*,
Qui ronge la poitrine et remplit notre cœur
D'une flamme âcre et dévorante,
Source sans fin d'une infâme douleur.

646.

Sur le simple églantier la *greffe* fait paraître
Les plus beaux rejetons de la reine des fleurs ;
Assez souvent aussi sous le chaume on voit naître
Les plus rares talens et les plus nobles cœurs.

647.

Un pilote savant et sage,
Même au milieu d'un ciel serein,
Voit, d'un coup-d'œil, un nuage lointain,
Qui grandit en marchant, et renferme un *orage*.

648.

Jeune fille, du monde abjurant le séjour,
Dans un cloître isolé cherche une sauvegarde ;
Mais les religions ne sauraient mettre en garde
Contre les *flèches* de l'amour !

L'intérêt seul, dans le siècle où nous sommes,
    Etend sur tout son magique pouvoir :
Il est le grand moteur des actions des hommes,
Qui, pour lui, sans rougir, négligent *leur devoir*.

649.

L'homme a vraiment deux modes d'existence ;
    La nature en fait une loi :
    L'un est formé, chez lui, du *moi* ;
L'autre à tous ses entours emprunte sa puissance.

650.

Contre *Voltaire*, en vain les ignorants, les sots
    Gardent d'éternelles rancunes :
Ses bons ouvrages sont comme les vieilles lunes,
On les revoit toujours plus brillans et plus beaux.

651.

Une femme à la fois aimable, jeune et belle,
    N'est-ce pas de l'argent comptant ?
N'est-ce pas le bonheur éternel et constant ?
    Oui, si *Plutus* se présente avec elle !

652.

. . . .

·653.

Le *jettator* est victime innocente
    D'une étrange fatalité :
    En quelque lieu qu'il se présente,
Il entraîne, après lui, la *destructivité*.'

654.

Une bibliothèque est comme un cimetière ;
On y consulte plus les *morts* que les vivans ;
On désire être seul, et même d'ordinaire
On se borne à chercher un ou deux monumens.

655.

Une femme *sensible* et souvent trop sincère,
Languit, s'épuise et voit s'entr'ouvrir son tombeau ;
De même se dessèche un charmant arbrisseau,
Lorsque sa jeune tige ornait encor la terre.

656.

Malgré toute opposition,
La *presse*, quoiqu'on puisse faire,
Sera toujours la grande messagère
De la civilisation.

657.

Le brave et le savant méritent notre hommage ;
D'un cœur très généreux c'est toujours le produit :
Mais, il est moins aisé de faire un *homme instruit*,
Que de voir des Français pleins d'un noble courage.

658.

Ce qui paraît exceptionnel et grand,
Sur l'âme d'une femme exerce un grand empire :
Le *courage* surtout est un moyen puissant
Pour la charmer, pour la séduire.

659 et 660.

. . . .

661.

En France, où de tout on se joue,
Le ridicule, cependant,
Tache bien plus cruellement
Et que le sang et que la boue:

662.

Les beaux jours en fuyant semblent plus ravissants ;
L'automne du printemps offre parfois l'image ;
On croirait même alors que l'ombre et le feuillage
Ont de nouveaux attraits qui charment *mieux* les sens.

663.

Certe, il n'est point d'états ignobles ;
Aucun par la raison ne doit être proscrit :
Mais cultiver la terre et cultiver l'esprit,
Voilà, selon nous, les plus *nobles*.

664.

Comme un orage du printemps
Sont les chagrins de la jeunesse ;

L'air en devient plus pur, ses attraits plus touchants,
Et du plaisir *double* l'ivresse.

665.

Qu'il est doux de penser, lorsqu'on se sent mourir,
Lorsque la tombe nous appelle,
Que l'*amitié*, toujours tendre et fidèle,
Conservera de nous un touchant souvenir.

666.

La mort est douce et désirable,
Lorsqu'elle vient comme un vent furieux ;
Le brisement du corps est bien plus supportable,
Que celui des *liens* qui nous rendaient heureux.

667.

L'ambition marche avec l'imprudence,
Avec l'orgueil et la déloyauté :
« La *justice* et la *vérité*
« Seules conservent leur puissance. »

668.

Chacun vit comme il peut dans la société.
L'un vit de son esprit, l'autre de sa colère ;
Monsieur tel se soutient par sa fatuité ;
Monsieur tel par son air gauche et patibulaire :
Enfin, selon qu'on est par le *sort* bien doté.

669.

Entr'elles les vertus firent une alliance
Qui, pour base, eut la *vérité :*
La justice enfanta la générosité,
Comme l'humanité produisit la prudence.

670.

Le véritable amour, la sainte piété
S'accordent bien souvent, sans que rien les dérange :
Aussi parfois l'on voit le bizarre mélange
De la *religion* et de la *volupté*.

671.

Voyager, quitter sa patrie,
C'est fuir le doux printemps pour une autre saison,

Et madame de Staël disait avec raison :
« C'est le plus ennuyeux des *plaisirs* de la vie. »

672.

En amortissant notre ardeur ,
La vieillesse nous donne et sagesse et prudence ;
Nous aimerions bien mieux un peu d'*inconséquence* ,
Et plus de force et de vigueur.

673.

Le pauvre crie et se lamente ,
Il accuse ab *hoc* et ab *hac ;*
Il ne voit pas , dans sa douleur cuisante ,
Que son grand ennemi gît dans son *estomac.*

674.

L'homme plongé dans la détresse ,
Perd sa raison , son jugement.
La *faim* est misérablement
La plus implacable maîtresse.

675.

On méprise l'*âne* , et pourtant
Il supporte les maux sans broncher, ni rien dire ;
Bien plus que lui l'homme est inconséquent ;
Favorisé du sort il ne fait qu'en médire.

676.

Le pauvre a tort de se désespérer ;
Car sa position est assez agréable :
L'avenir n'a pour lui rien de plus redoutable ,
Et son état ne saurait *empirer.*

677.

Quoiqu'on dise, du temps la marche est toujours louche ,
Si l'on en doit juger par les événemens :
De tous les *ouvriers* , le plus triste est le temps ,
Car il dégrade et détruit ce qu'il touche.

678.

Nous faisons, avec soin , ample provision ,
Pour un très court et très léger voyage ;

Et nous n'en faisons point, lorsque le temps et l'âge
Menacent notre corps de sa *destruction.*

679.

A certain vin ressemble notre vie ;
Elle s'aigrit en vieillissant.
Tout nous paraît alors ou triste ou menaçant :
C'est parce qu'à l'erreur l'âme reste asservie.

680.

Mille maux , mille infirmités
Entourent à l'envi la mourante vieillesse ;
Il semble que le sort, dans ces jours redoutés,
Se fasse un jeu cruel d'accabler la *faiblesse.*

681.

C'est une grande et belle vérité,
Que nous tenons des meilleurs maîtres :
« Les héros naissent sans ancêtres ,
« Et meurent sans *postérité.* »

682.

Aux rigueurs du destin notre âme est asservie ;
On se révolte en vain contre un arrêt du sort :
Le temps seul peut marquer l'heure de notre mort :
« Il est le *cadran* de la vie. »

683.

La vieillesse est l'objet des vœux
De tout ce qui vit et respire ;
A *vivre vieux* chacun aspire :
Mais la voit-on venir , son aspect est affreux.

684.

La fortune souvent bizarre ,
Dans son caprice aventureux ,
Donne parfois aux malheureux
Des *talents* dont elle est avare.

685.

Dans ce monde tout est compté ,
Et le bien au mal se marie ;

8

Car, entre la peine et la vie,
Il existe une *parenté*.

686.

Ne laisse jamais l'herbe naître
Dans le chemin de l'amitié :
Malheur à l'homme sans pitié
Qui d'un ami ne *double* point son être !

687.

Toujours l'homme prudent se soumet à la loi ;
Le savant de la suivre également s'empresse :
  « Le vrai savoir enfante la sagesse,
« Et la sagesse aussi produit la *bonne foi*. »

688.

Contre un méchant la loi s'exprime
Par un jugement solennel :
Car si la nuit produit le crime,
Le jour *punit* le criminel.

689.

En tout temps, quel que soit le nombre,
Aux fautes sachons compatir ;
Car, s'il n'est point d'arbre sans ombre,
Point de faute sans *repentir*.

690.

Aux sentiments jaloux ne soyons pas en proie!
Ne portons point envie au bonheur du prochain :
Et que la poule du voisin
Ne nous semble jamais une *oie*.

691.

L'homme bon et consolateur
Porte son cœur sur sa langue ;
L'homme prudent, dans sa harangue,
Porte sa langue *dans* son cœur.

692.

En vain nous cherchons dans l'histoire
Le moyen d'arrêter dans sa marche le temps ;

Hélas ! tous nos efforts demeurent impuissants :
Il détruit tout, et jusqu'à *la mémoire*.

693.

Les femmes de Paris sont ordinairement
De trois *choses* fort peu soigneuses,
Bien que pourtant très précieuses,
Savoir : de leur santé, leur temps et leur argent.

694.

Mes bons enfants ! retenez cet adage :
« Qui le matin se lève, ayant au fond du cœur,
« Un sentiment jaloux de haine ou de fureur,
« Se couchera le soir avec *dommage*. »

695.

De *l'obscurité* des tombeaux,
On voit parfois sortir une illustre famille,
Qui reverdit, s'élève et brille,
En produisant des fruits aussi rares que beaux.

696.

Au-delà de ta couverture
N'étends, crois-moi, jamais tes pieds ;
Si des rhumes trop négligés
Tu crains surtout la triste allure.

697.

Malgré *mon âge* et bien d'autres raisons,
Je dis, dût-on vingt fois m'accuser de folie :
« Bon vin vieux et femme jolie
« Sont deux *agréables* poisons. »

698.

Lorsque la flèche redoutable
De la sombre fatalité,
Atteint un pauvre misérable,
Adieu *prudence*, adieu félicité !

699.

Beaucoup de gens trouvent un avantage
A posséder des biens, et même avec excès ;

Celui qui, cependant, ne fait point d'héritage
N'a point à craindre de *procès*.

700.

Dans l'art charmant de la peinture,
Il faut chercher *l'expression*,
Et non pas l'imitation
De la belle et simple nature.

701.

C'est vertu, dans la pauvreté,
Qu'une stricte *économie* ;
Mais dans la médiocrité,
C'est la sagesse à la prudence unie ;
Dans l'opulence, enfin, en toute vérité,
C'est le vice de ladrerie.

702.

L'égoïsme règne aujourd'hui,
Et chante partout son antienne :
Si tu ne permets point que l'on frappe à la tienne,
Garde-toi de frapper à la *porte* d'autrui.

703.

Dans ce monde, plein de finesse,
Ou de mille couleurs le vice est revêtu :
« Savoir *jouir* est la sagesse,
« Savoir donner est la vertu. »

704.

Pour acquérir des talents, du mérite,
Il ne faut pas toujours rester les bras pendants :
C'est en *voyant* beaucoup, plus qu'en vivant longtemps,
Que l'homme s'instruit et profite.

705.

Crains les atteintes du méchant ;
Crains de ton ennemi la malice et l'astuce :
Qu'il soit, pour toi, gros comme un éléphant,
Fût-il plus petit qu'une *puce*.

706.

Selon son intérêt, en bon observateur,
Le méchant change sa figure;
Mais la haine toujours est au fond de son cœur :
« Le *loup* change *de poils* et non pas de nature. »

707.

Lorsque les sages sont muets,
Quand les habiles gens semblent perdre la tête,
Le monde est au pouvoir des fous, des indiscrets,
Et de tout ce qu'il a de plus *sot*, de plus bête.

708.

Le monde, en son grand appareil,
Se présente en vain pour nous plaire;
Je dis : « Heureux sont ceux que quelques pieds de terre
« Préservent pour jamais des rayons du *soleil*. »

709.

La pensée est, quoi qu'on fasse, invincible;
Comme une machine à vapeur,
Plus on comprime son ardeur,
Plus l'explosion est terrible.

710.

Dans la prospérité, défions-nous du sort;
Instruisons-nous, sortons de la route commune;
« Pour le malheur et l'infortune,
« Les talents sont un heureux *port*! »

711.

La mémoire est un don céleste;
C'est le supplément du désir :
D'un plaisir qui n'est plus, le souvenir nous reste,
Et, pour le *cœur*, c'est encor un plaisir !

712.

Pour une femme *bien aimée*,
L'amour est une fleur du ciel,
Bien plus douce et plus parfumée
Que l'œillet, la rose et le miel.

713.

Endurer tous les maux dont l'absence est suivie ,
Ne plus revoir l'objet de son amour,
Ah ! c'est vraiment perdre le jour,
L'air, la chaleur, la lumière et la *vie*.

714.

Le factieux ressemble à ces voleurs adroits ,
Qui, pour mieux exercer leur secrète industrie,
Au feu s'en vont criant, à la foule ahurie,
A la fois dans plusieurs endroits.

715.

Les plus grands hommes sont, ainsi qu'une planète,
Tournant autour d'un astre principal :
L'*esprit humain* est cet astre inégal ,
Qui, dans son cours, les prend ou les rejette.

716.

Soyons insouciants et voyons tout en beau ;
A suivre ce conseil tout ici nous convie ;
Ah ! laissons-nous aller au courant de la vie,
Comme une *feuille* au cours d'un limpide ruisseau.

717.

Tel a pu résister, avec force et courage,
A la tempête, à la foudre, aux éclairs ,
Qui s'*amollit* assis sur le rivage
Ou durant le calme des mers.

718.

Une femme jeune et jolie ,
En souriant, se voit dans son miroir :
Telle une *fleur* cherche à se voir
Dans le ruisseau qui borde la prairie.

719.

Lorsqu'un malheureux va mourir ,
Que toute espérance est ravie ;
Le médecin qui ne peut le guérir ,
A tout le moins le *sauve* de la vie.

720.

Tel est, pour nous, l'arrêt du sort ;
Vainement l'orgueil en murmure ;
Nous sommes tous les enfans de la mort ;
Le *linceul* est toujours la dernière parure.

721.

L'homme d'un esprit fort, d'un esprit vigoureux,
De la crédulité ne craint point l'influence ;
Tandis qu'un esprit faible est vraiment sans défense,
Et toujours prêt à croire au *merveilleux*.

722.

Suivant les lois de la nature,
Nous devons tous fléchir sous la faulx de la mort ;
Riche ou pauvre, c'est notre sort :
Le linceul est des morts la *dernière parure*.

723.

Le vrai chemin du paradis,
Est semé de lys et de roses ;
Et ce sont les *enfers* maudits
Qui mènent aux plus tristes choses.

724.

Ne soyez point un insensé,
Mais agissez avec prudence :
Car, plus on est pressé,
Moins, dit-on, on *avance*.

725.

Il est certains esprits qui s'abattent d'un rien ;
Mais qui, pleins de valeur, dans les malheurs suprêmes,
S'élèvent noblement bien au-dessus d'eux-mêmes,
Et sortent glorieux du plus affreux lien.

726.

Le subit retour de la femme
Que, depuis bien longtemps, notre cœur désirait,
Caresse et parfume notre âme,
Comme si le zéphir embaumé l'effleurait.

727.

Dans votre ambition, mortels ! que rien n'arrête,
Craignez de rencontrer un destin décevant ;
   Plus d'une fois en appelant le vent,
    On a *réveillé* la tempête.

728.

   Dieu se voit dans l'agneau bêlant ;
   Dans l'oiseau qui chante et qui vole ;
   Dans la maison qui dégringole ;
   Dans la *feuille* que meut le vent.

729.

La censure partout exerce ses colères,
Et fait sentir ses dents à nos meilleurs auteurs :
   Pour les théâtres les censeurs,
   Sont des *gendarmes* littéraires.

730.

. . . .

731.

On s'occupe assez peu du sort de son prochain,
Et si , de ses projets , la fortune se joue ;
Mais quand son charriot est resté dans la boue ,
Force gens empressés montrent le *bon* chemin.

732.

Le méchant a toujours quelque chose de louche ;
   Même en parlant avec douceur :
   Car, s'il a le miel à la bouche ,
   Il a , dit-on , le *fiel* au cœur.

733.

Etre enterré , quand la parque fatale,
N'a point encore marqué l'heure où l'on doit périr,
   Ah ! c'est vraiment renaître pour mourir
   De la mort des damnés la plus *épouvantable*.

734.

   Les découvertes , bien souvent,
   Pour l'homme, les plus importantes,

Languissent des siècles durant
Avant d'arriver seülement
Près des sociétés savantes.

735.

Tous ces rodeurs de poulailler,
D'habitude assez mal finissent leur affaire :
Du renard la fin ordinaire,
Est la maison du *peletier*.

736.

Défiez-vous des trompeuses promesses,
Des rayons du soleil couchant ;
Du calme de la mer, du *sourire* d'un grand,
Et des baisers de vos maîtresses.

737.

. . . .

738.

Un *nom d'homme* n'est point certe une *vérité* ;
Fût-il Caton, fût-il Voltaire !
Et nul ne peut s'arroger sur la terre,
Sur *elle* uniquement droit de propriété.

739.

Parfois l'être le plus infime,
Dans son orgueil impudent et divers,
Se croit le *centre* légitime
Et le pivot de l'univers.

740.

Au temps passé, comme au temps où nous sommes,
Les vrais penseurs sont les *sociétés* ;
Comme les inventeurs ne sont jamais des hommes,
Mais des siècles sans nombre aux *siècles* ajoutés.

741.

Elle voit sans soucis, cette foule insensée,
Un jeune auteur sur le point de mourir :
C'est pourtant le présent, c'est pourtant l'avenir,
Et mieux encor.... une *pensée*.

742.

Celui qui va , sans un but arrêté ,
Agit sans raison , sans prudence ,
Il fera du chemin en toute liberté ,
Mais il ne pourra point jamais dire : *j'avance* !

743.

Dans ce monde faux , décevant ,
La misère est une hôtesse importune ,
Qui , plus souvent que la fortune ,
Visite l'homme imprévoyant.

744.

La jeune fille et sans force et mourante ,
Qui penche tristement vers l'éternel sommeil ,
Est semblable à la fleur et pâle et languissante ,
Que ne *réchauffe* plus un rayon du soleil.

745.

La prudence est toujours propice ,
Et sert en tout événement ;
Mais la défiance , souvent ,
Est la *mère* de l'injustice,

746.

J'aime une femme qui , sans bruit ,
Pense et sait garder le silence ;
Ou , quand de le garder elle est dans l'impuissance ,
De ses lèvres distille un *charme* qui séduit.

747.

De nos douleurs les plus sublimes ,
Le temps est le consolateur ,
Et grain à grain , avec lenteur ,
Le temps sait combler des *abîmes*.

748.

Mentir pour sortir d'embarras ,
Dans bien des maux souvent nous plonge :
Rien n'avilit comme un mensonge ,
Il fait *descendre* l'homme au degré le plus bas.

749.

Assis au *balcon* de la vie,
L'homme voit passer tour-à-tour,
Les pleurs, les ris, l'ennui, l'amour,
L'ambition, puis l'agonie.

750.

De l'aimable jeunesse et des douces amours
Que la belle Vénus soit sans cesse adorée !
   Des noirs chagrins elle *abrège* le cours,
   Et des plaisirs prolonge la durée.

751.

Tandis que l'homme obscur, plein de présomption,
Se place au premier rang et sans cérémonie,
L'artiste aux ailes d'or, aux œuvres de génie,
Ne trouve que *misère* et que déception.

752.

   Pour que les arts et la littérature
     Poussent des rameaux vigoureux,
     Il faut des soins, de la culture ;
Il faut *favoriser* leurs efforts généreux.

753.

L'intrigant aujourd'hui seul domine et prospère,
Tandis que l'homme instruit, dans un triste appareil,
Méconnu, délaissé, languit sur cette terre,
Comme un *rosier* privé d'espace et de soleil.

754.

   Choses vraiment inconcevables :
   Les hommes les plus paresseux,
   Sont, dans les plaisirs et les jeux,
   Toujours les plus *infatigables*.

755.

Adieu les factions ! les regards désormais
Ne se porteront plus sur les têtes qui règnent,
Ni sur celles non plus de ceux qui les soutiennent,
Mais, sur les *vrais talents*, ornement de la paix.

756.

Aujourd'hui, le deuil populaire,
C'est la mort de l'homme à talent ;
Et le deuil national, au-dessus du vulgaire,
C'est la mort du *génie*, au cœur indépendant.

757.

Longtemps absent de sa patrie,
On y revient, lorsqu'on se sent mourir ;
Ainsi, pour un voyage, avant que de partir,
On désire embrasser une *mère* chérie.

758.

L'homme frappé du sort, pour toujours malheureux,
Est comme ce vieux *chêne*, abattu par la foudre,
Et dont le tronc brisé, presque réduit en poudre,
Est le triste jouet des vents impétueux.

759.

La *constitution*, certe la plus parfaite,
Doit, pour base, adopter les intérêts de tous.
Elle doit être enfin la fidèle interprète,
D'un peuple indépendant, de tous ses droits jaloux.

760.

Le *rossignol* n'a pas besoin pour plaire,
D'un plumage peint, éclatant,
Il suffit d'entendre son chant,
Assis, le soir, sous l'ombre bocagère.

761.

Un philosophe, orné d'un très profond savoir,
A dit avec raison et même avec sagesse :
Le *soleil*, pour beaucoup entre, je le confesse,
Dans la manière de voir.

762.

Ne jugez pas toujours une femme à la mine ;
Elle saura très bien se tirer d'embarras :
Lorsqu'elle ne regarde pas,
C'est qu'alors *mieux* elle examine.

763.

La *peur* augmente tout, on tremble au moindre bruit ;
La *peur* crée et nourrit les plus sombres fantômes ;
  Même les fait agir, parler comme des hommes ;
  Mais approchez, voyez... et tout s'évanouit.

764.

La vie est le facile et complet exercice
  De tous nos droits, de chaque faculté ;
La vie est le bonheur, la joie et la santé,
Et tout ce qui nous peut être vraiment propice.

765.

  Ce peintre a vraiment du talent,
Qui sur la toile sait exactement traduire,
  D'un homme tout ce qu'il désire,
Le caractère et l'âme, et jusqu'au sentiment.

766.

  Le baromètre de la vie,
  C'est assurément notre cœur :
Tant.qu'aux lois de l'amour notre âme est asservie,
  On est jeune et plein de vigueur.

767.

  Contre la vieillesse on s'écrie,
  Et l'on fait *fi* des cheveux blancs ;
Près de ce vieil ormeau qu'est pourtant, je vous prie,
  Ce peuplier de vingt ans.

768.

  En vain d'un ton noble et sévère,
La *raison*, chez certains, fait entendre sa voix :
  La passion et la colère
  Ne connaîtront jamais ses lois.

769.

Avec les passions de la folle jeunesse,
  Il nous faut rompre tôt ou tard,
  Pour suivre souvent au hasard,
La fortune ou l'hymen, la gloire ou la sagesse.

770.

Un Français peut prétendre à tout :
Il devine ce qu'il ignore ;
Chez lui, le sentiment encore,
Même avant le *penser*, toute chose résout.

771.

L'homme obscur, en mourant, fait fuir la *calomnie* ;
Au contraire, un héros, fût-il même un Bayard,
La voit après cent ans, poursuivant le génie,
Bouleverser sa cendre avec un long poignard.

772.

Nous ne sommes, hélas ! que de faibles *atômes*,
Tristes jouets d'un sort plus ou moins déchaîné ;
Et souvent, en amour, le plus infortuné
Devient le plus heureux des hommes.

773.

Les heureux seuls vivent réellement,
Tout autre, en blasphémant, tremble, languit, végète ;
Au jour le jour, tristement s'inquiète,
Et vers la *mort* se penche incessamment.

774.

Il est sage celui qui, toujours impassible,
Sait régler ses désirs ; que jamais rien n'émeut ;
Mais c'est être très fou de chercher l'impossible ;
« Qui ne *peut* ce qu'il veut, doit vouloir ce qu'il *peut*. »

775.

Dans l'homme toute l'espérance,
L'unique but est d'*être heureux* :
Et, dans ce cas, qu'importe la science ?
Peut-elle le sauver d'un destin rigoureux ?

776.

. . . .

777.

On n'est pas vieux tant que le cœur
Est ardent, désireux, qu'il aime ;

Et qu'il place le bien suprême
Dans l'espoir d'inspirer une semblable ardeur.

778.

Chez l'homme le savoir n'est vraiment qu'ignorance.
Et la bassesse, en lui, prend le nom de grandeur;
Ses infirmités sont : force, adresse et prudence
Et son plaisir une douleur.

779.

Assurément la gent courtisanesque,
En tout ressemble aux champignons ;
Elle croît vite, elle est grotesque,
Et ne produit que des *poisons*.

780.

Dans le château, comme à la métairie,
On peut être bon citoyen ;
Car, la profession et le lieu ne font rien ;
Il suffit d'honorer, de *chérir* sa patrie.

781.

Ne barrez pas un fleuve impétueux (1),
Mais ouvrez des canaux, et sachez rendre utile
Son eau *noble* et fertile,
Et son cours généreux.

782.

. . . .

783.

Fi ! de l'homme toujours pleurant,
Qui met un crêpe à toutes ses idées ;
Ah ! que j'aime bien mieux les *joyeuses* pensées,
De celui qui toujours va riant et chantant.

784.

La *vigne* est un présent céleste.
Elle verse, en tous lieux, l'espoir et la gaîté ;
Le verre en main, par l'ivresse exalté,
L'homme brave sans peur le sort le plus funeste.

(1) Le peuple

785.

Ainsi que Jupiter domine dans les cieux,
La sage *opinion* publique
Sait déjouer la fausse politique
Des brouillons, des ambitieux.

786.

Défiez-vous, malgré quelques services,
De l'homme qui de lui s'occupe uniquement ;
L'égoïsme, adroit et prudent,
Est le plus *raffiné* des vices.

787.

Quand on est jeune, on aime le fracas,
Les honneurs, les plaisirs, une bruyante ivresse ;
La gloire aussi plaît fort à la jeunesse :
L'*homme de sens* en fait très peu de cas.

788.

Un bal est, comme on dit, un neutre territoire;
On y danse, on y polke, on y fuit le repos.
Là, les opinions restent sans auditoire :
Les plaisirs n'ont point de *drapeaux* !

789.

La nature a *semé* les plantes sur la terre
Avec grâce et profusion ;
C'est pour mieux provoquer toute l'attention,
Sur les beaux produits qu'elle enserre.

790.

Faite pour les plaisirs, les jeux et les amours,
La femme doit briller par l'esprit et la grâce.
Une femme savante et m'effraie et me lasse ;
D'elle j'*attends* sans cesse un précepte, un discours.

791.

La République (1) a de l'antipathie,
Contre certain gouvernement ;

(1) Sous-entendu *française*.

Mais elle reconnaît, avec empressement,
Des *beaux-arts* l'aristocratie.

792.

Le plus grand tort, aux yeux de son amant,
Que puisse avoir une imprudente femme,
C'est de lui prouver clairement
Que l'ingrat a *trahi* sa flamme.

793.

A l'abri des remords qu'éprouvent les ingrats,
Dans une aimable quiétude,
Seuls, d'un sommeil tranquille, ont la douce habitude,
Les *justes* et les *chats*.

794.

. . . .

795.

Un homme naît dans la détresse;
Il naît de même pour mourir.
Il doit donc travailler, s'il désire acquérir :
« L'*indigence* est le fruit amer de la paresse. »

796.

Comme une meule de moulin,
Qui, lorsqu'elle n'a rien à moudre,
Elle-même se met en poudre,
Est, à nos yeux, le *cœur* humain.

797.

Les passions *viennent* de la nature,
C'est à la fois un don utile et précieux;
L'homme autrement devrait n'habiter que les cieux !
En vain le fanatique ou le sot en murmure.

798.

Rien ne met en fuite l'amour,
Comme une sotte *jalousie* :
La colère et l'antipathie
Occupent sa place à leur tour.

9

799.

Une morale unique, universelle,
Serait même au-dessus de la création ;
Supposant, l'*unité* d'organisation
Des êtres qu'en son sein notre globe recelle.

800.

Le cœur est agité seulement à vingt ans ;
Il aime pour aimer ; c'est l'instinct de jeunesse ;
C'est d'un rayon du ciel l'énivrante caresse,
Qui, d'un charme *inconnu*, pénètre tous nos sens.

801.

La nuit est l'infâme complice
Des crimes les plus odieux ;
Du *code*, sans la nuit, hélas ! avec délice,
On pourrait supprimer cent pages, même deux.

802.

. . . .

803.

Un amant est heureux aux pieds de son amie ;
Un avare jouit en contemplant son or ;
Un gourmand attablé peut être heureux encor ;
Mais qu'espère un menteur ? le *mépris*, *l'infamie !*

804.

Quelle que soit notre condition,
La *modération* de la voix, du langage
Doit être en tous les temps pour l'homme honnête et sage
L'éloquence de la raison.

805.

. . . .

806.

Le mépris du mépris est bien la représaille :
Mais l'éternel oubli nous venge beaucoup mieux.
A chasser de nos cœurs, nuit et jour il travaille,
Le souvenir amer d'un *mot* injurieux.

807.

Je crois, en consultant l'histoire,
Que, dans ce siècle décevant,
Le cœur a de l'*esprit* souvent,
Mais l'esprit beaucoup moins de cœur que de mémoire.

808.

L'homme juste n'est point celui
Qui n'a jamais fait de tort à personne ;
Mais bien celui qui sagement raisonne,
Et qui, pouvant le mal, s'en *abstient* aujourd'hui.

809.

L'esprit, dans le repos s'assoupit et sommeille,
Et devient *matière* à l'instant ;
Mais l'agitation aussitôt le réveille,
Et lui rend tout son mouvement.

810.

Lorsque la gloire nous convie,
A braver les arrêts du sort,
C'est le sentiment de la vie
Qui cherche à repousser la *mort*.

811.

Le martyre est bien plus qu'une absurde faiblesse,
C'est une *injure* faite à Dieu,
Qui doit défendre et du fer et du feu
Celui qui, sans frayeur, hautement le confesse.

812.

L'homme est un souverain maître des élémens !
Il *commande*, tous obéissent :
Les foudres, à sa voix, fortement retentissent,
Ou tombent à ses pieds sans bruit, sans roulemens.

813.

. . . .

814.

Aux parjures, dit-on, la source d'Aspaméc,
Enlevait pour toujours l'usage des deux yeux ;

Si les Français buvaient de cette eau renommée,
Qu'on en verrait *privés* de la clarté des cieux !

815.

Dans le plus doux espoir la charité repose.
Quel cœur, à son aspect, serait intéressé ?
« La charité toujours peut trouver quelque chose
  « Dans un sac qui n'est pas percé. »

816.

Il est pour les amans des douceurs *expansives*,
Qui ne s'expriment bien qu'en secret et sans bruit :
De même que ces fleurs qu'on nomme sensitives,
Et qu'on ne voit s'ouvrir qu'aux rayons de la nuit.

817.

Vainement vous entrez en lice ;
Vous combattez et vous êtes vainqueur !
De la vertu le cœur seul est complice ;
Toute noble action s'échappe et vient du *cœur*.

818.

Deux choses, durant cette vie,
Ne peuvent provoquer ni pleurs ni repentir :
C'est d'avoir, en tous temps, *en réserve* un désir,
Et, de n'avoir au cœur, nul sentiment d'envie.

819.

Fi, du pédant, du fanfaron,
Dont le bavardage m'assomme :
« L'éloquence de l'honnête homme,
« C'est la *splendeur* de la raison. »

820.

Dans le pays des arts et de la poésie,
Où s'introduit sans bruit l'égalité,
Autant que chez les rois, la triste pauvreté
Trouve, dans ses malheurs, accord et sympathie.

821.

Faisons *le bien*, faisons toujours le bien,
D'une ardeur vive et soutenue ;

Quand la saison sera venue
Nous cueillerons des fruits qui ne coûteront rien.

822.

La science est parfois craintive ,
Elle redoute fort de paraître au grand air ;
Mais pourtant , en définitive ,
La science toujours saura *vaincre* le fer.

823.

. . . .

824.

La nature nous dit : avance ou bien tu meurs ,
Et travaille si tu veux vivre :
C'est le travail seul qui *délivre*
Et des besoins et des douleurs.

825.

. . . .

826.

Dans les plus absurdes erreurs
Notre orgueil bien souvent nous plonge ;
Et de la vérité les sages défenseurs
Sont plus *rares* que du mensonge.

827.

Jeune fille ! au regard si doux ,
Qui folâtrez sur la verdure ,
De l'amour craignez la blessure...
Lorsqu'il est *même* à vos genoux.

828.

Pour descendre gaîment le fleuve de la vie ,
Et cueillir quelques fleurs jusqu'au jour du trépas,
Il faut se préserver du poison de l'envie ,
Et regarder toujours en bas.

829.

Sans la vertu, la gloire a peu de chance ;
— Vainement vous offrez richesses , dignités .

Valeur, esprit, talents, et grâces et beautés :
De la vertu la gloire est une conséquence.

830.

. . . .

831.

Un *regard*, bien souvent, fait naître au fond des cœurs
Un sentiment vif et durable :
De même d'une fleur la graine périssable
Renferme ses parfums et ses riches couleurs.

832.

Les femmes ne sont pas novices,
Dans l'art futile et les légers propos ;
Les femmes ont quelques *petits* défauts,
Mais les hommes ont de grands vices.

833.

On peut en faire le pari :
Une femme apporte en ménage,
Plus de droiture, de courage,
De dévoûment que son mari.

834.

Le mariage est une dette,
Que l'on contracte envers l'honneur ;
Mais, en vous mariant, regardez à la tête
De votre femme, et mieux encor au *cœur*.

835.

Parler beaucoup, avoir une grande faconde,
C'est le fait d'un esprit qui se laisse emporter ;
Mais se taire et savoir à propos s'arrêter,
C'est *s'instruire* avec tout le monde.

836.

De Paris bien des gens font un épouvantail ;
C'est le repaire affreux des plus noires pensées :
Paris est bien plutôt le *caravansérail*
Des arts, des plaisirs, des idées.

837.

Un heureux et riche héritier,
Auquel tout semble rendre hommage,
Ne sait pas ce que vaut, dans un jeune ménage,
La brave femme d'*ouvrier*.

838.

Plusieurs choses dont on foisonne,
Ne se jugent qu'avec le *cœur* ;
Quand il manque, c'est un malheur,
Et chacun alors déraisonne.

839.

Fi de ces très obscurs pédants
Qui, pour remplir leur triste rôle,
Prennent pour des *noix* les enfans,
Et les frappent à coups de gaule.

840.

Des peines de l'amour
L'amitié dédommage,
Et sème, sur notre passage,
Des fleurs qui durent plus d'un jour.

841.

On passe les trois-quarts d'une assez longue vie
A s'instruire, afin d'être un peu moins ignorant ;
Puis l'âge vient et tout s'oublie :
On redevient *comme un enfant*.

842.

Rendre le plus léger possible,
Le mal qu'on ne peut pas dans le fait éviter,
C'est au moins un *motif* qui sert à consoler
L'homme vraiment bon et sensible.

843.

Sur le terrain de la douce *amitié*
Tout ce que l'on sème y prospère ;
Dans les champs de l'amour, bien plus de la moitié
N'y récolte souvent qu'une douleur amère.

844.

A vingt ans on ne sait qu'aimer ;
Et l'on ne connaît point l'art de plaire et séduire.
Le cœur seul peut alors nous guider, nous conduire,
Vers *celle* qui sut nous charmer.

845.

Pourquoi la nature plus sage
N'a-t-elle pas prescrit, en ayant le pouvoir,
Que l'on transmettrait le *savoir*,
Comme on transmet un héritage ?

846.

Loin ces plaisirs des sens et ces grossiers ébats,
Dont la nature est rarement avare ;
La *volupté*, comme une fleur bien rare,
Exige une culture et des soins délicats.

847.

Disputer sur les goûts, sûrement c'est folie ;
On parle, on déraisonne et l'on ne conclut rien :
La femme que l'on aime bien
N'est-elle pas toujours la plus *jolie* ?

848.

Le *goût* est sans contredit,
La qualité par excellence ;
Quiconque a du goût, en France,
.A bien plus que de l'esprit.

849.

La fortune se rit souvent des plus habiles ;
Soyons riches *par nous*, par nous uniquement :
Les biens et les honneurs, acquis facilement,
Sont à perdre aussi très faciles.

850.

Dans leur exil, les potentats
Sont loin de rencontrer des personnes ingrates :
« Les princes sont comme les *chats*,
« Ils tombent toujours sur leurs pattes. »

851.

Tel est le sort des malheureux mortels ;
Ils ignorent toujours la route qu'il faut suivre,
Pour bien mourir et surtout pour bien vivre :
« Comme la vérité *l'erreur* a des autels. »

852.

Par la réflexion et par l'expérience
On peut à tout aisément parvenir,
Il ne faut qu'un peu de constance :
Le présent doit servir de *guide* à l'avenir !

853.

Le philosophe en tout agit avec prudence ;
Soit qu'il approuve ou blâme avec juste raison.
Mais lorsqu'il voit l'erreur dominer l'horizon,
Il se tait, et pourtant sans *perdre* l'espérance.

854.

Pour être aussi *frais* que dispos,
Il faut, suivant les lois de la sage nature,
Donner à l'esprit du repos,
Comme au corps de la nourriture.

855.

Par des travaux assidus et constants
On surmonte tous les obstacles ;
Et sans mystère et sans miracles
Tout *s'accorde à la fin* à la constance, au temps.

856.

En tous temps, en tous lieux l'excès est condamnable
Il ne peut qu'aggraver notre condition,
Il a pour opposé la *modération* ;
Le luxe et l'avarice ont un destin semblable.

857.

Il est digne d'entrer dans l'éther radieux,
Celui qui, méprisant les erreurs du vulgaire,
Et sans être effrayé d'une vaine chimère,
Par son mérite seul se *place* au rang des dieux.

858.

Crains l'exemple d'autrui ; forme ton caractère ;
Pense d'après *toi-même*, et choisis librement ;
Laisse les insensés,, dans leur égarement,
Poursuivre sans motifs une vaine chimère.

859.

Comme chevaux de poste, ou toujours à peu près,
  Force gens traitent leurs semblables :
Ils laissent, sans pitié, *périr* ces misérables,
  En changeant à chaque relais.

860.

  Riche, un chacun sur vous se rue ;
Toujours à vous servir le monde est empressé :
  Mais le citron est-il pressé,
  Le *reste* est jeté dans la rue.

861.

  Dans toute réaction,
De comprimer on a bien la pensée ;
Mais ne pouvant comprimer une *idée*,
  On provoque une explosion.

862.

Qu'à la raison le bon sens se marie !
Par la fraternité les peuples sont unis :
  Les vertus n'ont point de *patrie* ;
  Elles sont de tous les pays.

863.

  La probité, la sagesse suprême,
C'est, dans sa propre cause, être juste à propos :
  Être jaloux, dénigrer ses rivaux,
C'est véritablement se *rabaisser* soi-même.

864.

Craignez avec raison, redoutez plus que tout,
  Des plus poltrons le féroce courage,
Des plus honnêtes gens la fureur et la rage,
Enfin, l'esprit vengeur de l'homme le plus sage...
Lorsque la *patience* à chacun est à bout.

865.

Suivons le flot qui nous entraîne ;
Pourquoi redouter le courroux
D'un *avenir* qui peut n'être jamais pour nous ?
« Chaque jour suffit à sa peine. »

866.

Qui blâme les bienfaits de la publicité
Est digne d'assister aux festins des Agapes :
    « Les seuls journaux sont les soupapes
    « Du *volcan* de la liberté. »

867.

Lorsque l'on est vaincu, se montre l'avanie,
    Et puis les poltrons, les braillards :
    Ce sont là les *traînards*
Et de l'insulte et de la calomnie.

868.

    Rien n'est aussi précieux que le temps ;
    Le perdre est chose très funeste :
Mais celui qui sait bien employer ses instants,
    En a toujours de *reste*.

869.

    Il est des gens, qui bêtement
Se laissent entraîner vers la sensiblerie,
Et que l'on fait tourner ainsi qu'une toupie
    Avec le *fouet* du sentiment.

870.

    Dans une profonde ignorance
    Tous les hommes étaient plongés,
    Lorsqu'ils en furent dégagés
    Par Prométhée et sa *science*.

871.

    Le capitaliste puissant,
    Trouve partout une patrie ;
    Quand le prolétaire indigent
    Périt misérable et souffrant,
    Loin de sa *cabane* chérie.

872.

Le riche paie impôts et contributions,
Avec son superflu, *sans peine*;
Quand l'indigent, traînant sa chaîne,
Ne s'acquitte qu'au prix de ses privations.

873.

Cette jeune et charmante fille,
Qu'un mal douloureux fait périr,
Un instant se colore et brille,
Comme une *lampe* au moment de mourir.

874.

La consolante *bienfaisance*,
Qui réunit deux êtres sans retour,
Est une passion qu'on peut mettre en balance,
Avec le véritable amour.

875.

En vieillissant, hélas ! nous perdons la mémoire,
Et c'est là, j'en conviens, un vif sujet d'ennui ;
Ce que j'ai fait hier se perd dans l'ombre noire ;
Et demain *j'oublirai* mes actes d'aujourd'hui.

876.

Dans son exil, un grand propriétaire
Regrette ses châteaux, ses forêts et ses champs ;
Lorsque le malheureux, le pauvre prolétaire
Ne pleure que le coin de terre,
Où *repose* un de ses enfants.

877.

Sur cent fortunes remarquables,
Il n'en est pas dix bien souvent
Que l'homme honnête et conséquent
Acceptât à des prix semblables.

878.

Un petit grain de sel qu'on jette dans la mer,
Apaise, nous dit-on, la plus grande tempête ;
Ainsi l'homme irrité, subitement s'arrête
Aux *doux sons de la voix* de qui sut le charmer.

879.

La gloire n'est qu'au plus habile,
Au plus fort, au plus courageux :
Car plus le triomphe est facile,
Moins il est *noble* et glorieux.

880.

Les jeunes gens, pauvres ou riches,
Pour les nécessités manquent toujours d'argent ;
Mais pour le superflu jamais ils ne sont chiches ;
Ils paient tout argent comptant.

881.

Chaque jour l'homme étend sa sphère,
Son génie est illimité ;
L'espace insuffisant ne peut le satisfaire :
Il marche dans *l'immensité*.

882.

Dans le *grand monde*, d'ordinaire,
L'homme prudent, l'homme d'esprit
Ne croit rien de ce qui se dit,
Et ne dit point ce qu'il voit faire.

883.

De vivre bien longtemps chacun est envieux ;
Mais qui sait quand il doit franchir la sombre rive ?
C'est sans nous consulter que la mort nous arrive :
Les jeunes gens s'en vont *souvent* avant les vieux.

884.

Des femmes, telle est la nature !
Par le possible et plus l'impossible est détruit ;
Par les pressentiments un fait est éconduit :
Et du bien et du mal elles ont la *mesure*.

885.

La candeur et la volupté
Aiment les ombres du mystère :
Plus l'amour est vif et sincère
Plus *du jour* il craint la clarté.

886.

Quand je vois des femmes jolies
S'agenouiller pieusement,
Je dis qu'elles font saintement,
Au bon Dieu, des *coquetteries*.

887.

Oui, le luxe du sentiment
Des *greniers* est la poésie ;
Aussi toute femme jolie
S'en passe assez facilement.

888.

A Paris, l'amour est volage ;
Il est souvent sans passions :
Comme un *gamin*, il aime à marquer son passage
Par quelques dévastations.

889.

Le véritable amour aime la solitude,
L'ombre des bois, les clairs ruisseaux,
Les jeux folâtres des oiseaux....
Et même un peu d'*inquiétude*.

890.

Quelque grand que soit l'appareil,
S'il n'est jamais d'effet sans cause,
Sans base, si rien ne repose,
Il n'est point d'*ombre* sans soleil.

891.

On brave vainement et les vents et l'orage,
Pour éluder du sort les arrêts rigoureux.
L'homme prudent seul est heureux ;
Et l'*avenir* est au plus sage.

892.

C'est au richard, gorgé de bien,
Qu'à prêter chacun se dispose ;
C'est à celui qui n'a besoin de rien,
Qu'avec empressement on *offre* quelque chose.

893.

D'un désir satisfait naît un autre désir ;
Et l'amour le plus véritable
N'est souvent que l'effet aimable
De la reconnaissance , ainsi que du *plaisir*.

894.

Ici-bas , la philosophie
Ne suffit pas pour passer d'heureux jours ;
Mais, pour y parvenir , pour être heureux toujours,
Il faut y joindre l'*eucrasie*. (1)

895.

Que servirait un vain courroux ?
De l'homme, c'est la destinée :
« Nous devons tous commencer une année
« Qui n'aura point de fin pour *nous*. »

896.

L'égoïste suprême ,
Se dit (insoucieux) :
« La *patrie* est aux lieux
« Où l'on dîne , où l'on aime. »

897.

Les générations , les peuples et les rois
Passeront et cesseront d'être ;
Mais quand verra-t-on disparaître
Des tristes *préjugés* les trop funestes lois ?

898.

La dangereuse médisance
Brûle et détruit comme un feu dévorant ;
Source de haine et de vengeance ,
C'est l'arme infâme du *méchant*.

899.

Lorsque l'existence est *censée*
Ne plus vivre au cœur du mourant ,

(1) *Un bon tempérament* , tel qu'il convient à la nature , à l'âge
et au sexe de la personne

La force encor du sentiment
Survit parfois à la pensée.

900.

La vie est un *léger* fardeau,
A porter certes très facile,
Quand on est jeune, riche et beau,
Et qu'à nos vœux tout est docile.

901.

La vie est un fardeau *pesant*,
Et dont l'avenir est précaire,
Lorsque le destin inconstant
A nos vœux se montre contraire.

902.

Se *croire* au règne de la loi,
Lorsqu'encor l'on en n'a que l'ombre,
C'est déjà voir un ciel moins sombre,
C'est espérer bientôt l'ordre et la bonne foi.

903.

Prenez votre parti d'avance ;
Car, à quoi serviraient des regrets superflus !
« Les *vices éclatans* auront toujours en France,
  « Plus de succès que les hautes vertus. »

904.

J'ai vu parfois l'hypocrisie,
Surprise dans sa fausseté,
Prendre un accent de vérité,
Qui changeait la péripétie.

905.

Il est force gens de loisirs,
Dont les constantes habitudes
Sont de laisser soucis, inquiétudes
A leurs créanciers, en *gardant* les plaisirs.

906.

Punissez le crime et le vice ;
Soyez *juste*, sans cruauté :

La haine n'est pas la justice,
La force, l'inhumanité.

· 907.

La loi punit entre deux hommes
Un combat singulier, fruit de nos passions ;
Et mille fois, barbares que nous sommes,
Nous l'approuvons entre deux nations.

908.

C'est certe avec raison qu'on trouve condamnable,
Entre deux hommes un duel ;
Mais quelle inconséquence ! on trouve raisonnable
Entre deux nations un combat plus cruel.

909.

Loin d'une maîtresse chérie,
Avec impatience on attend son retour,
Comme l'aveugle-né la lumière du jour,
Comme un mourant une santé fleurie.

910.

On dit communément : Qu'est-ce que le bonheur?
Le bonheur de l'enfant n'est pas celui du sage ;
Tel le voit sur les mers, tel autre au champ d'honneur.
Le bonheur est partout... selon le temps et l'âge.

911.

L'auguste et sainte vérité,
Source des vrais plaisirs, effroi des cœurs coupables,
Seule, nous rend recommandables
L'abjection, la pauvreté.

912.

. . . .

913.

Autrefois pour passer bien doucement la vie,
On prenait femme, on l'aimait tendrement ;
Aujourd'hui, sans amour, mais bien argent comptant,
Très froidement on se marie.

10

914.

Que de femmes comme *Ninon*
Désireraient bien que leurs rides,
Toujours cruelles et perfides,
Du front passassent au talon.

915.

Ce qui parfois en petit est inique,
En grand n'a rien de déloyal :
C'est ainsi qu'un seul grain de l'acide prussique,
Mis dans un baquet d'eau ne peut faire de mal.

916.

Quand on est jeune, on a de la mémoire,
    Mais l'on a peu de jugement ;
Quand on est vieux, c'est toute une autre histoire,
On a peu de mémoire, on juge sainement.

917.

Se mariant l'homme doit faire,
    S'il veut toujours être content,
Ample provision, dans son *calorifère*,
    De douceur et de sentiment.

918.

Ce n'est pas le plus intrépide
Qui se venge toujours avec le plus d'éclat ;
Et l'orgueil offensé fait courir au combat,
Bien plus rapidement, l'homme le plus *timide*.

919.

Il est certains esprits railleurs
Qui, ne pouvant *railler* les autres,
Se raillent, ô les bons apôtres,
Dûssent-ils passer pour voleurs.

920.

On oublie aisément un triste bavardage,
Un propos qui ne peut provoquer le courroux ;
Mais un secret qu'on garde avec un soin jaloux,
Est bien celui souvent qui *pèse* davantage.

921.

Balzac dit assez plaisamment
Que, dans l'heureux temps où nous sommes,
Les députés sont certe de grands hommes
Mais de *chaque* arrondissement.

922.

Dans les trois-quarts des mariages
Qui se contractent chaque jour,
L'*intérêt* seul dirige les hommages
Et parle plus haut que l'amour.

923.

Dans la société se trouvent quelques femmes,
Dont l'homme délicat ne peut être jaloux,
Mais, il en est beaucoup, tendres et belles âmes,
Dont on *provoquerait* justement le courroux.

924.

Heureux sont ceux que le destin délivre
D'une vie agitée et pleine de tourments;
Mais, plus heureux sont ceux qui sont toujours contents:
« Le malheur *tue*, et le bonheur fait vivre. »

925.

Les impositions ressemblent au soleil :
Il pompe les vapeurs qu'en pluie on voit descendre.
Ainsi de nos impôts l'effet est tout pareil :
Car on ne les perçoit que pour *mieux* les répandre.

926.

Comme un fleuve est la liberté ;
Pour qu'elle apporte en son cours l'abondance,
Et non le trouble et la licence,
Son lit vaste et profond doit être *limité*.

927.

Supportons noblement, avec force et courage,
Les maux que sur nos pas peut semer l'avenir ;
Laissons au temps le soin de nous *vieillir* ;
Assez tôt il aura terminé son ouvrage.

928.

Nos sentiments ne sont que des *traditions* ;
Produits des souvenirs naïfs de notre enfance,
Qui, sur notre avenir, versent une influence
Dirigeant, en tous temps, nos goûts, nos passions.

929.

O ma Rosa, ma fille unique,
Que le malheur jamais ne vienne t'accabler !
Ainsi qu'un sable fin, dans cette horloge antique,
Puissent, *sans bruit*, tes longs jours s'écouler.

930.

Heureux le peuple aimé du ciel et de la terre,
Qui d'un trouble intestin ignore le fléau :
Du sang versé par la main du bourreau,
Ne sont jamais *sortis* que malheur et que guerre.

931.

Heureux celui qui, forcé de partir,
Est consolé par l'espérance ;
Et qui, contre l'arrêt d'un douteux avenir,
A placé dans *l'amour* toute sa confiance.

932.

L'auguste et sainte *vérité*,
Bien rarement choisit son domicile
Dans les palais par le luxe habité :
Elle préfère un plus modeste asile.

933.

L'aimable *modestie* est semblable à la fleur,
Que dérobe à nos yeux un verdoyant feuillage ;
Son suave parfum nous séduit davantage,
Et charme également l'odorat et le cœur.

934.

La sagesse est en somme,
Comme le dit *Charron*,
Et l'excellence et la perfection
De l'homme seulement comme homme.

935.

L'âge amène un grand déplaisir.
Car chose récente et nouvelle,
Bien rarement on se rappelle :
Du *passé* seulement on garde un souvenir.

936.

Il est des gens, vrais fanfarons d'audace,
Trompettes de leur vanité,
Qui, sans talent, demandent une place :
Dût-elle mettre au jour toute leur *nullité.*

937.

La crainte de l'enfer fait plus d'une âme sainte.
Quel grand mérite alors d'être religieux!
Pour mon compte, j'aime bien mieux
Celui qui fait le bien sans *espoir* et sans crainte.

938.

Le plus grand maître est le malheur.
Car de l'argent, de l'homme, de la femme,
Et de ce qui le plus nous séduit, nous enflamme,
Il apprend la juste valeur.

939.

Ne nous fions pas trop à frivole promesse !
L'homme doit travailler, s'il ne veut pas mourir.
« *Malheur* à qui frappe sans cesse
« A la porte de l'avenir! »

940.

Toute peine exige un salaire ;
Il faut persister seulement :
Ce qu'en un jour on ne peut faire,
En *deux* s'obtient facilement.

941.

L'homme devient parfois victime
D'un moyen pris par sûreté,
Car le brigand souvent cherche l'impunité,
Dans l'*accroissement* de son crime.

942.

Que cette épée exerce ta valeur ,
Brave guerrier , qu'un noble cœur inspire ;
Mais jamais sans motif que ton bras ne la tire ;
Ne la *rengaîne* aussi jamais qu'avec honneur.

943.

Ce qui le plus détermine l'envie ,
Bien qu'on le cache avec les plus grands soins ,
C'est ce que bien souvent , par pure jalousie ,
On *a l'air* d'estimer le moins.

944.

Quand de certaines gens on tombe sous les griffes ,
On ne rencontre plus , en ces occasions ,
Que des dévoûments *apocryphes* ,
Ou de haineuses passions.

945.

Donner aux gens d'esprit liberté de tout dire ,
C'est aussi l'accorder également aux sots ;
Et c'est peut-être alors , et mon cœur en soupire ,
Payer fort cher quelques bons mots.

946.

Plus d'un poète bucolique ,
Dans ses allégoriques chants ,
Sent bien plus l'*huile* académique ,
Que la rustique odeur des champs.

947.

Celui qui vit toujours la fortune prospère ,
Ignore bien des pleurs , bien des afflictions ,
Et tout ce que d'affreux , de noires passions
Fait *germer* dans un cœur une grande misère.

948.

Pour être *heureux* et vivre sans douleur ,
Que peut la richesse importune ?
« Le travail donne le bonheur ,
« Bien mieux encor que la fortune. »

949.

Pour plaire et charmer deux beaux yeux,
Il ne suffit pas d'être un Bertin, un Tibulle,
Beau, riche, jeune et généreux ;
Il faut encor n'être pas *ridicule*.

950.

. . . .

951.

Suivant le poète Pindare,
Il faut, pour se guérir, faire usage des eaux ;
Cet auteur grec assurément s'égare,
Car l'unique remède est le vin de *Bordeaux*.

952.

Dans son ardeur amoureuse,
La chanson, dit un auteur,
Est la *soupape* du cœur,
Tantôt triste, tantôt joyeuse.

953.

La superstition et la fatalité,
Sont communément le partage
D'une femme *sensible* et jeune, qui s'engage
Sous les lois de l'amour et de la volupté.

954.

Mais qu'est-ce donc qu'une *pensée*?
Me dit un interrogateur:
« Une pensée est censée
« Faire penser le lecteur. »

955.

Ma mémoire s'enfuit, vainement j'en murmure,
Je suis, hélas ! comme un pauvre soldat,
Qui voit, à chaque instant, tomber, dans un combat,
Quelque *pièce* de son armure.

956.

Dans les douleurs, dans un dur abandon,
Et pour revoir l'objet qu'on a perdu, qu'on aime,

On saisit, on embrasse une mesure extrême,
Devant laquelle on voit *reculer* la raison.

957.

Chez l'homme assurément la langue fut créée,
Suivant nos plus savans auteurs,
Pour *exprimer* et peindre la pensée,
Comme un rosier pour produire des fleurs.

958.

A ses œuvres on juge un homme ;
L'arbre à ses fruits, les lois aux résultats ;
A leurs hauts faits les potentats :
Car *on n'est pas* Romain pour être né dans Rome.

959.

La *médecine* qui guérit,
La science qui nous instruit,
Viennent d'une source divine ;
Mais l'ignorante médecine
Et la science qui détruit
Ont une infernale origine.

960.

J'ai vu des gens brusques, grondeurs,
Faisant le bien, même par force,
Et qui, sous cette rude écorce,
Cachaient les plus excellens cœurs.

961.

. . . .

962.

Le *doute* est l'unique apanage
De notre faible humanité :
Le doute *conduit* l'homme sage
Au palais de la vérité.

963.

Un véritable amour est le bonheur suprême ;
Il place l'homme au rang des dieux.
L'amour, dit-on, est aveugle, sans yeux :
Il en a *mille*, quand on aime !

964.

Comme un *omnibus* est l'amour ;
Il confond le rang et la place ;
Et la jeune grisette occupe autant d'espace,
Qu'une élégante de la cour.

965.

Jouissons du *présent*, sans crainte, sans envie,
Bannissons de nos cœurs des désirs superflus :
Car que peuvent pour nous, dans cette courte vie,
L'avenir qui n'est pas, le passé qui n'est plus ?

966.

La justice est une dette
Qu'envers l'homme et l'humanité
Contracte la *société* :
Dette aussi sainte que secrète.

967.

Jadis l'assassinat, jadis le guet-apens
Vengeaient une injure cruelle ;
Aujourd'hui les Français, plus braves, plus galants,
Dans un *noble* duel terminent leur querelle.

968.

De tous les bonheurs, le plus grand
Dont on jouisse dans la vie,
C'est de rentrer dans sa patrie
Après un triste *exil*, après un long tourment.

969.

L'homme n'est pas toujours à des soucis en proie,
Il est encor, pour lui, des instans de bonheur :
Et si la douleur vient parfois troubler sa joie,
La joie également vient *troubler* sa douleur.

970.

En vain l'ignorant en murmure ;
Et croit, en se vantant, prendre quelque relief ;
« La science est une serrure
« Dont l'*étude* seule a la clef. »

971.

Peuple , suis le conseil que donne la sagesse ;
Travaille , ne perds pas les plus petits instans :
    « L'*indigence* fut , en tous temps ,
    « Le fruit amer de la paresse. »

972.

Oh ! qu'une femme pure est ravissante à voir !
Mais il en est aussi de folles , de coquettes ,
    Qui semblables aux alouettes ,
Se laissent *prendre* aux rayons d'un miroir.

973.

    Sous le boisseau , dit Pythagore ,
    Cache ta lampe avec grand soin ,
Quand le vent souffle fort , fût-ce même de loin :
Sa plus faible *lueur* pourrait te nuire encore,

974.

La plus vive douleur s'allége de moitié ,
    A la voix d'un ami fidèle :
    « Que l'amitié soit immortelle,
    « Et mortelle l'inimitié! »

975.

    Un usurier , comme l'*abîme* ,
    Rend service au pauvre emprunteur ,
    Qui, lorsque le destin l'opprime ,
    Croit au moins sauver son bonneur.

976.

Ainsi qu'un beau soleil dissipe les bruines ,
Les plus vastes cités , les plus beaux monumens
S'écrouleront un jour , et , sous la faulx du temps ,
N'offriront plus à l'œil que d'illustres *ruines*.

977.

Tremblez quand les méchants suspendent leurs débats !
Car les provisions courent mauvaise chance ,
    Lorsque les *souris* et les *chats*
    Vivent en bonne intelligence.

978.

Ainsi que le charbon, le calomniateur,
Par ses discours infâmes, condamnables,
Bien dignes du mépris des êtres raisonnables,
Lorsqu'il ne brûle pas, laisse au moins la *noirceur*.

979.

Je n'ai point dans le cœur une haine secrète
Contre les palais, les châteaux ;
Je voudrais seulement que leurs nobles créneaux
N'ombrageassent pas trop ma blanche *maisonnette*.

980.

Paisible et doux sommeil, qui, d'un pas calme et lent
Descends, du haut des cieux, sur la terre engourdie,
Cédant à mes désirs, que de fois dans ma vie,
Toi seul as soulagé mon *amoureux* tourment !

981.

Sous les *rides* de la vieillesse,
Ce n'est pas très facilement
Que l'on peut trouver l'agrément
Et les grâces de la jeunesse.

982.

L'imprévoyant agit en dépit du *savoir* ;
Il fait toujours des sottises insignes :
C'est ainsi qu'aussitôt qu'il a vendu ses *vignes*,
On le voit, sur-le-champ, acheter un pressoir.

983.

Notre regard très souvent se repose
Sur de soi-disant gens de bien,
Blasés, usés sur toute chose,
Et qui ne se *privent* de rien.

984.

Vous, qui de tout osez médire,
Et qui bravez l'arrêt du sort,
Respectez, dans votre délire,
Au moins et la *gloire* et la *mort*.

985.

Le tambour et la renommée
Font beaucoup de bruit tour-à-tour ;
L'une s'*évapore* en fumée ;
Un rien déchire le tambour.

986.

On rencontre des femmes d'âge
Parlaut toujours moralité ,
Et qui jettent pourtant un regard de *côté*
Sur un jeune garçon errant sur leur passage.

987.

Sachez mettre un terme à vos vœux ;
Contentez-vous du sort que le destin vous donne ;
Ne portez envie à personne ,
Et vous serez *toujours* heureux.

988.

. . . .

989.

La jeunesse studieuse
Par d'illustres travaux désirant parvenir ,
Et poser sur son front la palme glorieuse ,
Monte à l'*assaut* de l'avenir.

990.

Ainsi que les âmes candides
Attirent , fixent les amans ;
Ainsi l'*or* et les diamans
Servent d'appâts aux cœurs sordides.

991.

Châteaubriand à peine est mis dans son tombeau ,
Et déjà d'un aspic , sur sa tiède cendre ,
Nous voyons le venin méchamment se répandre :
Mais qui pourrait souiller un génie aussi beau ! (1)

992.

Les méchans sont coulés tous dans les mêmes moules.
Et lorsque du renard nous enlevons la peau ,

(1) Voyez *Revue des Deux-Mondes, du* 1er juillet 1850, p 80.

Nous nous *payons*, sur ce double bourreau,
De nos poulets et de nos poules.

993.

Dans la vie, il est des instans
De mélancolique tristesse,
Où l'âme s'*oublie* et s'affaisse
Dans de sombres pressentiments.

994.

Les gens d'humeur admirative
N'ont *jamais* rien vu de pareil :
Prêts à s'extasier, sitôt qu'il leur arrive
De voir, en *plein midi*, rayonner le soleil.

995.

La *vanité* place sur le visage
Un masque laid et déplaisant ;
Elle alourdit l'esprit, le rend terne et pesant,
Et fait d'un bon garçon un fort sot personnage.

996.

On trouve certains esprits forts,
Doués d'une âme insouciante,
Qui ne connaissent plus une personne absente,
Et qui, sans nuls regrets, *abandonnent* les morts.

997.

La *campagne*, selon l'habitant de la ville,
C'est le printemps, des gazons et des fleurs ;
Mais pour les vrais cultivateurs,
C'est un travail ingrat, bien long et peu facile.

998.

Lorsque la sotte absurdité,
Sur tout établit son empire,
Qu'on sache que la vérité,
Sans *dangers*, n'est pas bonne à dire.

999.

. . . .

1000.

Ayez de la vertu, de l'esprit, de la grâce,
On vous évitera dans mainte occasion,
Malgré votre rang, votre place,
Si vous n'avez encor de la *discrétion*.

1001.

Quel doux état que la *convalescence*,
Après un mal et long et douloureux !
Il semble qu'on reçoive une double existence;
Tout s'embellit et charme et le cœur et les yeux.

1002.

Tel marin qui brava mille fois la tempête,
Qui, sans peur, dans les flots aperçut son cercueil,
Souvent, au moindre vent, semble perdre la tête,
Et se laisse affoler sur le plus mince écueil.

1003.

Au printemps, on voit l'hirondelle
Venir annoncer les beaux jours ;
C'est ainsi qu'à quinze ans, la jeune jouvencelle
Voit *naître* sous ses pas les fleurs et les amours.

1004 et 1005.

. . . .

1006.

Une puissance tyrannique
Peut mettre aux fers le corps d'un pauvre malheureux:
Mais son cœur libre, et fier et généreux,
Est au-dessus d'un pouvoir despotique.

1007.

Il est des gens ambitieux, jaloux,
Sans cœur, sans âme, sans cervelle
Qui, lorsque pour leur plaire on a tenu l'échelle,
Ingratement la renversent sur vous.

1008.

L'éclat de deux yeux bleus signale l'innocence,
La bonté d'âme, la candeur,

Et cette douce paix qui règne au fond du cœur ,
Entre *l'amour et l'espérance.*

1009.

. . . .

1010.

Sur un jeune et joli visage
Apparaît l'aimable pudeur ,
Lorsqu'un père ou bien un tuteur ,
Vient à parler de *mariage.*

1011.

. . . .

1012.

La jeunesse est toujours pleine de confiance.
Et , dans toutes les passions ,
Les plus vives impressions
Se terminent par *l'espérance.*

1013.

Lorsque qu'après une vie et longue et sans repos,
Sur un triste grabat on languit sans courage ,
Qu'importe de la mort l'inévitable faulx ?
C'est le *temps* seulement qui finit son ouvrage.

1014.

Lorsque l'on dit au paresseux :
Aujourd'hui finis ton ouvrage ;
Non , répondit-il , aujourd'hui je ne peux ;
Demain j'aurai plus de courage.

1015.

Ce ne sont point d'honnêtes gens ,
Et d'eux, certe, je me défie ,
Qui disent : « *Tout se justifie*
« *Par quelques succès éclatants.* »

1016.

Quand on est vieux , bien souvent la tristesse
Vient se mêler à la caducité :

Ce n'est, hélas ! que durant la jeunesse
Que l'on voit le travail *s'unir* à la gaîté.

1017.

Un bal est de la vie une fidèle image ;
Le vieillard y paraît, mais non pas en danseur ;
Toutefois, il sourit aux plaisirs du jeune âge ,
Et de sa douce ivresse il *conçoit* le bonheur.

1018.

Ce n'est pas sans motifs que l'homme se défie,
Incertain s'il pourra bien garder son secret :
Mais qu'est-ce donc, lorsqu'il est indiscret ;
Et qu'à quelqu'un *lui-même* le confie !

1019.

Grâce au savoir d'un habile docteur (1) ,
Rien ne peut surpasser l'art de la médecine :
N'est-ce pas égaler la puissance divine ,
Que d'arrêter *sur-le-champ* la douleur ?

1020.

Il est certains journaux faits par de bons apôtres (2) ,
Où chacun à son tour, par son voisin fêté ,
Lui dit : grandissons-nous par réciprocité ,
Et vantons-nous les uns les autres.

1021.

Quand jeune je faisais à la beauté ma cour ,
De ses grandes fureurs je riais dans mon âme :
Les *emportemens* d'une femme
Sont toujours des preuves d'amour.

1022.

Le savant, l'homme de génie
Peut bien , durant sa vie , être connu , fêté ;
Son triomphe est pourtant l'heure de l'agonie ;
La mort *ajoute* encor à sa célébrité.

(1) Le docteur Jackson, Américain , qui a découvert les effets anesthesiques de l'inhalation des vapeurs de l'éther.

(2) Le journal intitulé : *La Revue des Deux-Mondes*

1023.

. . . .

1024.

Rose , (1) fuyez les riches vêtements ;
A la simplicité soyez toujours fidèle.
Lorsqu'à peine on compte vingt ans ,
Il faut *bien peu* pour être belle.

1025.

L'homme est bizarre en son humeur ;
Ce qui lui plut hier , aujourd'hui l'importune ;
Et le plaisir , parfois , vient *tourmenter* son cœur,
Jusqu'à l'égal de l'infortune.

1026.

Un *poltron* , s'il est irrité,
Peut montrer un jour du courage ;
Mais on le voit bientôt , je gage ,
Retomber dans sa lâcheté.

1027.

Bien souvent la *reconnaissance*
Du malade , lorsqu'il est sain ,
A l'égard de son médecin ,
Disparaît avec la souffrance.

1028 et 1029.

. . . .

1030.

Si l'espoir d'une mort et noble et glorieuse ,
Au champ d'honneur , enfante les héros ;
L'espoir , aussi souvent , d'en éviter la faulx ,
Du commun des guerriers rend l'âme courageuse.

1031.

Oui , le brave ne peut haïr ;
Et son cœur ne sait jamais feindre :
Car ne point pardonner , c'est *craindre* ,
Et ne point oublier , c'est faire souvenir.

(1) A Mlle R D. F

1032.

Si quelquefois, au sein de la tristesse,
Les larmes sont du cœur preuve de la bonté ;
Elles sont plus souvent, *dans la réalité*,
Un gage de faiblesse.

1033.

Comme certains oiseaux pillards
Qui s'élancent à tire d'aile,
Vers le *butin* qui les appelle,
Sont des courtisans les trois-quarts.

1034.

. . . .

1035.

Ah ! ne me parlez point d'une femme en fureur ;
C'est un *roc* détaché d'une haute montagne,
Qui, tout-à-coup, roule dans la campagne,
Ecrasant dans son cours et troupeaux et pasteur.

1036.

La femme coquette et jolie,
Ressemble, sans comparaison,
A cet élégant papillon
Qui, comme un étourdi, *se brûle* à ma bougie.

1037.

Après les lois de sûreté,
Que dicte la raison, que dicte la sagesse,
On a créé la *politesse*
Pour l'agrément de la société.

1038.

Jaubert disait : la politesse,
C'est la fleur de la charité ;
Qui n'est pas poli, le confesse,
Je l'exclus de *l'humanité*.

1039.

L'impolitesse naturelle
Est vraiment un *vice* du cœur :

Un homme *manque* de cervelle,
S'il est incivil et grondeur.

1040.

Avec une élégante et brillante tournure,
Un amant pourra bien tomber à tes genoux ;
Mais si tu veux trouver, jeune fille un époux,
Que la simplicité soit *toute* ta parure !

1041.

Entre espérer et puis se souvenir,
Notre vie, en deux parts, plus ou moins se prolonge :
Car le passé, pour nous, n'est plus qu'un *songe*,
Et l'avenir un vain désir.

1042.

Le savant, auteur d'un bon livre,
Se *survit*, même après sa mort ;
Tandis que l'ignorant touche le sombre bord,
Longtemps avant d'avoir cessé de vivre.

1043.

Dans la vie (avis au lecteur),
Il est certaine confidence,
Que d'abord la bouche commence,
Et qu'*achève* bientôt le cœur.

1044.

C'est une chose, hélas! bien peu digne d'envie,
Et qui mérite peu de soin,
Que le lourd fardeau de la vie ;
Lorsque sans cesse il faut *lutter* contre un besoin.

1045.

L'homme seul, isolé, sans force, est sans puissance ;
Mais il peut tout oser, mais il peut tout finir,
Et porter en tous lieux, son heureuse influence,
Quand l'homme à l'homme vient s'*unir*.

1046.

Qu'importe la beauté, que m'importe la grâce ?
Je ne juge jamais que d'après les *produits*.

Dans mon jardin , suivant la qualité des fruits ,
A l'arbre je promets ou refuse une place.

1047.

. . . . - - . . . .

1048.

Un chacun , en naissant reçoit sa mission ,
    En raison de son aptitude :
Le *talent* est le fruit du travail , de l'étude ;
Le *génie* est enfant de l'inspiration.

1049.

Les oiseaux sont des cieux la douce *poésie* ;
De la bonne nature ils chantent les bienfaits :
Dans nos prés, dans nos champs, au sein de nos bosquets,
Ils sèment la gaieté , le bonheur et la vie.

1050.

    Avec la sainte liberté ,
    Deux grands moyens sont sur la terre ,
    Pour fuir à jamais la misère :
    Le *travail* et la *probité*.

1051.

    Un brouillard est à nos montagnes ,
Ce qu'est l'illusion au plus doux sentiment :
Il les grandit , leur donne un charme *décevant* ,
Que ne peuvent offrir les plus riches campagnes.

1052.

Le mariage fait aujourd'hui peu d'heureux ,
Parce que peu de gens désirent vraiment l'être,
Ou bien qu'ils vont chercher assez loin le bien-être,
    Qui se *trouve* tout auprès d'eux.

1053.

L'amour n'est plus celui qui fait les mariages ;
L'intérêt seul agit dans cette occasion ;
Il *ajuste* les cœurs, note les avantages ,
Et sympathiquement préside à l'union.

1054.

. . . .

1055.

Ne succombez point aux chagrins
Que causent les rigueurs des dames :
Car bien souvent, avec les femmes,
L'amour est très près des dédains.

1056.

Le modeste sureau, végétal domestique,
Du pauvre villageois ombrage la maison,
Et, dans une autre temps, dans une autre saison,
La mauve fleurira sur sa *tombe* rustique.

1057.

Notre premier désir est celui d'être heureux.
Nous agissons pourtant dans un sens tout contraire ;
Et nous ne savons bien ce qu'il eût fallu faire,
Que lorsque le temps fuit, et s'*oppose* à nos vœux.

1058.

. . . .

1059.

Le dieu d'amour donne à trente ans
Toujours beaucoup d'esprit aux femmes ;
A *dix-sept*, ses ardentes flammes
Egarent parfois le bon sens.

1060.

. . . .

1061.

Le vrai bonheur et le malheur
Ne se partagent point, ne se mélangent guère :
Heureux ! tout sourit, tout prospère ;
Misérable ! on n'obtient qu'un surcroît de douleur.

1062.

Le moyen d'être heureux au sein de son ménage,
C'est de constamment vivre ainsi que deux amis,

Que l'intérêt, l'*honneur* ont toujours réunis,
Et qui de s'aimer bien connaissent l'avantage.

1063.

Tout le monde, d'un cœur ou plus ou moins discret,
Peut bien nous obliger au sein de la disgrâce ;
Mais obliger de bonne grâce,
Les hommes *généreux* en ont seul le secret.

1064.

Chaque parti se dit, dans son ardeur extrême,
Le soutien, le sauveur de la société ;
Lorsque, dans la réalité,
C'est la société qui se *sauve* elle-même.

1065.

Plus on s'alarme et plus le mal *paraît* réel.
Marchez résolument contre ce vain fantôme,
Et vous le verrez fuir comme un léger atôme,
Que disperse le vent dans les vagues du ciel.

1066.

Je me ris de votre anathème,
Et dis que les concerts sont parfois ennuyeux ;
Mais que rien n'est plus doux, ni plus harmonieux
Que la *voix* de celle qu'on aime.

1067.

Il est des gens pâles, pleins de frayeurs,
Dont les propos sont toujours lamentables.
Ils ignorent, hélas ! ces pauvres misérables,
Qu'on ne *gagne* rien à la peur.

1068.

. . . .

1069.

En rendant son amant heureux,
Une femme toujours l'en *aime* davantage ;
Au contraire un amant change, devient volage,
Sitôt que sont comblés ses vœux.

1070.

. . . .

1071.

Où commence un désir , là finit le bonheur !
Il est, *nous dit quelqu'un*, dans la vie uniforme :
    Car chaque désir que l'on forme,
    Met un terme à la paix du cœur.

1072.

Tel, d'un sort fortuné connaît tout l'avantage,
    Qui ne l'a guère mérité ;
    Tel autre , dans l'adversité ,
    Qui *méritait* bien davantage.

1073.

. . . .

1074.

    Chez une femme le *caprice*
    Est tout auprès de la beauté :
C'est un contre-poison fort heureux et propice ;
Sans cela que serait , pour nous , la liberté ?

1075.

L'esprit chagrin n'est content de personne :
    Tout l'*ennuie* et tout lui déplaît ;
    Il reçoit même avec regret
    Ce que de bon cœur on lui donne.

1076.

Chez une femme , tout se fait par passion :
Jeune , elle aime le monde et sa brûlante ivresse ;
    Un peu plus tard , c'est l'orgueil, la richesse :
    Vieille , c'est la *dévotion*.

1077.

    Toujours la fausse *modestie*
    Est fille de la vanité ;
    De même que l'hypocrisie
    Est une fausse piété.

1078.

Nulle à l'amour ne peut être rebelle ;
Nulle aux plus doux penchants jamais n'échappera :
Une femme insensible est celle
Qui n'a point encor *vu* l'amant qui lui plaira.

1079.

L'amour et l'amitié peuvent servir d'exemple ;
Car dans aucun moment ils ne sont de moitié :
Le temps qui *fortifie* et nourrit l'amitié ,
De l'amour bien souvent fait déserter le temple.

1080.

Lorsqu'une femme laide a su se faire aimer ,
Elle doit être aimée avec ivresse :
Car c'est de son amant une étrange faiblesse,
Ou, *mieux* que la beauté, l'art de plaire et charmer.

1081.

Rien n'est plus naturel que le désir de plaire ;
Il est même honorable , il est même innocent ;
Mais la *coquetterie* est un vice vulgaire,
Qui suppose aussi peu d'esprit que de talent.

1082.

Les champs , les bois et des prés la verdure ,
Dans toutes les saisons ont des charmes secrets :
Pour un *amant* de la nature,
La campagne toujours offre quelques attraits.

1083.

L'homme riche ou bien l'homme en place
Doit avoir l'accueil souriant :
Car refuser de bonne grâce ,
C'est encor être *bienfaisant*.

1084.

De certains hommes qu'on admire,
Le mérite est d'écrire toujours bien ;
Pour d'autres qui ne savent *rien* ,
C'est celui de ne point écrire.

1085.

Quand la mort de nos jours va souffler le fanal,
A ses meilleurs amis partager sa fortune,
C'est se débarrasser d'une charge importune,
Et c'est du bien d'autrui se montrer *libéral*.

1086.

Jeune, à l'amour on sacrifie ;
L'amitié plus tard a son tour ;
Dans l'amitié, le secret se confie ;
Mais il *échappe* dans l'amour.

1087.

En amour on guérit, ainsi qu'on se console ;
On n'a pas dans les yeux de quoi toujours pleurer,
Et c'est une pensée aussi fausse quo folle
De croire que le cœur pourra *toujours* aimer.

1088.

Le véritable esprit de politesse,
Est une vive attention,
En paroles, en action,
D'*éviter* ce qui nuit et surtout ce qui blesse.

1089.

L'amour ne peut longtemps durer !
Vainement le cœur en soupire ;
Par le dégoût l'enfant expire ;
L'*oubli* prend soin de l'enterrer.

1090.

Qu'à la simplicité la bonté se marie ;
De la ruse évitons l'emploi déshonoré ;
La finesse de près touche à la fourberie,
Et le mensonge seul en *marque* le degré.

1091.

Chez *quelques* hommes, l'arrogance
Tient lieu de vertu, de grandeur ;
Et chez d'autres la suffisance,
De savoir, d'esprit et de cœur.

1092.

L'homme bon , loyal et sincère
A quelque *honte* d'être heureux ,
Lorsque sans cesse il a devant les yeux
Tant de souffrance et de misère.

1093.

L'orgueilleux n'estime que lui :
Il marche fier , la tête haute ;
Et certe ce n'est pas sa faute
Si du monde il n'est cru le plus solide *appui.*

1094.

L'objet de tous nos vœux , notre plus grande envie,
Est d'être heureux et de vivre longtemps ;
Les hommes toutefois , dans leurs égaremens ,
Ne ménagent rien moins que le *temps* et la vie.

1095.

Quand le peuple est en mouvement ,
On ne croit point la paix possible ;
Et quand il est calme et paisible ,
On le *dit* heureux et content.

1096.

Otez , dans une grande ville ,
L'intérêt , l'injustice et puis les passions ;
Et vous verrez alors tout en paix , tout tranquille:
Les *besoins* ne sont rien dans ces occasions.

1097.

La mort inspire la tristesse.
Mais à parler humainement ,
Elle n'est pas toujours sans agrément :
Elle met *fin* à la vieillesse.

1098.

La mort de la caducité
Qui prévient la triste ruine ,
Plus à propos arrive , en vérité ,
Que celle qui plus tard *lentement* s'achemine.

1099.

Attachant peu de prix à ce qu'il peut savoir,
Dans ce qu'il ne sait pas l'homme cherche la gloire,
Et voudrait se placer au temple de mémoire,
Pour des talents parfois qu'il n'a fait qu'*entrevoir*.

1100.

Il n'est point pour la jeunesse
De passé ni d'avenir ;
Mais elle sait mieux *jouir*
Du présent que la sagesse.

1101.

La vie est un sommeil qui doit un jour finir,
Et les vieillards sont ceux qui dorment davantage ;
Mais lorsque du réveil on connaît l'avantage,
C'est *alors* qu'il nous faut mourir.

1102.

Trois grands événemens marquent notre passage,
Sur cette terre, où l'homme doit souffrir ;
Ces trois événemens sont, sans le *mariage*,
Naître, vivre et mourir.

1103.

Dans les vieillards, par trop de negligence,
Ou bien un luxe élégant, affecté,
Des rides de leur front marque mieux la présence,
Et montre leur *caducité*.

1104.

Deux choses, cependant contraires,
Ont un pouvoir sur nous illimité,
Même pour les octogénaires :
C'est l'*habitude* et c'est la nouveauté.

1105.

Le stupide est un sot offrant cet avantage
De ne parler que rarement ;
Tandis que le vrai sot, toujours est assommant
Par son *ennuyeux* bavardage.

1106.

Il est, à ce qu'on dit,
Deux espèces de politesse :
Pour la première, il faut un peu de gentillesse,
Il faut pour la seconde un très *grand fond* d'esprit.

1107.

Selon le ton, tout se déguise.
D'un homme d'esprit un bon mot,
Répété souvent par un sot,
N'est plus alors qu'une *sottise*.

1108.

La dépravation du cœur
Est la mère de tous les vices ;
Ainsi que d'un défaut d'esprit et de valeur
Provient le *ridicule* ainsi que ses prémisses.

1109.

Le sot manque d'aplomb, manque aussi de rondeur :
Le fat est rempli d'assurance ;
L'effronterie a de l'impertinence ;
Le *mérite* a de la pudeur.

1110.

L'*amitié* sainte est semblable au lierre,
Qui se cramponne aux murs en vieillissant :
Plus elle est loin de son commencement,
Plus elle est solide et sincère.

1111.

La mollesse et la volupté
Naissent, meurent avec nous-même :
Elles sont du destin une faveur extrême,
Ou bien un *heureux port* contre l'adversité.

1112.

Entre l'homme de bien et l'homme très habile,
L'honnête homme tient le milieu :
L'homme de bien est en bon lieu
Ni saint, ni *dévot*, ni servile.

1113.

Un faux jugement est le lot
D'une âme jalouse et petite ;
Tel, qui souvent dédaigne le mérite,
Est bien près d'admirer un *sot*.

1114.

On ne saurait plaindre les autres,
Sans, *en secret*, sentir combien on est heureux ;
De là viennent ces bons apôtres,
A compatir toujours si généreux.

1115.

L'ennui ne doit qu'à la *paresse*
Son existence et ses douleurs ;
De là, pour les plaisirs, ces goûts et ces ardeurs,
Que la satiété semble suivre sans cesse.

1116.

Bien que la jalousie et l'émulation
Semblent concurremment toujours entrer en lice,
On y trouve pourtant cette opposition
Qui *sépare* à jamais de la vertu le vice.

1117.

Une femme aigre et sans douceur,
Ainsi qu'un homme sans courage,
Ne méritent de l'homme sage
Qu'un *regard de mépris*, dédaigneux et moqueur.

1118.

L'homme qui n'a qu'un caractère,
Et qui s'offre toujours ou bien triste ou joyeux,
Est semblable au *portrait* que présente à nos yeux
Un peintre plus ou moins sincère.

1119.

Pour les femmes, toujours la gaieté, le plaisir
Sont ce qu'est pour les fleurs une onde vive et claire ;
Sitôt qu'on leur ravit ce secours *salutaire*,
On les voit se pencher, se faner et mourir.

1120.

L'homme subtil ne se fie à personne ;
L'homme vindicatif craint le ressentiment ;
Le généreux pense toujours qu'on donne :
Ainsi le *naturel* est fruit du jugement.

1121.

Un homme vain et ridicule,
Divertit plus un bon observateur,
Que le plus excellent acteur,
Fut-il muni d'une férule !

1122.

Dire des gens qu'ils ont beaucoup d'esprit,
C'est peut-être accorder un *très faible* avantage,
Si l'on n'ajoute pas qu'ils en font noble usage :
Autrement, vous pouvez prendre qu'on n'a rien dit.

1123.

Par l'unique désir de charmer et de plaire,
Et selon le bon ton de la société,
Sans *croire* bien souvent blesser la vérité,
De ce que l'on a dit, on dit tout le contraire.

1124.

Pour les hommes purs, innocens,
Le temps, sans bruit, *glisse* comme la pluie,
Du haut des monts dans la verte prairie :
Parce qu'ils sont toujours enfans.

1125.

Hardiment prenez le contraire
Des mauvais bruits courant sur le prochain,
Et vous aurez, croyez-le pour certain,
La vérité *bien souvent* tout entière.

1126.

Il est des gens ombrageux et tremblants,
N'*adorant* que la peur, effrayés d'un atôme,
Et pour lesquels toute ombre est un fantôme,
Et tout silence un guet-apens.

1127.

La chose la plus excellente
Nous fatigue indéfiniment ;
La *passion* du mouvement
La rend pour nous insuffisante.

1128.

Un homme sans esprit, et lourd et sans valeur,
Peut encor être tolérable ;
Mais il devient insupportable,
Sitôt qu'il *montre* un mauvais cœur.

1129.

J'applaudis à l'homme qui veille
A ses intérêts, son honneur ;
Mais je ne veux pas que la *peur*
Lui pince à chaque instant l'oreille.

1130.

On reconnaît un fat au premier mot,
A son air, à sa contenance,
A son parler, comme à sa révérence :
Enfin, *tout* est sot dans un sot.

1131.

Dans ses discours, ainsi que dans ses entreprises
Un homme tout uni ne peut point s'égarer ;
Mais l'esprit, bien souvent, fait faire des sottises,
Qu'il ne peut *jamais* réparer.

1132.

Une femme jeune et jolie,
Est pleine d'abandon, de grâce, d'enjoûment ;
Vieille, ô bon Dieu, quel changement !
Ce n'est plus que dépit, aigreur, bizarrerie.

1133.

On se rit tout haut d'un flatteur.
Et cependant on *aime* la louange ;
Mais il faut que, comme nn échange,
La finesse y préside et non pas la fadeur.

1134.

Quelques femmes se défendent
D'avoir ressenti de l'amour ;
Mais certes, nulles ne prétendent,
Qu'on ne leur fit jamais la *cour*.

1135.

Une laide qui se décore
Et qui cherche à briller par de beaux vêtemens
Ne voit pas que cet or et tous ces diamans
La rendent bien *plus* laide encore.

1136.

Rien n'est plus fatigant et plus disgrâcieux,
Qu'un homme qui ne sait rien dire ni rien faire ;
Pareillement, rien de plus ennuyeux
Que celui qui, parlant, ne sait jamais se *taire*.

1137.

Dire du bien de soi, c'est pure vanité ;
Dire, ce l'est aussi, le mal que l'on ignore ;
N'en dire rien, c'est souvent pis encore :
C'est joindre la *sottise* à la fatuité.

1138.

Les bizarres esprits sont vraiment détestables ;
Ils sont comme un *fléau* dans les sociétés :
Si vous voulez, Messieurs, être goûtés,
Commencez par être agréables.

1139.

Défiez-vous de ces discours
Qui commencent par la louange ;
Vous aurez bientôt, en échange,
Des si, *des mais* et bien d'autres retours.

1140.

L'air du temps est la nourriture, (1)
A coup-sûr, qui manque le moins ;
Et quoi qu'on dise, la nature
En fournit pour tous nos besoins.

(1) L'air est l'aliment le plus essentiel à la vie

1141.

Au système de Galilée
Personne ne croit mieux que l'homme pris de vin ;
Puisqu'en sortant du cabaret voisin,
La terre est, à ses yeux, à *tourner* appelée.

1142.

. . . .

1143.

Le chagrin le plus vif et le plus douloureux,
Lorsqu'on tombe dans l'indigence,
C'est de songer que l'on n'est malheureux
Que par sa propre *faute* et par son imprudence.

1144.

La fortune parfois corrige un grand défaut ;
Mais elle enfante aussi des vices *la séquelle* ;
Et tel qui, pauvre, eût pu nous servir de modèle,
Riche, vient terminer ses jours sur l'échafaud.

1145.

L'autorité respecte la richesse,
La richesse à son tour cède à l'autorité ;
Mais le puissant parfois *tombe* dans la détresse,
Tandis que le richard aux honneurs est monté.

1146.

. . . .

1147.

De tous les biens le seul qui m'intéresse,
C'est un *corps sain*, exempt d'infirmité :
Qu'importent les honneurs, qu'importe la richesse,
Si nous n'avons pas la santé ?

1148.

La modération n'est souvent que *paresse*,
Et l'indolence un résultat
Qui nous retient dans cet obscur état,
Voulussions-nous les honneurs, la richesse.

12

1149.

Des femmes ont souvent beaucoup trop d'un mari :
Tandis que des maris veulent plus d'une femme ;
C'est que brûlent ceux-ci d'une coupable flamme,
Et que les autres ont le cœur triste et *marri*.

1150 et 1151.

. . . .

1152.

La parole est l'*écho* du cœur.
En vain un homme dissimule :
Soit qu'il parle tout haut, ou soit qu'il gesticule,
Il ne peut nous tromper ; tout nous tire d'erreur.

1153.

Aujourd'hui, quand on se marie,
On ne consulte point son cœur ;
Et l'on cherche moins le bonheur,
Qu'une grosse *dot* bien nourrie.

1154.

Dans leurs goûts et leurs jugemens,
Les femmes n'aiment point être *contrariées* :
Car c'est l'esprit qui défend les idées,
Et le cœur est jaloux de ses penchans.

1155.

Même dans les plus grands services,
L'intérêt seul domine, et trouble ou met d'accord :
L'intérêt est le grand *ressort*
Des vertus ainsi que des vices.

1156.

Le vrai mérite assurément
N'obtient jamais sur la foule commune,
Le prodigieux ascendant
Qu'*usurpe* l'homme de fortune.

1157.

Il est tout naturel de mal penser des gens,
Qui rougissent de leur patrie ;

Et la patrie , en tels événemens ,
Devrait plutôt *rougir* qu'ils lui dussent la vie.

1158.

Ne fuyez point les malheureux.
Ne les contraignez point à garder le silence :
Un *seul instant* , par complaisance ,
Voyez couler les pleurs qui tombent de leurs yeux.

1159.

L'ambition est souvent sans remède ;
C'est la source du mal qui tourmente ici-bas :
Tout homme qui soupire après ce qu'il n'a pas
Ne peut être *content* de tout ce qu'il possède.

1160.

Les femmes sont, j'en conviens, sur deux points,
D'une discrétion on peut dire exemplaire :
De leur âge d'abord elles ne parlent guère ,
Et de leurs *amans* encor moins.

1161.

Surtout dans le siècle où nous sommes ,
Qui , sur les temps passés , l'emporte de beaucoup ,
Le louveteau finit par devenir *un loup* ,
Bien qu'élevé parmi les hommes.

1162.

La vaste mer recèle des trésors ,
Qui peuvent bien charmer l'homme insensé, peu sage ;
C'est pourtant seulement sur ses tranquilles bords ,
Que la *sécurité* construit son hermitage.

1163.

. . . .

1164.

L'aveugle enseigne la sagesse
A de plus clairvoyants que lui :
Son bâton du terrain sollicite un appui ,
Avant que de poser un pied plein de faiblesse.

1165.

Une femme d'esprit saisit l'attention ;
On est pris par les yeux lorsqu'elle n'est que belle :
Mais quand ensemble elle est belle et spirituelle,
C'est bien alors de l'*admiration*.

1166.

L'inconstance est un mal, je le dis, sans remède ;
Un mal qui n'a point de retour :
Mais si l'inconstance est *suivante* de l'amour, .
Jamais elle ne le précède.

1167.

Aux vieilles manque la beauté,
Aux jeunes, c'est l'esprit et les grâces paisibles.
L'esprit et la beauté ne sont incompatibles ;
Mais les voir *réunis*, c'est une rareté.

1168.

Si le mensonge et la folie
Doivent nous escorter jusqu'au dernier soupir,
Même bien au-delà des bornes de la vie,
A *quoi* nous sert donc de mourir ?

1169.

Une femme en vain se propose
De fuir son amant sans retour :
Entre la faiblesse et l'amour
L'*intervalle* est bien peu de chose.

1170.

Une conquête sans regret,
Et qui laisse en nos cœurs une douce espérance,
Un sentiment consolant et secret,
Est celle que l'on fait sur l'*aveugle* ignorance.

1171.

La jalousie est le tourment d'un cœur
Qui, sans se faire aimer, chérit avec ivresse ;
Elle afflige celui qui, malgré lui, sans cesse
Reçoit l'*épanchement* de la plus vive ardeur.

1172.

L'amour et la vertu ne font point alliance ;
Car, si l'on est bien sage on ne doit point aimer ;
Si par un jeune cœur on se laisse charmer,
La sagesse aussitôt *court* très mauvaise *chance*.

1173.

La patience *amoindrit* tous les maux ;
Car elle augmente le courage :
L'impatience épaissit le nuage,
Et rend plus lourds tous les fardeaux.

1174.

. . . .

1175.

L'envie est de tous les vices
Celui qu'on pardonne le moins ;
Parce qu'il ne s'agit point ici de purs caprices,
Mais d'un vice *du cœur* qui se cache avec soins.

1176.

Plus de vieillards, par folie ou sagesse,
De la jeunesse encourent les hasards,
Que de jeunes gens, sans rudesse,
Ne veulent *agir* en vieillards.

1177.

Vous prenez une peine extrême et peu commune,
Pères ! pour enrichir et doter vos enfans ;
Rendez-les bien plutôt *travailleurs* diligens,
Et vous ferez pour eux, bien plus que la fortune.

1178.

Il est des noms *mystérieux*,
Roman et d'amour et de larmes,
Qui pour un jeune cœur toujours remplis de charmes,
Lui font voir ou la mort ou la splendeur des cieux.

1179.

Que le destin pour jamais vous délivre
De ces fastidieux *railleurs*,

Qui plaisantent sur tout, comme j'en sais plusieurs !
Car ils manquent d'esprit comme de savoir-vivre.

1180.

Pour qu'une conversation
Soit douce, utile et, de plus, agréable,
Il faut savoir donner, toujours d'un air aimable,
Aux autres de *parler* souvent l'occasion.

1181.

Celui qui fait métier de la boufonnerie,
Tôt ou tard sera *méprisé* ;
On est toujours mal avisé
De courir après l'ànerie.

1182.

L'argent est, dans cet heureux jour,
Le puissant maître de la terre ;
L'argent est le nerf de la guerre,
Comme il est la *clef* de l'amour.

1183.

L'amour fût de tous temps le défaut du jeune àge ;
D'un vieillard bien souvent il trouble la raison :
Dans le cœur d'une femme il verse un noir poison ;
Et pour tout dire enfin, il est l'*écueil* du sage.

1184.

Dans l'amour d'un jeune homme on voit de la fureur ;
Chez un vieillard, beaucoup d'extravagance :
Le premier perd souvent sa santé, son honneur ;
Le second, sa *raison*, son esprit, sa finance.

1185.

Il faut *du temps* pour se faire un ami ;
Il ne faut qu'un clin-d'œil pour charmer et séduire :
Mais de l'amour est bien faible l'empire,
Tandis que l'amitié ne fait rien à demi.

1186.

On ne voit point d'amour sans jalousie ;
La jalousie est un poison amer,

Qui répand la douleur sur toute notre vie.
Où donc est le plaisir d'aimer ?

1187.

Quand on ne connaît point le prix de la science ,
On fuit l'étude et le travail ;
On se fait un épouvantail
De ce qui pour le *docte* est une récompense.

1188.

L'arbre le plus robuste et le plus vigoureux ,
Dans un terrain favorable et prospère ,
Bientôt dépérit , dégénère ,
Si vous le transplantez dans un sol *moins heureux.*

1189.

On voit souvent la même affaire ,
Qui semble en tout point concorder ,
Se *perdre*, quand l'autre prospère :
Comment se résoudre à plaider ?

1190

. . . .

1191.

Aimer le vertueux comme un autre soi-même ,
C'est véritablement être un homme de bien ;
Parce qu'alors l'homme n'est rien :
C'est la *vertu* que seule on aime.

1192.

Le bon droit n'est jamais douteux :
Mais l'esprit faux et le caprice ,
Et souvent aussi l'injustice ,
Pour ne point voir, ferment les yeux.

1193.

Voyez cette fille chérie ,
Qu'un mal douloureux fait périr ;
Semblable à la rose flétrie ,
Elle s'*incline* et va mourir.

1194.

L'homme ignorant et sans science,
Sans esprit, sans lucidité,
Ne peut faire oublier son incapacité, ·
Qu'en observant prudemment *le silence.*

1195.

Un homme connu pour savant,
Dans la société peut aisément se taire ;
Quelque chose qu'il puisse faire,
Il ne sera jamais *pris* pour un ignorant.

1196.

Le véritable *quiétisme,*
C'est s'endormir dans la prospérité ;
Attendre son bien-être avec tranquillité,
Et se livrer sans crainte au plus pur spinosisme.

1197.

Si l'on pouvait, ne fût-ce qu'à moitié,
Voir dans le fond des cœurs la peine ensevelie,
Que de gens bien souvent, auxquels on porte envie,
Finiraient par faire *pitié.*

1198.

Oui, l'apparence est bien souvent trompeuse.
Oh ! que de maux elle couvre de fleurs !
Tel semble du destin éprouver les faveurs,
Qui *gémit* sous le poids de sa main rigoureuse.

1199.

. . . .

1200.

J'aime beaucoup le *naturel ;*
Et celui-là ne me plaît guère,
Qui, d'un air doux comme le miel,
Affecte en tous temps de me plaire.

1201.

Il est des gens auxquels, dans leur condition,
Il ne manque vraiment qu'une petite chose

Pour être heureux , sans même qu'on en glose :
C'est *seulement* la modération.

1202.

Un trop grand désir de vengeance
Porte souvent à des actes honteux.
Pour les hommes toujours soyons pleins d'*indulgence* :
C'est le seul moyen d'être heureux.

1203.

. . . .

1204.

Ce qui nous plaît dans une solitude ,
C'est un commerce d'amitié !
Ah ! lorsqu'elle est avec nous de moitié ,
C'est *le bonheur* , c'est la béatitude.

1205.

Bien des gens d'un très grand renom ,
Et qui , plus d'une fois , ont bravé les mitrailles ,
Disent : que la poudre à canon ,
Est le vrai *parfum* des batailles.

1206.

L'étonnement et le dépit ,
Quelle qu'en soit même la cause
Et quelque but qu'on se propose ,
Vont assez mal aux gens d'esprit.

1207.

La beauté deviendrait une bien lourde charge ,
Si les belles n'avaient , dans le fond de leurs cœurs ,
Le privilége , avec très forte marge ,
De se faire *aisément* d'ardents adorateurs.

1208.

Celui qui nous consulte aime la flatterie ;
Et nous l'aimons aussi lorsque nous consultons :
Ainsi , de part et d'autre , on voit , nous nous plaisons ,
A *pratiquer* la tromperie.

1209.

Un satyrique de nos jours
Ne compte , dans Paris , que quatre femmes sages ;
Je ne crois point à ce méchant discours ,
Lorsque *sept,* dans Sodome , avaient ces avantages.

1210.

A tout âge on peut de l'amour
Être atteint des flèches perfides ;
Et les femmes , sur le retour ,
Souvent *au cœur* n'ont point de rides.

1211.

Que sert d'être guindé dans ses expressions ;
De compasser une grande faconde ?
Oui, l'auteur vraiment grand dans ses productions ,
Est celui que *comprend* aisément tout le monde,

1212.

Il est des gens , qui se font grand honneur
De savoir tous les jeux même le plus minime ;
Sans vanité , je le dis de bon cœur ,
Jamais *le jeu* pour moi ne fut en grande estime.

1213.

Il est bon quelque fois , par un sage retour ,
De dissimuler une injure ,
Quoique blessante , quoique dure ;
De peur *d'être obligé* de s'en venger un jour.

1214.

Une femme aimable et jolie ,
Disait , quoique sur le retour :
« La vie est bien peu sans l'amour ,
« Et l'amour , pour nous , *c'est la vie.* »

1215.

Jadis, et dans des temps meilleurs ,
A la fortune on élevait des temples :
Aujourd'hui, funestes exemples !
On ne lui voit que des adorateurs.

1216.

Faire peu de cas des richesses ,
C'est être *riche* assurément ;
Le riche seul est pauvre et mendiant,
S'il ignore le prix des dons et des largesses.

1217.

Il faut , dans un sage entretien ,
Que chacun , *à son tour* , et s'exprime et propose ;
Qui parle trop ne parle jamais bien ;
Dit-il , parfois , la plus aimable chose.

1218.

Le gai chant des oiseaux, des vents le doux murmure ,
Le silence des bois , l'aspect brillant des cieux ,
Et les simples attraits de la *belle nature*
Ne peuvent convenir à l'homme ambitieux.

1219.

Beaucoup de gens d'un esprit versatile
Disent : Je me retire à ma maison des champs ;
C'est là qu'est le bonheur, que les cœurs sont contens:
Trois mois après l'*ennui* les ramène à la ville.

1220.

Courir du mal au bien, des vices aux vertus,
Du crime revenir parfois à la sagesse,
Ou passer d'un trait noble à la scélératesse ;
Tels sont de notre vie et le flux et reflux.

1221.

Le bon droit n'est jamais douteux.
Mais ce qu'on nomme la justice :
Le *hasard* est souvent propice,
Plus que les lois , aux gens heureux.

1222.

Si l'esprit était à vendre ,
Il n'aurait pas d'acheteur :
Car chacun ose prétendre
En *avoir* , et du meilleur.

1223.

Les femmes n'ont, dans leur jeune âge,
Qu'une vive et bouillante ardeur :
Leur amour se change en fureur ;
Leur jalousie est une *rage*.

1224.

Être toujours égal et toujours bienfaisant ;
Ne fatiguer jamais par sa triste faconde ;
Pour ses amis toujours se montrer complaisant :
C'est là vraiment *savoir le monde*.

1225.

L'exagération accompagne toujours
Les propos méchants qu'on répète :
C'est la *boule de neige*, ou plus ou moins bien faite,
Qui va, se grossissant, dans son rapide cours.

1226.

Le malheureux reçoit comme une grâce,
Les consolations qu'on veut bien lui donner ;
Au désespoir, dit-il, pourquoi m'abandonner,
Puisqu'on m'*estime* encor au sein de ma disgrâce ?

1227.

Rien n'est aussi commun que les donneurs d'avis !
Pourtant pour en donner à propos et d'utiles,
Ce sont choses fort difficiles,
Et qui *troublent* parfois l'accord de deux amis.

1228.

Peu m'importe, disait le courtisan Mécène,
D'être bossu, boiteux et même estropié ;
Ou, de marcher encor toujours à cloche-pié :
Si je vis c'est assez ; et je chéris ma chaîne.

1229.

Les richesses et la grandeur,
Peuvent bien provoquer l'envie ;
Mais qu'elles ont peu de valeur,
Lorsqu'on les compare *à la vie*.

1230.

Au vieillard appartient de donner le conseil ;
Mais l'exécution est le fait du jeune âge :
L'un fournit la prudence et l'autre le courage ;
Et l'*entreprise* obtient un succès sans pareil.

1231.

D'ordinaire on permet la fine raillerie ,
Mais pourvu qu'elle soit discrète et sans aigreur ;
Cependant , si j'en crois la raison et mon cœur ,
Mieux vaudrait la *bannir* de toute causerie.

1232.

Le beau désir de se perfectionner ,
Et d'atteindre même au sublime ,
Et moins souvent produit par une horreur du crime ,
Que par le *sot orgueil* de plaire et dominer.

1233.

En amitié l'indifférence
Fait des ennemis bien souvent ;
En amour , c'est bien différent ;
.C'est la fureur , c'est la *vengeance.*

1234.

Le talent de se taire est rare et précieux.
Sur cent discours , brillants en apparence ,
Qu'il en est peu qui *valent* le silence !
Peu parler est très bon, mais se taire vaut mieux.

1235.

. . . .

1236.

L'homme présomptueux , qui se croit toujours sage ,
Est bien plus voisin de *faillir* ,
Que l'étourdi, l'imprudent, le volage
Ne l'est souvent du repentir.

1237.

Soyons francs et sans jonglerie ;
Car la politesse toujours ,

Ne se voit plus dans un discours
Où *commence* la flatterie.

1238.

Le *titre* d'honnête homme est un de ces appas,
Qui présagent partout la paix et la concorde
Mais que de fois l'aveuglement l'accorde
A des gens qui souvent ne le méritent pas !

1239.

Les amitiés sont mensongères ;
L'amour est perfide et trompeur ;
Mais la bonne *union* des frères,
Des familles fait le bonheur.

1240.

Afin de pouvoir *le redire*,
Les femmes veulent tout savoir ;
Les hommes ont un semblable vouloir,
Et pour le répéter, et souvent pour médire.

1241.

Du sage plaignons le malheur,
Sans pourtant blâmer sa prudence ;
Et de l'audacieux, tout en louant sa chance,
Ne soyons point l'*approbateur*.

1242.

La plus aimable solitude
N'aurait point de quoi nous charmer,
Si d'un ami, la douce inquiétude,
Ne venait *souvent* l'animer.

1243.

La fausseté *sur tout* établit sa puissance.
Selon son intérêt : l'avare est généreux ;
De la fidélité le traître est amoureux,
Et l'ingrat, dit du bien de la reconnaissance.

1244.

Qu'on soit dévot, ou bien homme d'esprit ;
Quand, comme l'un ou l'autre on se propose,

Il faut beaucoup, beaucoup de chaque chose,
Pour *obtenir* des honneurs, du crédit.

1245.

Un amour de la gloire est le juste partage
Du vrai mérite ; ah ! c'est sa passion :
  La fausse gloire, en opposition,
  Des *sots* doit être l'héritage.

1246.

Le sang-froid est très bon lorsqu'on donne un avis ;
  Il faut alors et sagesse et prudence.
Pour l'*exécution*, tout autre circonstance :
Ne sont jamais de trop les plus bouillants esprits.

1247.

Dans le choix d'un ami montre-toi difficile ;
On ne rencontre point un ami tous les jours :
Mais l'avons-nous trouvé sincère et non servile,
  Aimons-le bien, que ce soit pour *toujours* !

1248.

  Certes, ce n'est point être avare,
Qu'à *propos* de savoir ménager ce qu'on a ;
Le prodigue à *propos*, aussi dans ce cas là,
Ne doit pas mériter le triste sort d'Icare.

1249.

Et de sa conscience, et de sa probité,
  L'honnête homme ne parle guère ;
C'est sur ses mœurs l'homme le *moins sévère*,
Qui souvent nous en parle et veut être écouté.

1250.

Un *sot* en place a beaucoup d'avantage :
Son silence toujours est bien interprété ;
Comme un oracle il est, en tous temps, écouté ;
Et d'un très grand esprit sa parole est le gage.

1251.

L'audace et le hasard souvent, en vérité,
Bien plus que la raison aident notre espérance :

Et l'on prend quelquefois comme acte de prudence
Un succès , résultat de la *témérité*.

1252.

La vérité quelquefois peut se taire ;
On ne doit point toujours la publier ;
   Mais *mentir* ou la déguiser !
En aucun cas , cela ne peut se faire.

1253.

Le bon conseil appartient au vieillard ;
Et l'*exécution*, convient à la jeunesse :
Au premier, la prudence, ainsi que la sagesse ;
A l'autre les succès que l'on doit au hasard.

1254.

Sans réfléchir à son peu de mérite ,
L'ambitieux veut les premiers honneurs ,
Le premier rang , les plus hautes faveurs...
Encor ne tient-il pas la fortune pour quitte.

1255.

Tel jeûne exactement les jeudis , vendredis ,
Qui ne pardonne point la plus légère injure ;
Tel à ses passions se livre sans mesure ,
Qui croit, *avec la messe*, aller en paradis.

1256.

A son mérite seul toujours l'on attribue
Les grâces, les honneurs que l'on vient d'obtenir ;
Mais les succès d'autrui ne *peuvent provenir*,
Que d'un très grand bonheur, ou bien d'une bévue.

1257.

Lorsqu'une femme aime bien tendrement ,
Bien plus que nous elle a de la constance :
Aussi, bien mieux que nous, et plus adroitement ,
Elle *cache* sa haine ou son indifférence.

1258.

On accuse assez méchamment
Les femmes d'*être* peu discrètes ;

Cependant j'en connais, de jeunes et bien faites,
Qui cachent en secret, *chaque soir*, un amant.

1259.

L'amour est certe un dieu volage,
Et l'hymen est toujours constant :
Le hasard cependant conclut un mariage,
Tandis que c'est le *cœur* qui choisit un amant.

1260.

Se connaître soi-même est chose difficile ;
Très facile est de donner un avis ;
Et rien ne rend plus doux, *plus aimant*, plus docile
Que de voir en tous temps ses désirs accomplis.

1261.

Le *temps* est toujours le plus sage,
Ainsi que la plus forte est la nécessité.
On montre en vain contre eux beaucoup de fermeté :
Qui leur résiste fait naufrage !

1262.

. . . .

1263.

Par une loi rigoureuse et sévère,
Pythagore nous dit de bien nous rappeler
« Que celui qui ne sait se taire,
« Ignore aussi l'art de parler. »

1264.

Nul ne peut sur la créature
Devancer les arrêts du sort ;
Et, sur les humains, la nature
Seule a droit de vie et de mort

1265.

De crainte de rencontrer pire,
Gardons ce que le sort bienfaisant nous donna :
Si c'est un très grand bien d'avoir ce qu'on désire,
C'en est un *bien plus grand* de garder ce qu'on a.

13

1266.

Anacharsis , scythe plein de sagesse ,
Nous dit que de la vigne il faut se garantir :
Attendu qu'elle cache, en sa faveur traîtresse ,
La volupté , l'*ivresse*, et puis le repentir.

1267.

La nature pour écouter ,
Nous a concédé *deux* oreilles ;
Tandis que c'est pour peu parler ,
Que nos bouches sont sans pareilles.

1268.

Un bon orateur, en parlant ,
Doit prendre la raison pour guide ;
Un orateur sans jugement
Est vraiment un cheval *sans bride*.

1269.

N'ambitionnons point les richesses d'autrui !
L'avare seul éprouve l'indigence :
Avec deux bras et beaucoup de constance ,
L'homme n'a pas besoin de *quêter* un appui.

1270.

Le grand bavard est comme un tonneau vide ,
Qui fait force bruit en roulant :
Il ne renferme que du vent ;
Et l'on n'y trouve point d'*esprit* ni de liquide.

1271.

Si tu veux conserver tes amis bien longtemps,
Fais-leur du bien , sois-leur toujours propice ;
Pour de tes ennemis désarmer la malice ,
Sans *affectation* soulage leurs tourmens.

1272.

Ah ! c'est un grand plaisir après un long voyage ,
Après avoir erré sur les flots en courroux ,
De sentir les parfums si suaves, si doux ,
Que la brise du soir apporte du rivage.

1273.

. . . .

1274.

L'homme *prévoyant*, l'homme sage
Du passé doit se souvenir,
Du présent très bien se servir,
Et du futur encor tirer quelque avantage.

1275.

Qui ne pardonne point doit être malheureux ;
Il ne peut, quoi qu'il fasse, inspirer d'indulgence :
Jamais l'*excès* de la clémence
N'a flétri les lauriers d'un guerrier généreux.

1276.

En augmentant la force et le courage,
La patience *affaiblit* la douleur ;
L'impatience, en doublant la fureur,
Rend bien plus faible, et nuit bien davantage.

1277.

Androcide, le médecin,
Prétendait que le vin, en somme,
Sang de la terre, était pour l'homme
Un *poison* lent, quoique divin.

1278.

Sans le héros que deviendrait l'histoire ;
Et sans l'historien que serait le héros ?
En se prêtant, l'un l'autre, un secours à propos,
Ils arrivent tous deux au temple de mémoire.

1279.

Deux causes ordinairement
Règlent nos destins, notre vie ;
L'une est toujours de la douleur suivie,
L'autre, du seul plaisir, reçoit le mouvement.

1280.

La libéralité, dans tous les cas, consiste
Moins à donner beaucoup qu'à donner *à propos :*

Aucun cœur aussi ne résiste,
Lorsque c'est en secret qu'on soulage nos maux.

1281.

L'homme à soi-même inexorable,
Dur au travail, sévère à la maison,
Pour autrui n'est jamais indulgent et traitable,
Que par un *excès* de raison.

1282.

On convie ardemment, on invite, on console ;
On offre ce qu'on a, sa table, sa maison ;
Et la bouche et le cœur sont tous à l'unisson :
Rien ne manque vraiment, que de *tenir parole*.

1283.

Si c'est faiblesse que d'aimer,
Se guérir en amour est une autre faiblesse,
Qui montre dans l'esprit une grande détresse,
Un cœur *sans énergie* et peu fait pour charmer.

1284.

Qui sait beaucoup, veut savoir davantage ;
Qui ne sait rien, désire peu savoir,
Qui n'a point vu ne désire point voir,
Et qui beaucoup a vu, se met *vite* en voyage.

1285.

Le très sage Caton, l'homme le plus discret,
De *trois choses* se repentait :
Un jour d'avoir été sans apprendre et rien faire ;
A sa femme d'avoir confié son secret ;
Et d'être allé par mer pouvant aller par terre.

1286.

Un homme insouciant ne cherche point d'appui.
Le plus gaiment qu'il peut il *traverse* la vie ;
Son âme au lendemain nullement asservie,
Ne lui fait point l'honneur de s'occuper de lui.

1287.

Tandis que l'homme au mérite modeste,
Reste bien souvent *ignoré*,

Le fat, ainsi que tout l'atteste,
Du monde est très considéré.

1288.

Des passions, dont souvent on abuse,
L'homme sagement peut user;
Car tout aussi bien que le fer,
Il se *rouille* plus qu'il ne s'use.

1289.

Trop s'avancer est souvent dangereux;
Et s'abstenir est peut-être plus sage:
Mais lorsqu'on a suivi ce sentier épineux,
Reculer l'est bien davantage.

1290.

Femme qui n'a qu'un seul amant,
Ne se soupçonne point coquette;
Celle qui les compte par cent,
A *peine* adopte l'épithète.

1291.

Une femme de cinquante ans
Me disait : jusqu'à vingt, il est doux d'être fille;
Mais une fois passés ces fortunés momens,
On aimerait mieux être *homme*, même à béquille.

1292.

L'inconstante n'aime plus,
La légère en aime un autre,
La volage longtemps ne peut être la vôtre,
L'indifférente *rit* des désirs superflus.

1293.

La modestie est au mérite
Ce que l'ombre est dans un tableau;
Elle le rend plus parfait et plus beau,
Et c'est *toujours* à regret qu'on le quitte.

1294.

Il faut rire avant d'être heureux,
Autrement on pourrait ne rire de sa vie;

Et la *gaîté*, des dieux c'est l'ambroisie ;
Elle fait oublier les maux les plus affreux.

1295.

Bien plus facilement on pardonne une offense,
Qu'on ne veut pardonner à tel qu'on a blessé :
L'amour-propre dans l'un est le seul offensé ,
Dans l'autre c'est le *cœur ;* il est plein d'indulgence.

1296.

Par trop de soin, de peines, de chaleur,
Assez fréquemment on s'expose
A ne point *obtenir* la chose
Qu'on désirait avec le plus d'ardeur.

1297.

Pour *chaque état* le vrai bonheur existe,
Mais sans faste et sans embarras ;
Car, selon le sage, il consiste
A savoir se passer de ce que l'on n'a pas.

1298.

. . . .

1299.

Une femme, jeune et coquette ,
Aime toujours étourdiment :
Et , semblable à la cigarette ,
Elle brûle en se *consumant.*

1300.

Le mensonge en vain veut paraître
Et se présenter comme un fait ;
Le vrai toujours est tout ce qu'il peut être :
Son *seul* mérite est d'être ce qu'il est.

1301.

La fumée est chose légère ;
C'est l'emblème de tout ce qui passe aisément ;
Ses traces subsistent pourtant ,
Lorsque celles de l'homme ont *cessé* d'ordinaire.

1302.

Dans tous pays parfaitement
S'entendent très bien les *fleurettes* ;
Et jamais les jeunes fillettes ,
N'invoquent en cet art maître ni truchement.

1303.

Lorsque d'un sort heureux, on connaît l'avantage,
Qu'on a toujours vécu sans soucis , sans douleur ,
Il est *aisé* vraiment d'être consolateur ,
Et de recommander aux autres le courage.

1304.

Un jeune homme bien amoureux ,
Ah ! plus tôt que plus tard , à son aimable dame ,
Doit déclarer tout ce qu'il a dans l'âme ,
Et , s'il est dédaigné , *présenter* ses adieux.

1305.

Nous pouvons attester, d'après l'expérience ,
Que pour l'homme incertain et qui marche à tâton ,
Il n'est point de soutien meilleur que le bâton
Que peut fournir la *patience*.

1306.

Résultat d'un désir sombre , mystérieux ,
Et d'inspirations ou plus ou moins muettes ,
Le cœur a des instincts et des lueurs secrètes
Qui *remplacent* parfois le service des yeux.

1307.

L'abominable médisance
Est un penchant secret à penser mal d'autrui ;
Et qui toujours se choisit pour appui ,
Des *on dit* mal trouvés , des faits sans consistance.

1308.

Quel que soit de nos cœurs l'enivrement soudain
Qu'*aujourd'hui* le plaisir fait naître ,
Il ne peut faire encor en entier disparaître ,
Les soucis de la veille et ceux du lendemain.

1309.

L'homme trop envieux de plaire,
Peut bien passer parfois pour un homme charmant,
Mais on ne le prendra jamais assurément
Pour un homme *franc* et sincère.

1310.

Est-ce bien vivre que souffrir ?
C'est *mourir* à chaque minute,
Pour arriver, de chute en chute,
Où tout s'en va, tout doit finir.

1311.

Bien souvent la moquerie,
Que le bon ton interdit,
Marque moins l'étourderie
Que l'*indigence* d'esprit.

1312.

Il faut avoir un esprit bien agreste,
Si l'amour, la malignité,
La haine ou la *nécessité*
N'en font pas trouver que de reste.

1313.

Il vaut mieux savoir peu, mais très parfaitement,
Que de savoir beaucoup, mais en superficie :
En toute occasion, l'un *sert* utilement,
Et l'autre est sans éclat et sans péripétie.

1314.

Quel est le plus à plaindre et le plus singulier,
D'un jeune cavalier qui cherche femme d'âge,
Ou d'une vieille encor cherchant un cavalier ?
Sur ce fait là l'*avis* grandement se partage.

1315.

Il vaut mieux, cent fois mieux
S'exposer à l'ingratitude,
Que, dans le doute ou bien l'incertitude,
De *manquer* aux malheureux.

1316.

Un bon ami suffit, c'est le bonheur suprême ;
Heureux, trois fois heureux qui peut le rencontrer !
Mais pour servir autrui, pour le solliciter,
Le grand nombre jamais ne saurait être extrême.

1317.

Le babillard ou grand parleur
Ne peut, un seul instant, observer le silence ;
Et de sa langue enfin telle est l'intempérance,
Qu'il laisse à peine un mot à dire à l'auditeur.

1318.

Une preuve d'étourderie,
La *plus grande*, à mon sens, que l'on puisse donner,
C'est d'avancer un fait, oui, fut-ce une rourie,
Puis après de l'abandonner.

1319.

Distributeur de la gloire suprême,
L'historien conduit à l'immortalité ;
Mais, pour atteindre à la postérité,
Voltaire n'eut vraiment besoin que de lui-même.

1320.

Une femme jolie et pleine de froideur,
Que l'amour jamais ne lutine,
Ressemble à cette rose à peu près sans épine,
Que le Bengale un jour produisit *sans odeur*.

1321.

Sans les beaux vers, sans les poètes
Que deviendraient des héros les exploits ?
Par eux les couronnes sont faites :
Ils tressent des lauriers pour les têtes des rois.

1322.

Ayons pitié d'une âme repentie,
Qui cache ses douleurs dans un réduit obscur ;
Mais un *passé* pourtant sans tache et toujours pur,
Offre, pour l'avenir, plus sure garantie.

1323.

C'est un peu trop, il faut en convenir,
D'être à la fois et dévote et coquette ;
Pour un mari la charge n'est pas faite :
Optez, Madame, ou je n'y peux tenir.

1324.

Céder au plus petit caprice,
Être pour soi fort indulgent,
Et pour autrui dur et méchant,
Ce n'est qu'un seul et *même* vice.

1325.

Sur ton état et sur tes revenus,
Règle sagement ta dépense ;
Ne prends point à crédit, à propos récompense,
Et réprime avec soin des *désirs* superflus.

1326.

Lise, jeune, aimable et jolie,
Est gaie et triste tour-à-tour ;
Elle aime la *mélancolie* :
Lise connaît-elle l'amour ?

1327.

Telle est la loi de la nature ;
Le chemin des vertus est baigné de sueurs ;
On y trouve souvent amertume et douleurs ;
Mais au bout, le *bonheur* attend la créature.

1328.

Les jeunes rossignols, ces *poètes* des airs,
Ces chantres ailés du bocage,
Célèbrent, dans leurs doux concerts,
Et le dieu de l'amour et celui du bel âge.

1329.

La famine s'attache à l'homme paresseux ;
C'est dans son sein qu'elle réside ;
Et, semblable à la guêpe avide,
Elle *vole* à l'abeille un miel délicieux.

1330.

Si tu formes le vœu que l'horrible famine
Soit toujours loin, toujours bien loin de toi,
Sache du *temps* faire un utile emploi :
La nature au travail sagement nous destine.

1331.

Un utile travail féconde les troupeaux,
Enrichit les mortels, éloigne la détresse,
Calme les passions, procure l'allégresse :
C'est le *remède* à tous les maux.

1332.

Les richesses usurpées
Ne s'obtiennent point sans douleur ;
Mais celles du *travail*, de nos sueurs trempées,
Ont certes bien plus de valeur.

1333.

L'homme injuste qui, par sa fraude,
Dépouille le pauvre orphelin ;
Le fils qui fait sentir la moindre chiquenaude
A son père affligé, déjà sur le déclin,
Méritent *l'un et l'autre* un semblable destin.

1334.

Un très mauvais voisin est un fléau terrible ;
Au contraire, un très bon soulage puissamment ;
Heureux celui dont le foyer paisible
D'un voisin *querelleur* évite le tourment !

1335.

Un assidu travail aide l'expérience,
De la misère il est l'ennemi redouté :
Mortels ! fuyez la molle oisiveté :
C'est la *mère* de l'indigence.

1336.

Peu joint à peu, mais fréquemment,
Forme une masse *énorme* ;
Aussi les superflus accumulés souvent,
D'un mal opiniâtre opèrent la réforme.

1337.

Il conçoit aisément un projet criminel ,
Le paresseux manquant du nécessaire.
Qu'il *travaille* , et bientôt la hideuse misère ,
Pour ses enfants , pour lui , n'aura rien de réel.

1338.

Les gains injustes sont des pertes !
Et l'honnête homme doit toujours s'en abstenir ;
Et sagement se souvenir ,
Qu'*ils* laissent au malheur bien des portes ouvertes.

1339.

A la sainte amitié que ton cœur soit soumis !
Connais-en bien le solide avantage.
— Malheur ! à l'homme, inconstant et volage ,
Qui change très souvent d'amis.

1340.

Il n'est point de bien comparable ,
Au bonheur d'épouser une femme de bien ;
Il n'est rien de plus détestable ,
Qu'un triste et funeste lien.

1341.

Ne reproche jamais au pauvre l'indigence ,
Dont tu ferais bien mieux d'être l'appui.
Songe qu'un jour , plus à plaindre que lui ,
Tu peux d'un mauvais sort éprouver la puissance.

1342.

Que le bon sens toujours soit ton régulateur ,
Et que l'homme de bien te serve de modèle !
Ne sois point du méchant le compagnon fidèle ;
Ne sois jamais des bons le calomniateur.

1343.

La vieillesse est , dit-on , toujours triste et morose ,
Et du jeune âge fuit les jeux et les plaisirs ;
C'est qu'elle ne peut plus avoir aucuns désirs ;
Et que des maux cruels souvent en sont la cause.

1344.

L'effort le plus sublime et le mieux mérité
De la justice et du courage ,
C'est d'*oublier* sa propre sûreté,
Pour secourir l'auteur du plus sensible outrage.

1345.

Le plus parfait , le plus rare bonheur ,
Auquel l'humanité puisse jamais atteindre,
Est celui de pouvoir dire un jour sans se plaindre :
Si je meurs sans regrets, j'ai vécu *sans douleur.*

1346.

J'aime à voir chaque jour le lever de l'aurore !
A midi, le soleil ne semble pas si beau ;
Le soir , il me paraît plus ravissant encore ,
Lorsqu'au milieu des mers il cherche son tombeau.

1347.

Le fanfaron n'a que l'écorce
Et du courage , et de l'honneur ;
Bien qu'il mette en avant très souvent sa valeur :
La *franchise* est toujours le signe de la force.

1348.

L'amour est le plus beau , le plus puissant des dieux !
Il chasse les soucis et les peines cruelles ;
Il ne voit point de cœurs à ses désirs rebelles,
Et soumet à ses lois et la terre et les cieux.

1349.

Nous sommes presque mort aimant une mégère ;
La bonne femme meurt en cherchant un soutien :
Nous aimons vivement qui ne nous aime guère ;
Et nous aimons très peu ce qui nous aime bien.

1350.

Un amour qui commence élargit la poitrine,
Et parfume toujours l'air que nous respirons ;
Un amour qui s'en va , promptement s'achemine
Vers l'ennui, le dégoût , et marche à reculons.

1351.

Assez facilement on peut rompre une digue ;
Mais qui peut se flatter de bien la réparer ?
Quand les flots de nouveau commencent à couler,
Pour arrêter leurs cours en vain l'on se fatigue.

1352.

Avant de condamner, connaissez les raisons
Qui vous font soupçonner des injures plausibles :
    Les gens parfois trop susceptibles,
    Sont exposés à des déceptions.

1353.

    Le doux printemps, lorsqu'il commence,
Sème de fleurs les prés, les champs et les chemins ;
    La rose ainsi de l'espérance,
Nait sous les premiers pas des malheureux humains.

1354.

Ceci pourra paraître un paradoxe étrange !
    Et c'est pourtant la pure vérité ;
La *raison* est toujours pour la minorité ;
Pour la majorité des sots est la phalange,

1355.

Celui-là du bonheur a su fixer le cours,
    Qui, dans une modeste aisance,
Avec un peu d'esprit, quelque peu de science,
Sans nulle *infirmité*, voit s'écouler ses jours.

1356.

    Un roi puissant avait perdu sa femme ;
Un sage lui promit de la ressusciter ;
Mais, pour y parvenir aussitôt il réclame
Trois hommes qui du sort n'ont *rien* à redouter.

1357.

Quand l'aimable printemps se montre sur la terre,
Tout sourit, tout renaît, tout se couvre de fleurs ;
L'amour de nouveaux feux embrâse tous les cœurs,
Et guide les amans vers l'ombre et le mystère.

1358.

Ne faisons point d'amis légèrement,
   Et conservons un ami sage ;
Ne dédaignons point trop un honnête serment ;
Mais à la *probité* croyons bien davantage.

1359.

L'homme ouvre l'oreille aux erreurs ;
Les vérités sont pour lui trop sévères ;
Il croit plutôt à des discours flatteurs,
   Qu'à des conseils vrais et sincères.

1360.

Ne flétrissons jamais la mémoire d'un mort,
   Et respectons, vénérons la vieillesse.
   Craignons toujours notre propre sagesse ;
N'insultons point aux victimes du sort.

1361.

   Quelle chose est la plus aimable ?
   Pittacus répond : C'est le temps ;
   La moins sûre ? Les flots mouvants ;
   Et l'avenir ? La plus impénétrable.

1362.

Anarcharsis disait à son retour,
A ceux qui suivaient son école:
Il faut régler trois choses : la *parole*,
La *gourmandise* et puis l'*amour*.

1363.

   Lorsque la parque inévitable,
De ma prochaine mort me donnera l'éveil,
Convive satisfait, je quitterai la table,
Pour me livrer sans crainte à mon *dernier* sommeil.

1364.

Depuis votre jeune âge et jusqu'à la vieillesse,
Pour compagne prenez, dit le sage *Bias*,
   La déesse de la sagesse :
Qu'elle dirige seule et vos vœux et vos pas !

1365.

Celui-là serait certe un très malhonnête homme,
Qui, sachant le danger que court son ennemi,
Ne le lui ferait voir à l'instant qu'à demi :
Sans quoi, la probité ne serait qu'un *fantôme*.

1366.

La tombe de quelqu'un que l'on a bien aimé,
N'offre qu'amertume et tristesse ;
Pourtant on voudrait voir et visiter sans cesse,
Ces lieux ou tant d'amour se trouve renfermé.

1367.

. . . .

1368.

Lorsque du sort on est abandonné,
On ne *peut pas* être économe.
Il n'est point de petite somme,
Pour le pauvre et l'infortuné.

1369.

Le plus riche des rois portant une couronne,
Crésus, qu'on brûla vif, célébrait son bonheur :
Solon lui répondit : « Nous ne devons, Seigneur,
« Avant la mort, ne dire heureux personne. »

1370.

Aristisppe disait : l'aimable volupté
Est ce mouvement doux, agréable de l'âme,
Qui, tout en folâtrant, mollement nous enflamme,
Et communique aux sens un charme inusité.

1371.

Ainsi que la pierre de touche,
Nous fait de l'or connaître la bonté ;
Ainsi l'*or* fait connaître, avec célérité,
Ce que l'homme sans cœur a de vil et de louche.

1372.

Rechercher le plaisir, éviter la douleur,
Sont deux passions qui dominent,

Et qui plus ou moins nous lutinent :
L'une déchire l'âme , et l'autre *plaît* au cœur.

1373.

La pauvreté vaut mieux que l'ignorance ;
On peut le prouver aisément :
L'une est privation d'un peu d'or et d'aisance,
L'autre est *défaut* d'entendement.

1374.

Sur des lèvres de rose , un aimable sourire
Ajoute encore à la beauté ;
Mais une rude voix , un rire cahoté
Donnent à la plus belle un minois de satyre.

1375.

. . . .

1376.

Ce n'est point à gagner quelques biens passagers ,
Que doit consister la sagesse ;
Mais à savoir, sans crainte ni faiblesse ,
Eviter *à propos* les maux et les dangers.

1377.

Aussitôt qu'un homme respire,
Vers le savoir , son devoir le conduit ;
Car un homme ignorant , qui ne peut rien produire,
Est semblable à l'arbre *sans fruit*.

1378.

Par la parole seule on se fait bien connaître.
L'homme se montre en ce qu'il dit ;
Beau , gracieux il pourra bien paraître ;
Mais en vain : la parole est *miroir* de l'esprit.

1379.

Comme l'abeille diligente
Nous voltigeons de fleurs en fleurs ;
Et nous prenons partout les suaves liqueurs
Que notre *étoile* nous présente.

1380.

Possidonius, le savant,
Disait qu'*un jour* de l'homme habile,
Valait mieux, était plus utile
Que les longs jours d'un ignorant.

1381.

. . . .

1382.

Agriculture et labourage,
Disait Caton, des états c'est *l'honneur :*
Si le guerrier nous conduit au carnage,
L'homme des champs nous offre le *bonheur.*

1383.

Une injure très offensante
Est un *crachat* jeté par la fureur ;
Mais elle est bien plus affligeante,
Si le crachat pénètre jusqu'au cœur.

1384.

Ménageons d'un enfant et l'esprit et l'oreille ;
Qu'il sache peu fort bien, et ce sera beaucoup :
Car, on remplit fort mal une étroite bouteille,
En y voulant verser la liqueur tout d'un coup.

1385.

Un enfant qui pâlit, prouve, dit Diogène,
Qu'il a beaucoup de crainte et faiblement d'esprit ;
Tandis qu'un jeune enfant qui promptement rougit,
Donne de ses *moyens* une preuve certaine.

1386.

Certaine affection corrompt le jugement.
L'un par amour, l'autre par espérance ;
Celui-ci par dépit, haine ou bien défiance ;
Celui-là sans motifs, pour *nuire* seulement.

1387.

. . . .

1388.

Si nous croyons à l'apparence,
Trop souvent, sans réflexion,
C'est que la douce illusion
Est la fille de *l'espérance*.

1389.

On blâmait de Caton la taciturnité ;
Celui-ci répondit : la raison seule inspire ;
.Je ne parle jamais que lorsque je peux dire
Ce qui d'un chacun *est digne* d'être écouté.

1390.

Un homme n'est pas né seulement pour lui-même,
Mais bien pour son pays, ses enfants, ses amis ;
Vivre en société c'est le bonheur suprême :
Voyez la mouche à miel, consultez les fourmis.

1391.

Que l'homme de son temps pour l'étude dispose ;
On ne sait jamais trop, même les plus savants ;
Et le grand Thémistocle, âgé de cent sept ans,
Disait qu'il commençait à savoir *quelque chose*.

1392.

La musique est un art *divin !*
Elle invite au travail, est utile à la guerre,
Nourrit très bien l'esprit, charme, enchante la terre,
Et provoque l'amour à l'amoureux larcin.

1393.

De toutes les vertus, c'est, dit-on, la prudence,
Suivant la noble antiquité,
Qui, par sa perspicacité,
Mérite la prépondérance.

1394.

Ce n'est point seulement pour avoir des enfants,
Que l'homme sage se marie ;
Mais pour avoir un *être* encor durant sa vie,
Qui partage et ses maux et ses contentements.

1395.

Faisons le bien, soyons justes, sincères ;
Ne trahissons jamais et soyons généreux ;
Une heure de justice assurément *vaut mieux*
Que trente-six ans de prières.

1396.

L'homme vraiment religieux
Est celui qui chérit les autres ;
Et non pas ces cafards, faisant les bons apôtres,
Qui, dans tous les instants, ne *s'occupent* que d'eux.

1397.

L'aimable et douce violette,
L'abeille au miel délicieux,
Ne *provoquent* jamais ton désir envieux :
Pourquoi jalouses-tu le riche et sa cassette ?

1398.

L'homme très prudent est celui
Qui connaît bien à fond les intrigues de l'homme ;
Et qui ne choisit point pour soutien, pour appui,
Ni le faible *roseau*, ni l'ombre d'un atôme.

1399.

Epictète disait, même très sensément,
Que la seule raison à nos intérêts veille.
Ce qui n'est point utile à la ruche vraiment
Ne peut être utile *à l'abeille*.

1400.

Veux-tu que la nuit du tombeau
Ait pour toi l'éclat de l'aurore ?
Durant ta vie, allume le flambeau
Des bonnes actions ; *fuis* ce qui déshonore.

1401.

Quels sont les plus jolis oiseaux,
Demandait-on à la corneille ?
Mes petits sont une merveille,
Répondit-elle, et certes *les plus* beaux.

1402.

Ce n'est jamais une sage mesure,
Pour quelques poissons morts de détruire un étang ;
On ne lave jamais le sang avec le sang ,
Mais avec l'onde *la plus pure.*

1403.

Les perles ne sont pas toutes au fond des mers ;
Le diamant ailleurs qu'en la pierre étincelle ;
Les astres ne sont point tous au milieu des airs ,
Puisque l'homme en *son sein* la sagesse recèle.

1404.

L'homme savant , l'homme vraiment instruit ,
Qui cache son savoir au fond de sa poitrine ,
Est comme l'or enfoui dans la mine ,
Comme l'arbre fécond qui dérobe son fruit.

1405.

Un pauvre avait un chien fidèle :
Renvoyez cette bête , elle vous ruinera ,
Lui dit quelqu'un animé d'un beau zèle.....
— Quand je ne l'aurai plus , hélas ! *qui m'aimera ?*

1406.

Quelque chose vaut mieux que bien des jouissances ,
Que la fortune , et même la santé ,
Disait saint Augustin, bien malade , alité :.....
C'est le *dévoûment* aux sciences.

1407.

Un riche au cœur de fer , sans générosité ,
Est comme ce bel arbre à la forme élégante ,
Dont la fleur est belle , odorante ,
Et dont le fruit jamais n'a *la maturité.*

1408.

Seul , disait un pacha , je dois écrire et lire ,
Et si Voltaire était dans mes états ,
On le pendrait ni trop haut ni trop bas :
Vive les ignorants, pour la paix d'un empire !

1409.

. . . .

1410.

Une réflexion aide l'expérience ;
Elle enlève au malheur son air de nouveauté ,
Son caractère effrayant , redouté ;
Et dans des yeux en pleurs fait *naître* l'espérance.

1411.

Nul homme n'est ici-bas sans chagrin ;
Un chacun en naissant apporte sa misère :
Parfaitement *heureux* , un être sur la terre ,
Ne conserverait plus quelque chose d'humain.

1412.

La finesse est, pour le vulgaire ,
Une qualité de l'esprit ;
Mais un *vice* de caractère ,
Pour l'honnête homme qui rougit.

1413.

Souvent nous voyons la paresse ,
Emprunter le nom de *repos* ,
Pour éviter , par l'homme bien dispos,
D'être reprise avec rudesse.

1414.

Le fait n'est que trop constaté,
Bien que ce soit élément de discorde :
Partout où ne règne point l'ordre ,
Là *disparaît* la propreté.

1415.

Aux yeux de l'homme raisonnable ,
Les pauvres ne sont pas seuls de bien dépourvus ;
On y peut joindre encor cette *foule* coupable
Qui mange étourdiment plus que ses revenus.

1416.

Si la fierté du cœur indique l'âme honnête ;
Si la fierté du ton est l'attribut des sots ;

La fierté du haut rang, dont l'orgueil se fait fête,
Ne sert plus qu'à *duper* de pauvres idiots.

1417.

L'erreur est constamment à la superficie,
Tandis que c'est au fond que gît la vérité ;
   C'est donc un fait, de tous temps constaté,
Que l'erreur pour *briller* a la suprématie.

1418.

   Une très vive attention
   Est la prière naturelle,
Et qu'à la *vérité*, mais sans restriction,
   Nous adressons, pour qu'elle se révèle.

1419.

Ne comptons point par jour, par mois et par année ;
Nous ne vivons que par nos sentiments !
   C'est de *sensations* que la vie est formée :
Tel a beaucoup vécu qui mourut à trente ans.

1420.

   Heureux qui peut dire en mourant,
   Après une longue vieillesse,
Fidèle à l'amitié, j'ai connu sans *faiblesse*,
Les plaisirs de l'amour et son ravissement.

1421.

   Qu'un seul grain de coquetterie,
D'une femme aujourd'hui soit tombé dans l'esprit,
   Et dès demain, non sans quelque dépit,
Vous y verrez *pousser* une vaste prairie.

1422.

   Très bonne réputation
N'assure pas toujours une place importante ;
Elle n'est, *j'en conviens*, pompeuse ni brillante,
   Mais avec le bonheur elle a fait union.

1423.

Favorisé du sort, celui-ci se goberge ;
Celui-là ne connaît que peines, que douleurs :

Le monde est une vaste *auberge*,
Et nous de simples voyageurs.

1424.

Ce n'est point un très grand mérite
Que d'avoir l'esprit vif ; c'est juste qu'il le faut :
Une pendule est vraiment sans défaut
En allant bien , mais non pas vite.

1425.

Dans le beau monde , il est bien établi
Que *toujours* est un mot de peu de conséquence ;
Que *signé* par l'amour et par la jouissance ,
On le voit , tôt ou tard , *protesté* par l'oubli.

1426.

Les personnes *indolentes*
Cherchent partout le plaisir ;
Mais le dégoût vient les saisir ;
Elles ne sont jamais contentes.

1427.

Nul ne mérite mieux notre admiration ,
N'est plus digne de notre hommage ,
Que celui qui, rempli de résignation ,
Sait supporter ses maux avec force et courage.

1428.

L'oreille d'une femme est ouverte toujours
Aux séduisans propos, aux trompeuses promesses ;
Et de la vanité les flatteuses caresses
Les égarent souvent sur les pas des amours.

1429.

Chacun , avec la *complaisance*,
Peut payer son écot dans la société ;
En y *joignant* surtout pour plus de sûreté
Le jugement et la prudence.

1430.

Des femmes voyant tout en beau ,
Insoucieuses et frivoles ,

Appellent l'avenir de *pures fariboles*,
Et pour ne point le voir se mettent un bandeau.

1431.

Le noble *mot* d'indépendance
Ne marche point sans ceux de vertu, dignité ;
Comme ceux d'abandon, d'infériorité,
Accompagnent toujours celui de déchéance.

1432.

. . . .

1433.

Plus de nos bons amis le nombre diminue,
Plus nous devons chérir ceux qui restent encor :
Celui-là certe est au-dessus de l'or,
Qui, dans un cœur *flétri*, doucement s'insinue.

1434.

En se taisant parfois on montre plus d'esprit
Qu'en cherchant trop à le faire paraître ;
Et surtout ayant l'air de ne pas *reconnaître*
Que ceux auxquels on parle en ont un très petit.

1435.

. . . .

1436 et 1437.

Qu'un noble désir vous enflamme !
Travaillez, résistez même au plus triste sort :
Veillez ! la paresse de l'âme
Touche de *bien près* à la mort.

1438.

Le goût désordonné du luxe et des dépenses
Engendre des vices nombreux :
Il rend un homme injuste et malheureux,
Et conduit une femme à bien des *imprudences*.

1439.

Craignez un chien qui, tristement sournois,
Sans aboyer sur vous s'élance :

Du méchant, bien plus que la voix,
On doit redouter le *silence.*

1440.

Deux motifs opposés semblent nous inspirer ,
L'amour-propre et la bienveillance :
L'un, l'autre, tour-à-tour, se tiennent en balance,
Et de quelques *excès* viennent nous préserver.

1441.

La première vertu de celui qui commande ,
  C'est la *justice*, et tout ce qui s'en suit ;
C'est principalement ce que surtout demande
L'homme qui, se plaignant, cependant obéit.

1442.

Le bonheur faux rend les hommes terribles ,
Egoïstes et durs , d'un esprit à rebours ;
Le vrai bonheur les rend doux et paisibles ;
  Et ce bonheur se *partage* toujours.

1443.

  L'homme méchant par caractère ,
  Et doué d'un très mauvais cœur ,
  Ne peut jamais le satisfaire
  Qu'aux *dépens* de son bonheur.

1444.

  Il est plus de gens dans la vie ,
Dont on *ne voudrait* pas accepter le destin ,
  Que de gens d'un bonheur sans fin ,
  Auxquels on porterait envie.

1445.

  Il n'est point de raison d'état
Qui permette d'ôter à quiconque la vie ;
Mais lorsqu'à l'innocent surtout elle est ravie ,
  C'est vraiment un *assassinat* (1).

_____

(1) Lord Strafford, lord Russel, le marquis de Lally-Tollendal .
Calas, Sirvin, Lesurques, Wilfrid , etc., etc., etc., etc.

1446.

Celui-là d'une amîtié pure
N'a jamais connu la douceur,
Qui ne sait pas tout le bonheur
Qu'un *véritable ami* procure.

1447.

L'homme sans cesse mécontent
De son état, de sa fortune,
Est semblable à l'homme souffrant,
Que tout *blesse*, tout importune.

1448.

S'élevant dans l'immensité,
Une vénérable vieillesse
Est, comme nous dit la sagesse,
Le *seuil* de l'immortalité.

1449.

Sois réservé dans ta harangue;
Avec discrétion donne-nous du nouveau;
« On guérit d'un coup de couteau,
« Mais rarement d'un *coup* de langue. »

1450.

Pour éviter l'affreuse adversité,
Nous devons, en tous temps, être prêts à combattre :
Si la mère des arts est la nécessité,
La *pauvreté* souvent en devient la marâtre.

1451.

L'homme de la sagesse en écoutant la voix,
De tous les animaux certe est le plus paisible;
Mais lorsqu'il vit sans justice et sans lois,
Il en devient le plus *terrible*.

1452.

Nos aïeux ont, dit-on, connu l'âge de fer,
Ses misères, son agonie;
Aujourd'hui l'*âge d'or* et la Californie
Se posent devant nous; n'en soyez pas plus fier.

1453.

L'ignorance, c'est une rosse,
Qui jette à bas son cavalier ;
Que vainement on frappe, on crosse,
Et qui se plaît sur son *fumier*.

1454:

Un piano jamais ne rend un son touchant,
Si l'on ne frappe point les touches :
« La main *fermée* exactement
« Ne peut point attraper de mouches. »

1455.

Toi, qui jouis d'un doux sommeil,
Songe à celui que la douleur éveille !
Riche qui chaque jour vois briller le soleil,
Songe au pauvre souffrant et que la *faim* conseille !

1456.

Tout devient pour le lâche un très pesant fardeau,
Tant la fatigue il appréhende :
« Le paresseux veut bien manger l'amande,
« Pourvu qu'on *casse* le noyau. »

1457.

Le malheureux en vain veut chasser ses misères :
Le sort à le frapper semble prendre plaisir,
Et ses gémissemens ne peuvent l'adoucir :
« Au navire *brisé* tous les vents sont contraires. »

1458.

Pour obtenir un vrai contentement,
Il faut art, bon ordre et mesure ;
Telle est la loi de la nature ;
Sans quoi point de *bonheur* constant.

1459.

A l'opposé du lever de l'aurore,
Il est certains objets qu'on craint d'apercevoir,
Et qu'aussitôt on s'empresse de voir,
Pour n'être pas forcé de les *revoir* encore.

1460.

Laisse le bon pour le meilleur,
C'est le conseil du plus grand nombre ;
Mais si tu ne veux pas passer pour un craqueur,
Garde-toi de lâcher ce que *tu tiens* pour l'ombre.

1461.

Préférez, en tous temps, aux procès les meilleurs,
Des affaires sans frais promptement arrangées :
« Les robes d'avocats sont avec soin *doublées*
« De l'entêtement des plaideurs. »

1462.

Le vice et la vertu sans cesse en nous bataillent ;
Ils ne sont pas oisifs le plus petit moment :
Le méchant ne fait rien pour être plus méchant,
Mais pour être meilleurs les bons *toujours* travaillent.

1463.

Les gens faibles sont des méchans
Les troupes folles et légères ;
Elles font *plus de mal* bien souvent dans les guerres,
Qu'un grand nombre de régimens.

1464.

Une conduite irréprochable
Vaut mieux que les plus beaux talens :
Si les uns peuvent rendre aimable,
L'autre nous fait *aimer* des plus honnêtes gens.

1465.

Oui, la réception est plus ou moins accorte,
Selon ce qu'on paraît, ou selon qu'on parla :
L'homme est reçu suivant l'habit qu'il porte,
Et *reconduit* suivant l'esprit qu'il a.

1466.

En nous accordant la naissance,
Le ciel, en même temps, nous donne deux trésors :
Dont nous pouvons *user* sans peine et sans efforts :
C'est la jeunesse et l'espérance.

1467.

Qui, des bienfaits de ses parens
Conserve une éternelle et juste souvenance,
Certe, est trop occupé de sa reconnàissance,
Pour se *ressouvenir* de ses mauvais momens.

1468.

Conservez bien cette sentence :
« N'exposez jamais au hasard
« Ce qui peut être, un peu plus tard,
« *Assuré* par l'expérience. »

1469.

Le bouheur de donner, celui de recevoir,
Du monde moral c'est le secret et la vie ;
Car donner *c'est aimer*, recevoir y convie ;
Mais un bon cœur peut seul le concevoir.

1470.

Des peines longtemps contenues,
Grossissent et *crèvent* le cœur,
Lorsque beaucoup plus tôt connues,
Elles eussent causé beaucoup moins de douleur.

1471.

Beaucoup d'hommes de la fortune
Ont fait la déesse aux bras forts,
Pour prouver aisément qu'elle n'est qu'importune,
Et la *cause* de tous leurs torts.

1472.

Tel très beau paraît à la brune,
Qui se montre au grand jour fort laid et déplaisant :
Sans changer l'homme, ainsi dame fortune
Le *démasque* le plus souvent.

1473.

User des dons de la nature,
C'est agir assez sagement ;
Mais l'homme vertueux agit différemment :
Il partage tout sans mesure.

1474.

Il est du cœur certaine qualité ,
Qui brille moins souvent par maladresse :
« A nos affections est la délicatesse
« Ce qu'est la grâce à la beauté. »

1475.

Un homme *maître de lui-même*
Et tempérant dans ses plaisirs ,
Sait mettre un frein à ses désirs ,
Et connaît le bonheur suprême.

1476.

Quand orgueil et présomption ,
Vont cheminant de compagnie ,
Disait un roi (1), bientôt , je le parie ,
Bientôt *viendront* faute et damnation.

1477.

Par son *labeur* l'homme nous fait connaître
Et son mérite et ses talens ;
Ainsi le feu développe et fait naître
Le parfum divin de l'encens !

1478.

Presqu'autant que la servitude ,
La liberté nous offre des douleurs ;
Mais la *mer* , malgré ses fureurs ,
N'est-elle pas l'objet de notre gratitude ?

1479.

On se permet fort aisément
Un ton léger de raillerie ;
Sans songer qu'il est bien souvent
Un *éclair* de la calomnie.

1480.

L'ennemi fuit , la victoire est à nous ;
Les rois vaincus sont à la chaîne ;
Mais, dans ces tristes champs, mortels ! que voyez-vous ?
Du sang et des lambeaux , hélas ! de *chair humaine*.

(1) Louis XI

1481.

Nul ne désire être volé ;
On le prouve sans protocole ;
Et le voleur dirait, s'il était appelé :
Non, je ne *veux* pas qu'on me vole.

1482.

Le nombre des ingrats, le nombre des pervers,
N'est point aussi grand qu'on le pense ;
C'est une *exception*, dans cette circonstance,
Au sein de ce vaste univers.

1483.

C'est avec raison qu'on en raille
Aussi bien en prose qu'en vers :
« L'*impudence* est une médaille,
« Dont la bassesse est le revers. »

1484.

Savoir bien écouter, c'est l'art par excellence ;
C'est le moyen *de plaire* aux petits comme aux grands:
D'entendre du nouveau conservez l'apparence,
Bien que vous le sachiez mieux et depuis longtemps.

1485.

Dans nos sociétés mélées,
On voit, disait Champfort, grâce à tous nos abus,
Des sottises bien habillées,
Comme on voit *des sots* bien vêtus.

1486.

Possédons le bon sens, dans la vie ordinaire
C'est vraiment le point *nécessaire ;*
Et le reste viendra,
Quand il pourra.

1487.

Pour soutenir une vaine dépense,
Vient *la passion* d'acquérir ;
Mais alors aussitôt chez nous on voit périr
Celle de la bienfaisance.

1488.

L'apparence , au regard trompeur ,
Charme , séduit , plaît , intéresse ;
L'*illusion* convient aux plaisirs , à l'ivresse ;
Mais la vérité seule assure le bonheur.

1489.

Franklin nous dit avec justice ,
Dans ses avis et sages et prudens ,
Qu'il en coûte plus cher pour *soutenir* un vice,
Que pour élever deux enfans.

1490.

Comme une méchante araignée ,
A ma porte a frappé la mort :
Mais pour *abattre* un chêne vieux et fort ,
Il faut plus d'un coup de cognée (1).

1491.

Tous les trésors de l'univers
Ne pourraient *payer* le suffrage
De l'homme de bien , du vrai sage ,
Que n'ont point effrayé la mort ni les revers.

1492.

Que l'homme est bien, de sa nature ,
Faible , petit et nonchalant !
Pour abattre parfois cet être si puissant ,
Il ne faut qu'un *accès* , même qu'une piqûre.

1493.

La paresse si lentement
Marche , comme on dit d'ordinaire ,
Que pour l'atteindre , en marchant d'un pas lent ,
La pauvreté ne tarde guère.

1494.

Qu'apprenons-nous dans la société ?
A connaître l'*homme* et nous-mêmes ;
A juger chaque objet , suivant l'utilité ;
A résoudre quelques problémes.

(1) 24 juillet 1851

1495.

D'une mère le cœur est toujours indulgent ;
D'une injustice elle n'est pas capable ;
Nul enfant n'est donc innocent ,
Si sa mère le *croit* coupable.

1496.

Tuer un homme, en vérité
C'est bien tuer un être raisonnable ;
Mais en tuant un livre, on devient plus coupable ;
C'est tuer l'*immortalité.*

1497.

Les grands travaux, les travaux d'importance ,
De la force toujours n'ont pas très grand besoin :
Pour les exécuter, ayez plutôt le soin
De recourir à la *persévérance.*

1498.

C'est dans l'obscurité que notre âme languit ;
Qu'elle devient vaine et présomptueuse,
Se croyant à la fois et grande et généreuse ;
Mais, en la détrompant, *le grand jour* l'éblouit.

1499.

Ainsi que d'une flèche il est de la parole.
Une fois hors de l'arc, elle ne revient plus ;
Hors de la bouche aussi la parole s'envole,
Et pour la rappeler les *vœux* sont superflus.

1500.

Sans blesser un devoir suprême ,
Il est certains discours dont on doit s'*abstenir* :
« Louer son fils, c'est se vanter soi-même ;
« Blâmer son père, alors c'est se flétrir. »

1501.

Un précepte excellent de la loi musulmane ,
Et qu'on ne trouve point dans celle du chrétien ;
Mais que nous adoptons pourtant, d'où qu'il émane,
C'est : « *Quitte ta prière et courts faire le bien.* »

1502.

L'avare est un arbre stérile ;
S'il était le soleil, il ne daignerait pas
Jeter un seul *rayon* sur ce globe ici-bas ;
Il serait pour nous tous tout-à-fait inutile.

1503.

On ne passe jamais des agitations
A l'absolu repos, à l'entière apathie :
Et très communément les siècles de génie
Suivent les révolutions.

1504.

. . . .

1505.

Le plus grand ennemi de la société,
Est celui qui, par complaisance,
Encourage le *vice*, ou, par indifférence,
Semble applaudir le faux comme la vérité.

1506.

Les personnes sans énergie,
Dans la réalité, ne s'occupent de rien ;
Espérant, dans leur apathie,
Que la *chose* ira toujours bien.

1507.

Ne dites en parlant rien que ce qu'il faut dire,
Et vous ne lasserez jamais vos auditeurs :
S'il est de longs discours que toujours on admire,
Il est certain *distique* offrant bien des longueurs.

1508.

Les désirs de briller qui souvent nous dominent,
De bien des malheureux ont causé le tourment ;
Et, comme dit Franklin judicieusement :
« Ce sont les *yeux* d'autrui qui toujours nous ruinent. »

1509.

C'est notre personnalité
Qui cause nos vertus, nos vices ;

Selon que nous suivons plus ou moins les *indices*
De l'erreur ou la vérité.

1510.

Imiter peu, mais penser par soi-même,
C'est agir et penser à la fois librement ;
Hériter d'un grand nom, d'un titre seulement,
C'est d'un *masque* d'emprunt couvir sa face blême.

1511.

Quel est l'homme vraiment pieux ?
Celui qui chérit son semblable.
Quel est le plus prudent, quel est le plus croyable ?
Celui qui le connaît le mieux.

1512.

Cette douce et constante flamme
Qui, pour toujours, unit deux cœurs aimants ;
L'*amitié*, c'est une même âme,
Placée avec bonheur dans deux corps différents.

1513.

Dans une aimable causerie,
L'abandon est délicieux ;
Mais rien n'est plus lassant, rien n'est plus ennuyeux,
Que la *vanité* jointe à la coquetterie.

1514.

Si, dans la conversation,
Vous voulez enchaîner et plaire,
Laissez, sans affectation,
Quelque chose à penser, à *deviner*, à faire.

1515.

Pour vivre dans l'oisiveté,
Nous n'avons pas été mis sur la terre ;
Du travail l'homme est tributaire ;
C'est un devoir dicté par la nécessité.

1516.

Les deux plateaux d'une balance
Ressemblent à ce monde inconséquent et fol :

Le *vide* dans les airs s'élance ;
Le *plein* demeure sur le sol.

1517.

Tous les tons ne sont point, j'en conviens, à ma guise ;
De certain air ouvert je suis fort peu touché ;
    « L'ostentation de franchise,
    « Est souvent un *poignard* caché. »

1518.

Un homme franc , et loyal et sincère ,
    Est comme le distillateur,
    Portant sur lui quelque senteur :
On *sait de suite* à qui l'on doit avoir affaire.

1519.

    Te taire n'est pas toujours bien ;
    Au blâme parfois tu t'exposes :
On n'est pas moins injuste alors qu'on ne dit rien ,
    Qu'en publiant *souvent* certaines choses.

1520.

Il n'est point de repos pour l'indigne oppresseur ;
Non , il n'est pas pour lui de félicité pure ;
    Et sans cesse , au fond de son cœur,
    Gémit *la voix* de la nature.

1521.

    Succomber à la pauvreté ,
    Est un destin bien misérable ;
    Mais on devient vraiment coupable ,
Si , *travaillant* , ce mal pouvait être évité.

1522.

    L'inconséquente raillerie ,
    Est un discours parfois cruel ,
En faveur d'un esprit plein de mutinerie ,
    Et *contre* le bon naturel.

1523.

    Que de gens , hélas ! dans le monde ,
Qui parlent *un moment* avant d'avoir pensé !

Mais qu'il en est aussi , dont l'esprit compassé ,
Vous fait payer bien cher une lente faconde !

1524.

On aime , on plaint les malheureux ;
Avec empressement on briserait leur chaîne ;
Pourtant on en médit volontiers et sans peine,
Sitôt que le destin vient de changer pour eux.

1525.

Heureux le cœur exempt de haine et de colère,
Qui ne cause jamais le malheur du prochain ;
Qui jamais ne le vit d'un air dur et hautain ,
Et qui sut compatir à sa grande misère,

1526.

N'opposez point l'intérêt au devoir ;
Le bien d'autrui contre le vôtre :
Quelque saint que l'on soit, et fût-on un apôtre ,
On faiblit *tôt ou tard* sans s'en apercevoir.

1527.

Un proverbe Turc , assez sage ,
Donne ce conseil généreux :
Assieds-toi de travers , si tu veux ;
Mais à parler droit je t'engage.

1528.

D'un vêtement *secret* chaque homme est revêtu ;
Vêtement plus ou moins propice :
« Les richesses cachent le vice ,
« Et la pauvreté la vertu. »

1529.

Il est plusieurs moyens d'acquérir les richesses ;
Ils n'ont pas les mêmes valeurs :
L'épargne est entre les meilleurs ,
Lorsqu'elle ne nuit point aux bienfaits , aux largesses.

1530.

Le monde est bien un bal masqué ,
Où, sans s'aimer , sans se connaître,

Chacun se prend la main , se sourit , et peut-être
Pour ne plus l'un de l'autre être encor remarqué.

1531.

L'égoïste est comme un vampire ,
Qui du sang d'autrui se nourrit ;
Il croit que tout ce qui respire
Pour son seul intérêt et son seul plaisir vit.

1532.

Tout mortel dont l'âme est commune ,
Est l'humble serviteur de chaque évènement ;
Quel qu'il soit peut compter sur tout son dévoûment ;
C'est l'adorateur né de l'heureuse fortune.

1533.

La richesse est à la vertu ,
Ce qu'à l'armée est le bagage ;
Elle offre bien quelque avantage ;
Mais elle *gêne* , et fait souvent qu'on est battu.

1534.

Les inventions très utiles
Croissent sans bruit , comme les végétaux ;
Le vulgaire jouit *du fruit* de ces travaux ,
Sans savoir qu'il les doit à des hommes habiles.

1535.

Voulez-vous savoir le secret
D'être aimé , recherché parmi les plus aimables ?
Soyez *utile* à vos semblables ,
Et vous serez l'homme le plus parfait.

1536.

Sans la santé que sont tous les plaisirs du monde ?
On languit et l'on souffre au sein de la douleur ;
Aussi sans *liberté* , cette mère féconde ,
Les arts sont sans attraits , les peuples sans bonheur,

1537.

Le passé , l'avenir s'enveloppent *d'un voile* ,
Qu'avec peine pénètre un regard clairvoyant ;

L'un pour la veuve à regret se dévoile ,
Mais , pour la vierge , l'autre est toujours transparent.

1538.

Selon Charron , auteur de *la Sagesse* ,
Nous devons sérieusement ,
Et puis très attentivement ,
Puis enfin très joyeusement
Vivre jusques à la vieillesse.

1539.

Qui donc amène ici ces nombreux mendiants ,
Criant pitié , réclamant assistance ?
C'est une femme vieille , et boiteuse , et sans dents :
On la nomme *l'imprévoyance.*

1540.

Sans avoir beaucoup d'or , nous pouvons être heureux;
Car il est des bonheurs de bien plus d'une sorte ;
La faim sans s'arrêter , passe devant la porte
De l'homme réfléchi , sage et *laborieux.*

1541.

D'un service rendu n'oubliez point la source ;
L'homme de bien s'en souvient sans effort ;
L'*oubli* , cet enfant de la mort ,
Des lâches cœurs c'est la ressource.

1542.

L'homme fort se *révolte* et brave le trépas ;
L'homme faible humblement supplie ;
Le chêne tombe avec bruit et fracas ,
Le roseau doucement et se courbe et se plie.

1543.

L'homme luttant contre l'adversité ,
Est le plus bel objet que puisse offrir le monde ;
Sinon *celui* qui , d'une âme féconde ,
Le soulage au doux nom de la fraternité.

1544.

Jeune homme , imite l'alouette :
Sur la terre d'abord elle niche *humblement* ,

Parmi des tiges de froment ;
Puis, volant vers les cieux, après, rien ne l'arrête.

1545.

L'amitié d'une femme a des charmes plus doux,
Plus vigilants, plus tendres, plus durables
Que ceux que peut offrir, dans ces jours misérables,
Un autre homme, fût-il sans cesse auprès de vous.

1546.

Bien que de Phidias, ou du célèbre Apelle,
Une statue est sans nul agrément ;
Chez une femme, quoique belle,
La *grâce* est dans le mouvement.

1547.

Pascal nous dit : Une rivière
Est un chemin *qui marche*, et le fait est certain ;
Mais si l'on n'y voit point un seul grain de poussière,
Au fond des eaux on peut voir et lire sa fin.

1548.

Avec dix mille francs, il est bien plus facile
De gagner un bon million ;
Qu'avec *cinq sous*, en monnaie ou billon,
De réunir six francs, fût-on un homme habile.

1549.

Pourquoi ressentir quelque ennui
De dire j'eus des torts, je dois le reconnaître ?
Un tel aveu seulement fait connaître
Que, plus qu'hier, on est *sage* aujourd'hui.

1550.

Pleurer a quelquefois des charmes ;
Il est même certain bonheur,
Qui, tout ainsi que la douleur,
Ne se *traduit* que par les larmes.

1551.

Ceux qui traitent les animaux
Avec férocité, même avec barbarie,

Devraient se rappeler qu'un principe de vie
Les rend, aussi bien qu'eux, *sujets* à tous les maux.

1552.

Heureux et sage qui peut dire,
Chaque matin, en s'éveillant :
Bien plus qu'hier je serai bienfaisant ;
Et c'est le *cœur* seul qui m'inspire.

1553.

Tout homme doit indispensablement,
Est-ce raison, est-ce vertige ?
Quel que soit le motif, enfin, qui le dirige,
Reculer, ne bouger ou marcher en avant.

1554.

Un *entêté* doublement est à plaindre.
Par trop borné d'abord pour juger son erreur,
Il s'aliène encor toujours son auditeur,
Par son air suffisant, qui semble ne rien craindre.

1555.

L'homme pauvre et reconnaissant
Aurait une âme généreuse,
Si jamais la fortune un jour *moins* rigoureuse,
Sur lui jetait enfin un regard caressant.

1556.

La médisance et la censure
Attaquent bien souvent un homme vertueux :
Ainsi les fruits les plus délicieux
Des avides oiseaux deviennent la pâture.

1557.

L'homme n'est pas moins mécontent,
De ce qu'il a que de ce qu'il désire :
Méprisant le présent, envieux il soupire ;
Et voulant toujours vivre, il meurt à *chaque* instant.

1558.

La première faveur d'une femme qu'on aime,
Nous ravit, nous transporte au *céleste* séjour ;

Ainsi nous éblouit et nous aveugle même
Le passage trop prompt de la nuit au grand jour.

1559.

L'homme le plus parfait et le plus admirable
N'est jamais sans défaut, fût-il même un Solon ;
   Et l'immortel Achille était très vulnérable,
      Comme on sait, au *talon*.

1560.

Deux braves gens qui se trouvent ensemble,
    Même pour la première fois,
Se connaissent pourtant *comme amis* d'autrefois,
Et le même motif aussitôt les rassemble.

1561.

   Un homme, dans l'adversité,
    Se perfectionne et s'épure ;
    C'est pour cela que la nature
    Frappe avec plus de dureté.

1562.

   Suivant le sage Diogène,
Le moyen de toujours garder sa liberté,
    C'est, brave et plein de loyauté,
    D'être prêt à *mourir* sans peine.

1463.

   L'homme juste n'est pas celui
   Qui ne commit jamais nulle injustice ;
Mais celui qui, voyant la fortune propice,
Et, pouvant se venger, *refuse* son appui.

1564.

C'est l'éducation qui nous sort du vulgaire.
Car nous naissons avec plus d'un défaut :
   L'homme se *croit* plus qu'il n'est d'ordinaire,
   Et s'estime moins qu'il ne vaut.

1565.

Le vrai mérite est humble, occupe peu d'espace ;
Et d'une vaine gloire il n'est jamais jaloux ;

L'homme orgueilleux de son rang, de sa place,
Nous *avertit* déjà qu'il est fort au-dessous.

1566.

Disons moins notre patenôtre,
Mais prenons l'honneur pour appui ;
C'est en faisant *le bien* d'autrui
Que nous faisons toujours le nôtre.

1567.

Oui, s'il en a la ferme volouté,
L'homme peut tout entreprendre et tout *faire* ;
Libre, il peut bien avec fierté
S'élever dans les airs, au sein de l'atmosphère.

1568.

Chacun pour soi, l'instant présent...
De ce siècle c'est la devise !
Ne serait-il pas mieux de dire avec franchise :
Tout pour autrui ; l'avenir nous attend.

1569.

Pour rendre une personne heureuse,
Plus nous avons employé de moyens ;
Plus sont solides nos liens,
Et plus sa *perte* est douloureuse.

1570.

Certain homme qui, des sermens,
En avait prêté par douzaine,
Disait : *Prêter*, voilà le seul mot qui convienne ;
On les reprend selon le temps.

1571.

La propreté, l'ordre dans les ménages,
Ressemblent fort aux décors d'opéra ;
On voit bien les travaux que la main opéra,
Mais on n'aperçoit point les nœuds, ni les *cordages*.

1572.

Les grandes *mémoires*, dit-on,
Dont le savant se rit et se goberge,

Sont bien plutôt des maîtresses d'auberge ,
Que des maîtresses de maison.

1573.

Aux plus nobles devoirs trois vertus nous conduisent :
Le *courage* du cœur , l'*amour* universel ,
Par lequel les humains s'aiment , se civilisent ;
Et la *prudence* enfin , don précieux du ciel.

1574.

En punissant de mort, d'un crime on est complice.
Saint Augustin disait , avec juste raison ,
« La peine du talion ,
« Des *injustes* c'est la justice. »

1575.

Tout peut s'utiliser dans ce vaste univers !
Dans la sagesse tout repose ;
L'homme le plus méchant , l'homme le plus pervers
Peut être bon à quelque chose.

1576.

L'*intelligence* est le suprême bien !
Les immenses trésors , et la vie et la gloire ,
Le grand succès qui mène au temple de mémoire ;
Elle tient tout dans sa puissante main.

1577.

Dans un temps de pluie et d'orage ,
Sous les branches d'un chêne on cherche à s'abriter ;
Le beau temps revient-il ? on l'abat , on l'outrage :
L'*ingrat* agit ainsi , rien ne peut l'arrêter.

1578.

L'homme est né pour agir ; il est vraiment immense
Ce mot *travail* , sans lui point de bonheur !
Au creuset de l'expérience ,
La vérité s'élève au-dessus de l'erreur.

1579.

Il est certaines gens qui ne savent rien faire ;
Qui toujours s'ennuyant, courent par monts, par vaux ;

Soit pour tuer le temps, ou bien pour se distraire :
Pour les gens occupés ce sont de vrais *fléaux*.

1580.

Toute âme curieuse est faible et toujours vaine ;
Discoureuse et pleine de vent ;
Le désir de parler souvent trop loin l'entraîne :
Elle trompe, éblouit *seulement* l'ignorant.

1581.

Du golfe de Siam au rivage du Tibre ,
Qu'il soit Anglais, ou Turc, ou Français, ou Chinois,
L'homme d'abord , s'il désire être libre ,
Doit se faire *esclave* des lois.

1582.

Les amis sont *de vrais* compagnons de voyage ;
Ils doivent s'entr'aider dans tout événement ;
Se donner réciproquement
De leur zèle pieux un constant témoignage.

1583.

La vanité , des passions
Est peut-être la plus mesquine ;
Cependant cet orgueil qui dans les cœurs domine,
Fait sottement chercher les hautes régions.

1584.

C'est dans la peine et la détresse
Que naît la *sincère* amitié ;
Elle ne la vaut pas sûrement de moitié ,
Celle qui naît au sein de la richesse.

1585.

Les hommes ne sont pas parfaits ;
A leurs vertus plus d'un vice s'allie ;
Et comme on dit même des plus discrets ,
Chaque esprit a sa *folie*.

1586.

Non , rien plus doucement et plus profondément
Ne pénètre au fond de notre âme,

Ne la remplit d'une plus vive flamme,
Qu'un *bon exemple*, offert avec ménagement.

1587.

L'égoïste est court dans ses vues ;
Il reste solitaire et de tout est jaloux.
Heureux le cœur qui se perd dans les nues ;
Qui du bonheur *d'autrui* fait son bien le plus doux.

1588.

Suivant le docte Pythagore,
L'homme qui meurt est un astre couchant,
Qui bientôt, ainsi que l'aurore,
Va radieux *se lever* plus brillant.

1589.

Nous sommes entourés d'abîmes ;
Mais le plus dangereux est bien celui *du cœur* ;
C'est de lui que nous vient la plus vive douleur ;
C'est lui qui nous conduit souvent aux plus grands crimes.

1590.

Savoir par cœur n'est pas vraiment savoir ;
C'est *tenir* ce qu'on donne en garde à sa mémoire,
Soit de philosophie, ou de vers, ou d'histoire ;
Et l'esprit, dans ce cas, n'a pas beaucoup à voir.

1591.

Le sommeil, le manger, une petite affaire
Peuvent se renvoyer au soir, au lendemain ;
Mais une *occasion*, le temps, un grand dessein
Ne permettent point qu'on diffère.

1592.

On méprise un peu trop le pauvre limaçon,
Car il n'est pas sans esprit, sans courage.
Est-il peu satisfait d'un méchant voisinage,
Tout *doucement* ailleurs il porte sa maison.

1593.

Un pauvre homme sans industrie
Est comme un naufragé *seul* au milieu des flots ;

Il est perdu, c'en est fait de sa vie,
S'il ne rencontre pas sous peu quelques îlots.

1594.

Le bonheur est une *boule*
Après laquelle nous courons ;
Mais de l'atteindre en vain nous espérons ;
Car elle roule et toujours roule.

1595.

On peut se consoler d'être sans grands talents,
Comme de n'avoir point une éminente place ;
Si, dans cette apparente et commune disgrâce,
On se sent *au-dessus* par de beaux sentiments.

1596.

Sachons utiliser une sage industrie.
Les divertissements ne sont guère aujourd'hui
Qu'une élégante et fausse *broderie*,
Sur un grand fond de misère et d'ennui.

1597.

Cherchez à mériter plutôt la bienveillance
Qu'une vaine admiration,
Des objets vénérés de votre affection,
Qui ne confondent pas le *cœur* et la science.

1598.

Le choix des livres que l'on lit
Influe infiniment sur le cours de la vie :
Car ils *produisent* sur l'esprit
L'effet d'une mauvaise ou bonne compagnie.

1599.

L'envie a cela de bon,
C'est qu'elle cause le supplice
De celui qui, *peu digne* de pardon,
Par trop facilement s'abandonne à ce vice.

1600.

Rappeler trop souvent le bien que l'on a fait,
C'est être en même temps et généreux et *chiche ;*

C'est le discours d'un pauvre et l'action d'un riche ;
C'est d'un portrait charmant faire un triste portrait.

1601.

Il est bon que l'esprit *rarement* se repose ;
De l'étude à tout âge on doit subir les lois :
Un sot souvent croit savoir quelque chose ,
Parce qu'il le sut autrefois.

1602.

Être frappé d'une injustice,
Assurément c'est un malheur ;
Mais il serait encor plus amer le calice,
Si de cette injustice on se *trouvait* l'auteur.

1603.

Dans ce siècle léger , imprudent et superbe,
Où rien ne peut satisfaire , assouvir ,
Nous n'attendons rien à mûrir ;
Et notre blé se mange en *herbe*.

1604.

Il est à moitié fou celui
Qui tout son revenu dépense ;
Mais il l'est tout-à-fait, je pense ,
Celui qui follement le *dépasse* aujourd'hui.

1605.

De la part des mortels rien ne doit nous surprendre ;
La nature pour eux n'a plus aucuns secrets :
Et qui pourra nous révéler jamais
Quand l'homme cessera *d'apprendre ?*

1606.

Oh ! qu'une voix *amie* est pleine de douceur,
Dans une affliction profonde et sans mesure!
Le meilleur appareil mis sur une blessure ,
N'apaise pas si bien une vive douleur.

1607.

La *curiosité* n'est justement utile ,
Que lorsqu'on a l'espoir de se rendre meilleur :

16

Qu'importe de savoir une chose futile,
Qui ne peut contenter ni l'esprit ni le cœur?

1608.

Un peuple qui toujours honora la vieillesse,
   Doit être grand, noble et plein de valeur,
   Puisqu'il connaît, pour son bonheur,
     L'autorité de la sagesse.

1609.

   Plus on a d'or moins on peut s'en passer ;
Le pauvre est beaucoup moins sensible en ses détresses;
Et la possession des plus grandes richesses
   Augmente encor le désir d'amasser.

1610.

De l'homme, en général, le luxe est la ruine ;
   A tous les maux il prête son concours :
    Le *luxe* est une longue épine
    Qui s'enfonce et blesse toujours.

1611.

Les bons se souillent plus par de petites fautes,
  Que les cœurs pervertis par des crimes très grands ;
Attendu que placés sur des cimes plus hautes,
Leurs fautes, leurs délits sont bien plus *apparents*.

1612.

   Quand à l'esprit la passion s'allie,
L'homme ne connaît plus ni raison ni bon sens,
Et l'esprit, dans ce cas, fournit des arguments
   Pour *justifier* sa folie.

1613.

Avouer ses défauts, quand on en est repris,
   C'est faire acte de modestie ;
Mais aller les prêchant sur des airs aguerris,
C'est de l'orgueil tout pur, c'est de la *philautie* (1).

1614.

En lisant, que doit-on vraiment se proposer?
De s'éclairer, et surtout de s'instruire :

(1) Amour de soi-même.

« C'est pourquoi nous ne devons lire
« Que pour nous *aider* à penser.»

1615.

Colin , le meûnier, s'imagine
Que le blé croît pour son moulin :
Que j'en *connais* , sans être bête asine ,
Ressemblant au meûnier Colin ?

1616.

Tous nos défauts deviennent habitude ;
Ainsi que les odeurs nous ne les sentons pas ;
Et nous n'en éprouvons nulle sollicitude :
Les autres seulement s'en plaignent, et *tout bas*.

1617.

Des projets des mortels la fortune se joue ;
Le savant par le sot est souvent effacé ;
L'homme riche jamais ne se croit déplacé ;
Lorsque le soleil luit , on voit briller la *boue*.

1618.

En voyageant , j'aime mieux *un bâton*
Qu'une voiture , ou quelque vieille rosse ,
Ce que j'aime surtout, c'est un gai compagnon ;
Il vaut pour moi plus qu'un très beau carosse.

1619.

La vérité , comme un vaste flambeau ,
Jette partout une immense lumière ;
Mais craignant la brûlure , ayant peur pour leur peau,
Les hommes ont grand soin de *cligner* la paupière.

1620.

Pour la sottise *un tel* n'a vraiment point d'égal ,
Ainsi légèrement s'exprime le vulgaire :
L'homme d'esprit, bien souvent , au contraire ,
Où l'on voyait un sot trouve un original.

1621.

L'homme le plus heureux est celui qui sait mettre ,
Et la fin de sa vie et son dernier moment ,

En rapport, sans se compromettre,
Juste avec le commencement.

1622.

Guillaume Penn, disait : l'homme colère,
Avare, orgueilleux et jaloux,
Grand parleur, rarement sincère,
Pas plus que *bon ami* ne sera bon époux.

1623.

La politesse est un désir de plaire :
Elle est de la vertu l'honnête supplément ;
Tenant un peu du vice, on l'aime cependant ;
Bien plus qu'elle ne coûte, elle *rend* d'ordinaire.

1624.

L'amour-propre irrité se soulève avec bruit,
Et l'esprit de vengeance aussitôt se réveille :
Mais un homme prudent laisse passer la *nuit*,
Sur les injures de la veille.

1625.

Oui, *non* sont deux mots courts qu'on prononce soudain,
Sans réflexion préalable ;
Ces deux mots cependant, pour l'homme raisonnable,
Demandent *le plus* d'examen.

1626.

Par la science et la philosophie,
L'homme s'élève jusqu'aux cieux ;
L'étude est un trésor immense, précieux,
Qui nous fait vivre *au-delà* de la vie.

1627.

Un fait certain que nul ne contredit,
C'est que, fille toujours de la *fainéantise*,
La paresse du corps est certe la bêtise,
Comme la bêtise est paresse de l'esprit.

1628.

C'est des impressions premières
Que dépendent souvent nos succès, nos abus,

Et nos vices et nos vertus :
« L'avenir des enfans est l'*ouvrage* des mères. »

1629.

Faites le bien , mais sans faire de bruit ;
Le bruit du bien est le contraire ;
Et c'est alors vainement qu'on espère :
Le bien seul *produit* quelque fruit.

1630.

Pour être heureux , le moyen véritable ,
Le seul où tous nos vœux devraient se réunir ,
Et qu'on néglige trop , dans ce temps misérable ,
C'est d'aimer son *devoir* , d'en faire son plaisir.

1631.

Quoiqu'à vivre longtemps nature nous convie ,
Est-ce que l'on craindrait rien plus que le tombeau ?
L'homme doit *préférer* quelque chose à la vie ;
Car la vie autrement deviendrait un fardeau.

1632.

De longs jours signalés par beaucoup de prudence ,
De justice , de probité ,
Ne sont point une décadence ,
Mais bien le premier pas vers l'*immortalité*.

1633.

L'abominable et lâche calomnie
Frappe à la fois *trois coups mortels*, dans sa fureur :
L'homme calomnié , le calomniateur
Et l'auditeur d'une telle infamie.

1634.

Insouciant pour lui , pour tout autre obligeant ,
Il est semblable à ce cadran solaire ,
Inutile au propriétaire ,
Mais servant à chaque passant (1).

1635.

La fortune à son gré de notre sort dispose ;
Et nous met sous le chaume aussi bien qu'au salon :

(1) M F

Mais la *rose*, placée au milieu d'un buisson,
Ne cesse point d'être une rose.

1636.

Jeune homme ! un penchant vicieux
Est d'abord un *passant*, puis il devient un hôte ;
Enfin bientôt un *maître* audacieux,
Et tout cela par notre propre faute.

1637.

Tout candidat à la célébrité,
Doit un impôt à la critique ;
Pour l'éviter pourtant est un refuge unique,
C'est celui de l'*obscurité*.

1638.

La science sans la richesse,
C'est, nous dit le *talmud*, comme un pied sans soulier ;
Quand la science à l'or ne peut pas s'allier,
C'est lors le pied que le soulier délaisse.

1639.

De l'homme sans moyen que peut-on obtenir ?
Le fanal éclaire une route ;
Mais il ne donne pas, lorsque l'on n'y voit goutte,
De *bons yeux* pour la parcourir.

1640.

C'est en recherchant la sagesse,
Que l'homme est *sage* et très prudent ;
Mais il n'est qu'un inconséquent,
Lorsqu'il croit la tenir en laisse.

1641.

Tous les sites les plus vantés
Et les plus beaux en apparence,
Sont tristes et désenchantés
Si l'on n'y porte l'*espérance*.

1642.

Dans le choix de nos liaisons,
Tout ainsi que dans nos lectures,

Avec grand soin ne recherchons
Qu'à rendre nos âmes plus *pures*.

1643.

Tel homme qui, dans son printemps
' Fut toujours gai, toujours aimable,
Devient, en *vieillissant*, d'humeur intolérable,
Et fuit, le cœur navré, tous les amusemens.

1644.

Le vrai moyen de satisfaire
A son honneur, à son devoir,
Consiste à ne jamais rien faire
Qu'un *ennemi* ne puisse voir.

1645.

L'homme agit comme il aime, il aime comme il pense ;
Penser forme le cœur, le cœur les actions ;
De sorte que le cœur, quoique nous fassions,
Porte *sur tout* sa bonne ou mauvaise influence.

1646.

Des plus nobles vertus
Les passions sont la *semence* ;
Sachons les diriger avec soin et constance,
Et nos efforts jamais ne seront superflus.

1647.

Celui qui sait tout ce qui l'intéresse
Pour son état et sa profession,
En sait plus qu'un savant, quel que soit son renom,
Qui, sur plus d'un objet, fait *sentir* sa faiblesse.

1648.

On ne doit aspirer qu'à la tranquillité :
C'est là le vrai bonheur, l'unique dans la vie,
Depuis l'instant qu'on naît, de tant de maux suivie ;
Le *reste* n'est qu'erreur, mensonge et fausseté.

1649.

De l'affectation, soit dans notre langage,
Soit dans notre air ou notre habillement,

C'est comme une *clarté* qui bientôt se dégage,
Pour nous montrer sans goût, sans art, sans jugement.

1650.

La modestie, ainsi que l'on le pense,
Dans l'éloge reçu brille moins sûrement,
Que dans l'*air impassible* et presque indifférent,
Devant l'injuste malveillance.

1651.

Les vrais pourvoyeurs de l'esprit
Sont les yeux ainsi que l'oreille;
Et la langue, agile et vermeille,
Est pour le *grossier* appétit.

1652.

Très souvent dans une querelle,
Les torts sont bien des deux côtés:
Ainsi, frappez le roc, le briquet étincelle;
Substituez *du bois*, les feux sont écartés.

1653.

Comme les oiseaux, les poètes
Très volontiers chantent sur tous les tons;
Folâtres, tristes ou bouffons,
Leurs langues ne *sauraient* rester longtemps muettes.

1654.

La seule vérité peut conduire au bonheur;
Sans elle tout n'est qu'un vain songe:
On ne peut se fier à tel homme trompeur,
Qui *volontairement* pratique le mensonge.

1655.

Heureux et sage doublement
Qui peut dire, lorsqu'il s'éveille:
Je veux être aujourd'hui *bien meilleur* que la veille,
Et le jour où je fus généreux, bienfaisant.

1656.

Si l'on pouvait avoir un peu de patience,
Que l'on s'épargnerait de peine, de tonrment!

Car si le temps nous donne la souffrance,
Il la fait *disparaître* aussi le plus souvent.

1657.

La vérité se compare au liége ;
En vain , pour l'immerger à tout on a recours ;
Aussi , bien que l'erreur de toute part l'assiége,
La *vérité* résiste et surnage toujours.

1658.

Dans la jeunesse d'un empire,
C'est la profession du *soldat* qui fleurit ;
Puis les lettres , les arts , les sciences , l'esprit,
Enfin la soif de l'or et tout ce qu'elle inspire.

1659.

Reprenez votre air dédaigneux ,
Et renoncez à vous contraindre :
Vous querellez ce malheureux ,
Pour vous *dispenser* de le plaindre.

1660.

Oui , si l'on se donnait le tiers des mouvements ,
Disait Caton , pour bien élever sa famille,
De ceux qu'on prend pour rien ou pour une *vétille,*
Tout le monde serait parfait depuis longtemps.

1661.

La conversation , comme une promenade
A travers les prés et les champs ,
Ne doit jamais offrir rien d'acre ni de fade ;
Mais *caresser* le cœur comme un jour de printemps.

1662.

L'homme est comme les vins, dit l'orateur de Rome :
L'âge aigrit les mauvais et rend les bons meilleurs.
En effet, les chagrins , les pertes , les malheurs
Agissent de même sur l'homme.

1663.

Tel que l'on croit un excellent chrétien ,
Plein d'abnégation , membre du St-Rosaire ,

Parce qu'il est sensé ne point voir la misère,
Se dispense *aisément* de lui faire du bien.

1664.

Jamais on ne ferait une action mauvaise,
Si, d'un homme de bien en empruntant l'appui,
On se disait franchement sans malaise :
  Ferais-je cela devant lui?

1665.

Il est certains esprits qui n'ont que la surface ;
  D'autres qui n'offrent que le fond ;
Plusieurs enfin où l'un chez l'autre se confond :
A ceux-là *seulement* une honorable place !

1666.

L'amour du bien moral, bien plus doux que le miel,
D'un perfide intérêt ne suit jamais la pente ;
  Et la vertu, cette fille du ciel,
  Toujours *sans dot* à nos yeux se présente.

1267.

L'homme dans un état de médiocrité,
Qui, se plaignant du sort, se dit dans l'indigence,
Atteint le *maximum*, dans sa déloyauté,
  De la suprême *impertinence* .

1668.

Si vous voulez avoir de nombreux courtisans,
Priez que les destins vous soient toujours fidèles ;
Les amis sont souvent comme les hirondelles,
Qui redoutant l'hiver, ne *viennent* qu'au printemps.

1669.

Uue belle action, une œuvre bonne et pure
Est pour notre âme un plus doux aliment,
  Que pour le corps la nourriture,
  Et le mets *le plus* succulent.

1670.

Une âme belle, aimable et tendre
N'est pas toujours hôtesse d'un beau corps ;

Et trop facilement *les sots* se laissent prendre
A de trompeurs et séduisants dehors.

1671.

La fortune, dit-on, fait souvent disparaître
La mémoire chez l'homme heureux ;
Il perd trop aisément le souvenir de ceux
Auxquels *il doit* tout son bien-être.

1672.

Oui, la *fainéantise* avance avec lenteur ;
Sa robe est un tissu de pavots somnifères ;
Elle a la faim pour chevalier d'honneur,
Et pour suivantes les misères.

1673.

L'espérance, l'amour, la gloire et la beauté
Ne cachent souvent qu'imposture ;
L'amour sacré de la nature
Nous offre *seul* la vérité.

1674.

La nature est inaltérable ;
Son amour fleurit dans un cœur,
Lorsque déjà le plus *aimable*
A disparu comme un songe flatteur.

1675.

Lorsqu'après une longue absence,
Et *fléchissant* sous le fardeau des ans,
Nous revoyons les lieux qu'habita notre enfance,
Nous nous croyons encor dans notre heureux printemps.

1676.

Il nous est défendu, par l'ordre et la prudence,
De trop légèrement dire tout ce qu'on sait,
Aussi bien que tout ce qu'on fait,
Et mieux encor tout ce qu'on *pense*.

1677.

Il n'est pas suffisant que les désirs soient bons,
Et qu'ils ne blessent point la raison, la justice ;

Il faut qu'ils soient *réglés*, non le fruit d'un caprice,
Et toujours appuyés sur ce que nous pouvons.

1678.

Si vous voulez de la franchise,
Soyez d'abord *franc* et loyal ;
Car à nous montrer tels rien ne nous autorise,
Si vous êtes toujours et sombre et glacial.

1679.

Celui qui n'eut jamais ni grands biens ni richesse,
S'en passe bien plus *aisément*
Que l'homme qui toujours, au sein de l'allégresse,
Ne connut que l'aisance et le contentement.

1680.

Toujours on peut d'un misérable
Calmer la peine et l'embarras :
Le *cœur* doit être charitable,
Lorsque la main ne le peut pas.

1681.

Certes, c'est un très grand mérite
Que de persuader, sans fâcher, sans aigrir :
La *vérité* le plus souvent irrite
Ceux qu'elle ne peut pas convaincre et convertir.

1682.

Chez les uns on condamne, on critique et l'on blâme,
Par pure passion et par égarement,
Ce que chez les autres souvent
On *approuve* du fond de l'âme.

1683.

On est toujours ardent, et vif, et curieux,
Pour du prochain savoir la moindre chose ;
Tandis que l'on est lent, aveugle et paresseux,
Lorsque *soi-même* on est en cause.

1684.

Si nous trouvons partout de pauvres malheureux,
Il n'en est pas un seul qui franchement déclare,

Ou du moins la chose est très rare,
Qu'il a bien *mérité* son destin rigoureux.

1685.

La vertu, tout comme le vice,
A besoin d'un effort dans l'exécution :
Toute profonde affection
Toujours *suppose* un sacrifice.

1686.

Dans vos actes toujours choisissez le meilleur ;
Qu'il soit même l'objet d'une constante étude !
Car pour vous il sera bientôt une *habitude*,
Qui pourra satisfaire et l'esprit et le cœur.

1687.

Saint Augustin assure que, dans l'homme,
On trouve Adam, puis Ève, et même le serpent ;
C'est pour nous expliquer sans doute clairement
Pourquoi, dans un jardin, il volait une pomme.

1688.

Ne vous livrez jamais à ces emportemens !
Qui sont toujours sans pouvoir sur le vice !
Suivez l'impulsion de plus doux sentimens !
La modération est *sœur* de la justice.

1689.

L'esprit se plaît à s'exercer
Sur des sujets peu vraisemblables ;
Et ce sont, bien souvent, les moins *définissables*
Qui donnent le plus à penser.

1690.

La seule instruction profitable et solide
Est celle qui nous vient de notre propre fond ;
Et d'un maître savant la meilleure leçon
Glisse comme un bateau sur une onde limpide.

1691.

Auteurs, dans vos succès, craignez l'illusion !
Ne vous appuyez point sur la littérature !

C'est une béquille peu sure ,
Et même , *pour beaucoup* , ce n'est pas un bâton.

1692.

Il est des gens légers , préférant le factice
Des propos de l'esprit au langage du cœur :
C'est au ciel étoilé , dans toute sa splendeur ,
Préférer un *feu d'artifice*.

1693.

Toujours , dans un festin succulent , délicat ,
Je *crois voir* la gastrite , ou la paralysie ,
Ou la fièvre , ou la goutte , ou bien l'apoplexie
Sourdement s'élancer du fond de chaque plat.

1694.

A la loi l'obéissance
Soumet la volonté sans pourtant l'affaiblir ;
Tandis qu'elle ressent une vive souffrance,
Si c'est à l'homme *seul* qu'elle croit obéir.

1695.

La nature en cachant tout au fond de la terre ,
Cet or si recherché , cependant si trompeur ,
Semble avoir deviné que la vertu , l'honneur
Lui feraient en tout temps une *éternelle* guerre.

1696.

C'est dans l'esprit que notre cœur
Trouve vraiment sa nourriture ;
Et toute affection demeure sans valeur ,
Lorsque le cœur est *vide* ou manque de pâture.

1697.

Il doit braver l'horreur des sombres bords ,
Celui qui conserva l'estime de soi-même,
Et qui peut dire , à son heure suprême ,
Sans *honte* fut ma vie , et je meurs sans remords.

1698.

Dans les sociétés humaines ,
Le bien est dans l'emploi du travail et du temps .

Les hommes ne seraient ni voleurs, ni méchants,
Si toujours *occupés*, rien n'attisait leurs peines.

1699.

Une atteinte portée à la sincérité
    Cache une *intention* coupable :
    Voilà pourquoi la vérité
En tout temps nous paraît aimable.

1700.

Les grands mangeurs sont ordinairement
    Des penseurs de peu d'importance ;
Et la graisse et le sang, dans cette circonstance,
Suffoquent leur esprit et leur entendement.

1701.

C'est mal raisonner que de dire :
Je suis plus riche, or donc je suis meilleur ;
Je suis plus éloquent, donc j'ai bien meilleur cœur :
Vous n'êtes le discours, ni l'*or* qui vous inspire.

1702.

S'il est très vrai le mal qu'on dit de toi,
Tu dois t'en corriger : on le peut à tout âge ;
Mais s'il n'est que le fruit de la mauvaise foi,
Ris-en, tu ne feras jamais rien de plus sage.

1703.

Une incessante et profonde douleur,
Pour les peines d'autrui doucement nous enflamme ;
Et si nous éprouvons parfois quelque malheur,
C'est pour tremper et fortifier notre âme.

1704.

Deux ordres ont, dans la société,
    Un but totalement contraire :
Le médecin fait tout pour donner la santé,
Lorsque le cuisinier agit pour la défaire.

1705.

Mais l'un plus que l'autre est certain,
    Dans cette triste circonstance ;

Car, si le cuisinier marche avec assurance ,
On n'en peut pas autant *dire* du médecin.

1706.

Ne condamne point sans entendre :
C'est le plus sage , aussi le plus prudent.
Tu ne peux me juger que fort légèrement ,
Ignorant le motif qui me fit entreprendre.

1707.

Les défauts les plus vils auxquels l'homme est enclin ,
Ne peuvent qu'irriter ses physiques souffrances ;
Lorsque de la *vertu* les douces influences
Sont pour le mal physique un baume souverain.

1708.

Si les fripons connaissaient l'avantage
D'être bons , nobles , vertueux ,
Et par friponnerie et peut-être encor mieux ,
Ils deviendraient les *modèles* du sage.

1709.

Vainement on affecte un faux air de pudeur ,
Vainement on fait tout pour charmer et pour plaire:
Ce n'est point dans l'esprit que gît le *caractère* ;
Il se loge toujours au fond de notre cœur.

1710.

Plus on se soigne et plus on se ménage ,
Plus notre corps devient et faible et délicat ;
Il faut *agir* , et , jusqu'au dernier âge ,
Livrer à la mollesse un éternel combat.

1711.

Dans tous les temps , quoi qu'il arrive ,
La défense des opprimés ,
Des braves , des hommes armés
Est la *noble* prérogative.

1712.

Dans leur propre intérêt , les sots disent : L'esprit
Se rencontre partout, il court même les rues :

Erreur ! pour le trouver que de gens , et sans fruit,
Se sont longtemps donné des *peines superflues !*

1713.

Certains critiques malveillants ,
Pétris de fiel , de haine et de colère ,
Comme des insectes méchants ,
S'*arrêtent* toujours droit où se trouve un ulcère.

1714.

Un pédant rarement se montre courageux ;
Il a peur de la moindre chose :
Plus on s'estime , et se croit *précieux* ,
Moins communément on s'expose.

1715.

Savoir ce que l'on veut et vouloir ce qu'on sait ,
N'amènent pas toujours un destin bien aimable ;
Mais agissant ainsi , tout homme raisonnable
De la société connaît bien le *secret.*

1716.

L'homme riche sur l'homme habile
Le plus souvent l'emportera ;
On est moins estimé , dans ce monde futile ,
Pour ce qu'on *est* que pour ce que l'on a.

1717.

. . . .

1718.

Le droit de la critique est de mettre en saillie ,
Les défauts comme les beautés
Des ouvrages qu'elle étudie ;
Mais non de les *salir* de ses méchancetés.

1719.

Il est certain genre de style ,
Tout pétri de sucre et de miel ,
Mais qui ne fut jamais l'asile
Du style *naturel.*

17

1720.

L'homme de bien trouve sa récompense,
En jetant sur sa vie un regard satisfait ;
Le méchant est *puni* de tout ce qu'il a fait,
Par sa mauvaise conscience.

1721.

Laboure, fume, sème et sarcle bien tes champs,
Mets tous tes soins pour que ton blé prospère ;
Et si, malgré tes vœux, la fortune est contraire,
N'en accuse plus que le *temps*.

1722.

La vie à bien des gens paraît longue, effroyable,
Encor plus par l'ennui que par quelque douleur ;
Il faut, pour éviter cet état peu flatteur,
Se créer, chaque jour, un *travail* convenable.

1723.

La vigne, après avoir donné son fruit,
De fruits, nouveaux, l'an suivant, se décore :
Ainsi le bienfaiteur cherche à faire, et sans bruit,
Une action *meilleure* encore.

1724.

Faites le bien ; surtout, avec un soin égal,
Ne nuisez jamais à personne :
S'abstenir de faire le mal,
C'est faire *à soi-même* l'aumône.

1725.

La candeur de l'esprit, les naïfs sentiments
Ne sont pas seulement la part de la jeunesse ;
Aussi parfois *ils ornent* la vieillesse,
Comme ces fleurs qu'on voit sur de vieux monuments.

1726.

Celui que très souvent on respecte, on renomme,
Sans travail, n'eût peut-être été jamais qu'un gueux :
Un homme pauvre et paresseux
Ne peut pas être un honnête homme.

1727.

Un esprit envieux se voit plus clairement
Dans les restrictions de certaines louanges,
Que dans l'*outré* dénigrement
Des critiques les plus étranges.

1728.

L'homme est très facilement las
De ce qu'il tient, de ce dont il dispose ;
Tandis qu'il croit toujours que le bonheur repose
Dans ce qu'il ne *possède pas*.

1729.

Il n'est pas suffisant de dire avec finesse ;
Et d'user, en parlant, d'un langage flatteur ;
Ce qu'est aux fruits la plus douce saveur,
A l'esprit le plus fin est la *délicatesse*.

1730.

Certes le monde est très calomnié ;
Et, d'après mon expérience,
On y trouve *bien plus* d'amour et d'amitié
Que communément on ne pense.

1731.

Prenez toujours la raison pour appui ;
Que la haine jamais dans votre cœur n'habite :
C'est *ajouter* à son mérite,
Qu'applaudir à celui d'autrui.

1732.

La médiocrité, c'est une hôtellerie,
Que cherchent tous les voyageurs,
Sur le chemin épineux de la vie ;
Mais où l'on ne les voit qu'en des jours de malheurs.

1733.

Les bonnes actions sèment sur notre vie
Des *germes* de bonheur, de suaves plaisirs,
Qui deviennent des fleurs, dont notre âme ravie,
Se plaît à parfumer nos lointains souvenirs.

1734.

Très follement l'égoïste raisonne ;
Il croit qu'à ses douleurs chacun doit prendre part ;
Lorsque, se tenant à l'écart,
Il ne s'*occupe* de personne.

1735.

Tel fait l'éloge outré d'un très petit talent,
Qui ne s'exprime ainsi qu'en haine du mérite ;
Croyant vraiment *ôter* à cet esprit géant,
Ce qu'il ajoute à ce nain émérite.

1736.

Dans un cœur noble et généreux,
Le sentiment de la reconnaissance
Des passions a toute l'apparence,
Et met le bienfaiteur souvent au rang des dieux.

1737.

Le bon, le mauvais goût ont fondé leur empire
Dans les paisibles cœurs des plus honnêtes gens ;
Mais pourtant tout le monde avec nous pourra dire
Que le bon goût est *la fleur* du bon sens.

1738.

Des passions, la haine est bien la plus funeste !
Elle nourrit dans l'âme un dangereux serpent :
La haine que l'on porte à l'homme qu'on déteste,
Nuit moins à son bonheur qu'au *nôtre*, bien souvent.

1739.

On ne saurait jamais mieux vivre,
Qu'en faisant ses efforts pour devenir meilleur ;
Et, plus utilement, qu'en disant dans mon cœur :
Je lis le *mieux* aussi bien qu'en un livre.

1740.

En vain le parvenu prend des airs fastueux ;
Quelque chose trahit son ancienne misère :
Ainsi, le cerf-volant, planant au haut des cieux,
Ne peut cacher le *fil* qui le tient à la terre.

1741.

De même qu'avec sûreté
L'ombre indique le point où se voit la lumière,
De même d'une erreur la connaissance entière
Est *un pas* vers la vérité.

1742.

Ce que je dis n'est point certe une découverte ;
Il ne faut pas pourtant par trop le dédaigner :
On pardonne au fripon, lorsqu'il nous fait gagner,
Mieux qu'à l'homme de bien qui nous cause une perte.

1743.

L'orgueil et la vanité
Du sot sont les échasses :
Mais sur l'un et sur l'autre il n'est ainsi monté,
Que pour tomber *plus tôt* dans les plus basses classes.

1744.

En Perse, il est un proverbe certain,
Qui dit ayez de la constance !
« Avec le temps, avec la patience
« La *feuille* du mûrier devient soie et satin. »

1745.

Nous mettons fort peu d'importance,
A ce que nous disons bien souvent du prochain ;
Alors qu'à s'offenser on est très fort enclin,
D'un *mot* dit quelquefois sans nulle malveillance.

1746.

Celui qui, comme un ami de vingt ans,
Vous traite à la première vue,
Pourra *plus tard*, son âme mieux connue,
Ne vous connaître plus, dans de mauvais momens.

1747.

D'un fleuve l'onde pure et claire
Se trouble en sortant de son lit ;
Ainsi la pureté de l'âme se *ternit*,
En cherchant dans le monde une vaine chimère.

1748.

Chez les Grecs, les Romains, et dans l'antiquité,
Les plus forts ont toujours maîtrisé la faiblesse;
Et ces beaux mots : patrie, amour et liberté,
Pour les pauvres humains n'existent qu'en *promesse*.

1749.

Bien discourir est un talent heureux,
Que dans le monde assez communément on prise;
Mais le grand Catinat avait pris pour devise :
« Bien dire est beau, mais *bien faire* vaut mieux. »

1750.

Pour l'homme, l'état de nature
N'est pas l'état sauvage et tout son dénûment;
Mais ce complet perfectionnement,
Que peut atteindre *un jour* l'humaine créature.

1751.

Dans la réalité, le monde est très petit :
Le monde des désirs au contraire est immense :
Pour mettre un terme à cette différence,
Il ne faut que savoir *régler* son appétit.

1752.

Une *bonne santé*, dans tous les temps, consiste
Dans le juste équilibre et le parfait niveau
De l'estomac, des poumons, du cerveau;
A la funeste mort sans quoi nul ne résiste (1).

1753.

Le plaisir de la vanité
Ne dure guère qu'un quart-d'heure;
Une bonne action demeure;
Son souvenir nous *suit* dans la caducité.

1754.

Pour aimer sans espoir, il faut de la constance;
Et c'est une vertu qui se voit rarement;
Sans aliment, un feu s'éteint facilement;
L'amour également se *meurt* sans l'espérance.

(1) Ces trois organes forment le trépied de la vie

1755.

Bien peu d'hommes placés entre le déshonneur
Et leur ruine inévitable,
Sont assez courageux, pour, dans ce grand malheur,
Faire un choix *juste* et convenable.

1756.

Qu'ils habitent le chaume ou de brillans lambris,
Des vices éhontés évitez la présence !
On accueille parfois avec trop d'indulgence,
L'homme que l'on devrait *chasser* avec mépris.

1757.

L'orgueil s'avise aussi parfois d'être modeste ;
Le calcul est adroit, il faut en convenir :
Mais avant peu l'*erreur* vient à se découvrir ;
Et l'orgueilleux se manifeste.

1758.

Faisons le bien sans bruit, par sentiment ;
Et n'en tirons jamais ni vanité, ni gloire :
Si l'obligé parfois manque un peu de mémoire,
C'est que le bienfaiteur en a *trop* bien souvent.

1759.

Réparez, réparez sans cesse ;
Et redoutez du mal les progrès incessans ;
Car l'incorrigible paresse
Décuple l'action du temps.

1760.

Une très grave erreur, qui souvent est la cause
De presque toutes les erreurs,
C'est qu'on juge le *mot* bien plutôt que la chose,
Qui prend, suivant son nom, une ou plusieurs couleurs.

1761.

L'homme de bien connaît l'envie ;
L'ingratitude, il l'attend sans frayeur !
Il sait que du remords elle est parfois suivie ;
Il suit sa *conscience* et la voix de son cœur.

1762.

Comme une femme belle et sans coquetterie,
Plus on connaît les champs, plus on veut y rester ;
Leurs attraits sont si doux, qu'on ne peut résister
Au désir d'y passer le *reste* de sa vie.

1763.

Sans l'innocence et la *santé*,
La paix du cœur, l'indépendance,
De plus, une modeste aisance,
Il n'existe point de gaîté.

1764.

Un bon mot quelquefois est pris pour une offense ;
Il fait des ennemis, nuit à notre crédit :
Il est très bon, plus souvent qu'on ne pense,
De *savoir* n'avoir point d'esprit.

1765.

L'extravagance est vraiment le partage
De l'homme en général, comme en particulier ;
Et, pour se *singulariser*,
Il suffit du bon sens de faire un noble usage.

1766.

Un grand discoureur, que dit-il ?
Des choses d'un faible mérite :
Car il est bien certain que plus l'âme est petite,
Et plus l'esprit devient subtil.

1767.

Souvent un esprit trop crédule,
Croyant n'être qu'original,
Se fatigue beaucoup, se donne bien du mal,
Pour, *en définitif*, n'être que ridicule.

1768.

L'un sourit au passé, l'autre songe au présent,
Espérant y trouver un fortuné présage ;
Tandis que l'avenir devrait assurément
Les occuper bien davantage.

1769.

Des hommes le plus grand , et c'est un fait certain ,
Est le meilleur , le plus utile ;
Et le meilleur est bien le plus habile ;
Celui qui mérita le plus du genre humain.

1770.

N'avoir pour soi que la mémoire ,
C'est posséder et palette et pinceaux ,
Des couleurs et de beaux tableaux ;
Mais , pour cela, *peintre* on ne se doit croire.

1771.

Sois de la vérité le constant défenseur !
Que ta main , dans ce cas , ne soit pas chancelante :
Car toute vérité, s'élevant triomphante ,
Fait tomber aussitôt en *ruine* une erreur.

1772.

Claire (1) est jeune , douce et mignonne ;
Un rien semble l'intimider :
Elle ne regarde personne ,
Mais elle *se sent* regarder.

1773.

Et, sans trouver un incrédule ,
De la sagesse et de ses lois ,
Disait Pithagore autrefois ,
Le *silence* est le vestibule.

1774.

Du sang jaillit avec rapidité ,
Si tu frappes un homme , objet de ta colère ;
Au contraire jaillit une *vive* lumière ,
Si l'on frappe une vérité.

1775.

Tout est convention dans le cours de la vie ,
Et deux mots opposés forment le même vœu :
Les Romains , dans un incendie ,
Criaient : à l'*eau* ! nous , nous crions : au *feu* !

(1) Mlle C. P. D. P

1776.

Quand nous avons acquis certaine expérience,
Et que l'âge chez nous a *mûri* la raison ,
  La mort accourt, trompe notre espérance,
  Pour nous conduire à la barque à Caron.

1777.

  Le *sarcasme* n'est autre chose
  Qu'une ironie avec emportement ,
Pleine d'aigreur, dite très méchamment ;
Et lorsque de blesser vraiment on se propose.

1778.

  Le doux sommeil, les vrais plaisirs
  Désertent le séjour des villes ;
Ils aiment les ruisseaux, les *champêtres asiles*,
Et les ombrages frais qu'agitent les zéphirs.

1779.

  Il est *homme* celui qui donnerait sa vie
Pour son père et sa mère, et sa femme et ses fils ;
Qui pour la liberté, son honneur, sa patrie,
  Braverait les plus grands périls.

1780.

  Le travail vous rend insensible
  Aux vifs chagrins, à la douleur ;
  C'est comme un *calus* invisible,
  Qui vient endurcir votre cœur.

1781.

  On aime assez la fine raillerie ,
  Les jolis traits et les bons mots ,
Exempts de médisance et de bouffonnerie ;
Et qui , nés sur le champ , se disent *à propos*.

1782.

  Si vous aimez, aimez avez mystère ;
Jeunes amants , soyez et prudens et discrets :
Car ce n'est pas l'amour qui trahit vos secrets ,
  Mais la *manière* de le faire.

1783.

Profitons de l'instant qui rapidement fuit ;
Car telle, hélas ! est notre destinée :
Lorsque finit notre courte journée,
Il ne nous reste plus qu'une *très longue* nuit.

1784.

Nous voyons au printemps reverdir la fougère,
Et de nouvelles fleurs le rosier se couvrir ;
Mais ces beaux yeux, Irma, dont vous êtes si fière,
Un jour se *fermeront* pour ne plus se rouvrir (1).

1785.

Un plaisir continu toujours fatigue et lasse ;
Pour être heureux il faut quelques petits, malheurs :
Entremêlés de peines, de douleurs,
Le plaisir a bien *plus* de grâce.

1786.

Etudiez surtout le langage des yeux,
Jeunes amants qui voulez plaire :
Ce langage muet est celui d'ordinaire,
Qu'un jeune cœur *entend* le mieux.

1787.

Qu'il est doux ce regard qu'un vif amour inspire !
Qu'il est charmant, ce muet enttretien !
On est muet pour avoir trop à dire ;
Et l'on est éloquent *même* en ne disant rien.

1788.

Voiture aimait la métaphore ;
Il en usait, abusait bien souvent :
« Vos cruautés, disait-il, belle Aurore,
« Se *baignent* dans les pleurs que verse votre amant. »

1789.

Il fait bon vivre, a dit un sage,
Tant que le bien et la commodité,
Sont une digue à l'arrivage
De la misère et de l'*infirmité*.

(1) A Mˡˡᵉ A. J.

1790.

On ne peut s'empêcher d'accuser la nature
D'accorder longue vie aux cerfs , aux éléphants ,
Lorsque l'homme devient de la mort la pâture ,
A *peine âgé* de quatre-vingt-dix ans.

1791.

Le superflu , tout comme l'avarice ,
Sont la perte du monde , et surtout des cités ;
Et, pour mettre le comble à ces calamités ,
Il ne faut plus que l'*injustice.*

1792.

Je ne suis point ému , je ne veux le céler ,
De ces cris , de ces pleurs , dont la cause est légère:
Les plus grands maux sont forcés se taire ;
Ce sont *les plus petits* qui seuls peuvent parler.

1793.

Le jugement est disparate
Sur ce qu'on sait , sur ce qu'on dit :
Et la parole est , dit Socrate ,
Le plus vrai miroir de l'esprit.

1794.

Tel , parfois sa maîtresse accuse
D'indifférence et de rigueur,
Qui ne voit pas que la pudeur refuse
Ce que , très volontiers , *accorderait* le cœur.

1795.

Bien plus que force fait prudence ,
Pour gouverner les malheureux mortels ;
A la douceur partout l'on verrait des autels ,
Si régnait *un peu moins* un esprit de vengeance.

1796.

L'amant dévoré d'un beau feu ,
Doit être, nous dit-on , et discret et docile ;
Mais ses efforts sont vains : il est très difficile,
Quand on aime beaucoup, qu'il n'en paraisse *un peu.*

1797.

La raison et l'amour sont souvent en querelle ;
Et pour moi c'est un vrai sujet d'ennui :
Car je ne peux être bien avec elle,
Sans être très mal avec lui.

1798.

Le travail est très nécessaire ,
Pour jouir du souverain bien :
Les hommes en ne faisant rien ,
Apprennent toujours à mal faire.

1799.

Les malheureux bannis , proscrits , n'espérant plus ,
Placent dans le travail toute leur confiance :
Le *vrai remède* des vaincus
C'est de n'avoir plus d'espérance.

1800.

Jeunes beautés craignez les indiscrets !
A leurs discours flatteurs ne vous laissez point prendre !
Et , si l'on vous écrit une épître bien tendre ,
Par *prudence* , croyez , ne répondez jamais !

1801.

C'est en vain qu'en aimant , aussi tu te proposes
De jouir d'un bonheur continuel , sans fin ;
Mille épines toujours accompagnent les roses,
Qu'amour *sème* sur son chemin.

1802.

Une action belle , même sublime,
A besoin , pour son complément ,
D'être par l'homme, et jaloux et méchant ,
Traduite en vice et souvent même en crime.

1803.

Que je vois de beautés , de grâces à chérir ,
Chaque fois que je vous admire !
Mais aussi *que je vois* , Zoé , sous votre empire,
De tourments , de douleurs , de peines à souffrir (1)!

(1) A Mlle Z D P

1804.

Columelle , Hésiode , Homère
Nous disent tous qu'un laboureur
Est au-dessus du guerrier téméraire ,
Qui répand , en tous lieux , la crainte et la terreur.

1805.

Que Dracon je suis moins sévère :
Il veut qu'un citoyen , vu dans l'oisiveté ,
Ne sachant , ne voulant rien faire ,
Soit sur-le-champ *décapité.*

1806.

La vérité près d'une belle ,
Réussit bien moins sûrement ,
Qu'un mensonge dit *galamment* ,
Et qu'amour couvre de son aile.

1807.

Un poète osa dire : à quoi sert la vertu ?
A voir d'un front serein une injuste fortune ;
A supporter en paix la misère commune ,
Et tous les coups du sort , *sans en être* abattu !

1808.

Un mot d'*amour* , Madame, vous offense ;
Cependant je vous aime, et ne puis le céler ;
Mais puisque je ne peux ici vous en parler ,
Du moins écoutez mon silence (1) !

1809.

La peinture est , dit un savant ,
Une muette poésie ;
Comme la poésie est , tout pareillement ,
Une peinture et qui *parle* et qui prie.

1810.

J'aime bien mieux, disait le très sage Caton ,
N'avoir jamais ni buste, ni statue ;
Que si l'on s'écriait au sénat dans la rue :
Mais *pourquoi* ces honneurs; et pour lui que fait-on?

(1) A Mme E. O.

1811.

Aimables souvenirs ! parlez toujours de celle
Dont je chéris les grâces, les attraits ;
Mais des *rigueurs* de la cruelle,
Hélas ! ne me parlez jamais.

1812.

Sans l'écriture on n'aurait point l'histoire ;
Et le passé pour nous resterait sans clarté ;
L'écriture est la sœur de la mémoire :
Elle *instruit* la postérité.

1813.

En toutes choses l'éloquence
Doit obtenir le *premier* prix ;
Dans la paix, dans la guerre, aussi bien qu'au logis,
Elle fait prévaloir la force et la puissance.

1814.

La musique est un art par le ciel inventé,
Suivant le docte Pythagore :
Elle invite aux plaisirs, à la sagesse encore,
Et mieux qu'un médecin *procure* la santé.

1815.

Loin de la femme qu'on adore,
Parfois, la nuit, dans un songe flatteur,
On croit la voir, la presser sur son cœur ;
Et, dans ce doux sommeil, *la main* la cherche encore.

1816.

Je ne conçois, ne le dis qu'à demi,
Que l'on puisse, étant vieux, se décider à vendre
Des livres, autrefois de nos vœux le plus tendre ;
Car c'est se séparer de son *meilleur ami*.

1817.

Avec ses noirs soupçons, la sombre jalousie,
Par la porte des yeux pénètre jusqu'au cœur ;
Et change en un instant des jours pleins de douceur,
En des jours pleins de *frénésie*.

1818.

Le fils d'Aristoclès, que l'on nomma Platon,
Parce qu'il était fort, intelligent, robuste,
Veut que le corps toujours avec l'esprit s'ajuste :
Il lutta très souvent chez le sage Ariston.

1819.

L'inconstant en amour change aussi de visage ;
Ses traits sont effacés, soit en mal soit en bien,
Et les yeux et le *cœur* n'y trouvent jamais rien :
C'est comme un beau ciel bleu sous un épais nuage.

1820.

Thalès, le philosophe, en regardant les cieux,
Tomba dans une fosse assez large et profonde ;
Un passant lui cria, l'apercevant dans l'onde :
Tu devais *devant toi* plutôt porter les yeux.

1821.

Du mensonge et de l'imposture
N'empruntons jamais le secours :
Le cœur d'une mère est toujours
Le *chef-d'œuvre* de la nature. (1)

1822.

Bien vainement aux rois on dresse des autels ;
De vils flatteurs en vain les trompent, les encensent :
Les seuls *lauriers* que les muses dispensent,
Sont toujours verts, et toujours immortels.

1823. ·

Il est beau de montrer et force et patience,
Dans le malheur et dans l'affliction ;
Mais, hélas ! qu'il en est qui perdent l'espérance,
Avant d'avoir *trouvé* la résignation !

1824.

Les hommes, en tous temps, fort aisément s'accordent,
Pour soutenir l'erreur, même avec fermeté ;
Ce n'est que pour la *vérité*
Qu'ils se querellent, qu'ils se mordent.

(1) A Mme B

1825.

Ils ressemblent bien fort à ce Polydamas
Qui prétendait fixer roulante une montagne,
Ceux qui, courant, battant sans cesse la campagne,
N'aiment point ce qu'ils ont, *veulent* ce qu'ils n'ont pas.

1826.

Ne *canonisez* un grand homme
Qu'au moins cent ans après sa mort ;
Tout ainsi que l'on fait à Rome,
Pour les saints dignes d'un tel sort.

1827.

Dans ces jours de grandeur, dans le siècle où nous sommes,
On doit voir le bien seul, non les maux qu'on nous fait :
Des révolutions, ainsi que des grands hommes,
Il faut considérer *seulement* le bienfait.

1828.

Jouet des passions et de la barbarie,
Un État qui n'a point un *bon* gouvernement,
Est comme un faible esquif sur la mer en furie,
Qui n'a pour le guider qu'un pilote ignorant.

1829.

A la *vertu* donnons le quart de notre vie ;
Un autre quart à la santé ;
Que Plutus soit du troisième doté :
Accordons le dernier à l'aimable folie (1) !

1830.

Respectons le malheur ! qu'il nous donne à penser :
Car le plus faible ver de terre
Se *redresse* parfois, dans sa juste colère,
Sous le pied dédaigneux qui cherche à l'écraser.

1831.

Tous les Français sont hommes-liges
D'un faible enfant qui domine en tous lieux ;
Et si par eux, l'amour est mis au rang des dieux,
C'est qu'il produit, chaque jour, des *prodiges*.

(1) A M. A B

1832.

La perte d'un ami *ne peut* se réparer !
C'est se séparer de soi-même ;
Et, dans une amertume extrême,
C'est ressentir un mal qu'on ne peut endurer (1).

1833.

Certes des vertus la *prudence*
Doit obtenir le premier pas ;
Et les autres ne peuvent pas
Lui disputer la préséance.

1834.

Nous devons dire cependant
Que Solon, dans ce cas, balance
Et qu'il donne à la *tempérance*
Un mérite presqu'aussi grand.

1835.

C'est une chose périlleuse
Que des honneurs perpétuels ;
Ils *gâtent* les bons naturels,
Et rendent l'âme vicieuse.

1836.

Solon, chargé du suprême pouvoir,
N'écrivit rien sur l'affreux parricide :
Quel homme, disait-il, serait assez avide,
Pour commettre un crime aussi *noir* ?

1837.

D'une humeur caustique et morose,
Il est certains esprits chagrins
Qui cherchent toujours avec soins
La *cantharide* dans la rose.

1838.

. . . .

1839.

Jouissons sans excès des biens de la fortune ;
Aux sentimens du cœur donnons un noble essor :

(1) A feu mon ami G. D.

Que ferons-nous hélas! de nos biens, de notre or,
Lorsqu'on nous aura mis dans la fosse commune?

1840.

On s'occupe bien peu d'hier,
Lorsque demain est à la porte ;
Et qu'on voit déjà la çohorte
Des *maux* auxquels en vain on voudrait obvier.

1841.

L'Athénien Attale, homme sage et capable,
Comparait l'avaricieux
A ce chien *affamé* qui, tout près d'une table,
Voit des morceaux de chair, et les mange des yeux.

1842.

Un jour devant la noble Cornélie (1),
Une dame étalait des bijoux précieux ;
Mais elle, lui montrant ses fils, fiers, vigoureux,
Voilà tous *les bijoux*, dit-elle, que j'envie.

1843.

Le corbeau ne poursuit, n'attaque que les morts,
Encor dans des momens de faim et de détresse ;
Le flatteur aux *vivants* au contraire s'adresse,
Et fait pour les tromper les plus constans efforts.

1844.

Modestie et continence,
Economie et chasteté,
A tout ménage, avec soin concerté,
Doivent *prêter* leur assistance.

1845.

Vaincre dans un combat est d'un cœur généreux ;
Mourir pour son pays est digne aussi d'envie :
Mais donner, *par la paix*, la paix à sa patrie,
Certes, est bien plus grand, et bien plus glorieux.

1846.

Jeunes gens ! si, par aventure,
Vous désirez plaire et charmer ;

(1) Fille de Scipion l'Africain, et mère des deux Gracchus. Les Romains lui élevèrent une statue, avec cette inscription. *Cornelia mater Gracchorum*

Ayez *des petits soins*, vous vous ferez aimer.
C'est pour aller au cœur la route la plus sûre.

1847.

Pour voyager avec fruit et plaisir,
Quatre choses sont convenables,
On pourrait dire *indispensables* :
De l'or, de la santé, du savoir, du loisir.

1848.

D'une tranquille patience
Un esprit *étroit* est doté;
Tandis que la persévérance
Est une heureuse activité.

1849.

A Lacédémone, une fille
Se montrait presque nue aux regards indiscrets ;
Mais mariée et mère de famille,
Un *voile épais* cachait son corps et ses attraits.

1850.

Au plus fort de l'été, la goutte de rosée ;
En hiver, un rayon du Dieu brillant du jour,
Réjouit moins la terre ou triste ou desséchée,
Qu'une gente fillette, un *regard* de l'amour.

1851.

Toujours un poltron prend à tâche
D'éviter ce qui lui fait peur ;
Le danger, pourtant au plus lâche,
Donne le plus souvent du *cœur*.

1852.

Un grand parleur est ennuyeux et fade,
C'est un *fléau* pour la société;
Tel que d'un cheval indompté,
De lui sans cesse on craint une ruade.

1853.

L'attente, quand on aime, est pleine de douleur;
Ce qui plus nous plaisait nous gêne et nous chagrine;

Au bruit le plus léger, on espère, on devine....
Rien n'est plus délicat que l'*oreille* du cœur.

1854.

De même qu'un trop long et trop dur exercice
  . Énerve et fatigue le corps ;
Tout de même à l'esprit on rend mauvais service,
En n'en *relâchant* point quelquefois les ressorts.

1855.

Comme les plantes, les semences,
Qui viennent bien ou mal en raison du terrain,
Un jeune homme unira les vertus aux sciences,
Si des *principes purs* sont *gravés* dans son sein.

1856.

Dans un homme, honorons toujours le vrai mérite ;
Mais non pas des talens aux vices empruntés.
Eh ! que me font à moi ses hautes dignités,
Si son âme est *étroite* et bassement petite ?

1857.

On ne peut point dire en naissant,
Quels seront d'un enfant les vertus ou les vices ;
Mais on peut cependant, par d'heureux exercices,
Lui former un cœur *noble*, et juste, et bienfaisant.

1858.

Il ne sera jamais plongé dans la détresse,
Celui qui *cultiva* son esprit et son cœur ;
Qui se fit des amis, même dans le malheur,
Capables de l'aider dans sa triste vieillesse.

1859.

Un homme d'un bon naturel,
L'est en tout temps, en toute chose;
Et son cœur généreux repose
Dans le *bien-être* universel.

1860.

La fortune est une traîtresse
Qui nuit souvent bien plus qu'elle ne sert ;

· Et qui rarement de concert
Marche avec la sagesse.

1861.

L'homme éloquent, le beau parleur
D'éblouir vainement se pique ;
J'aime mieux celui qui s'applique
A faire toujours le meilleur.

1862.

Sans contredit, mille fois je préfère
Beaucoup d'ivraie en un champ de froment,
Un soldat couard à la guerre,
A l'envieux toujours vil et méchant.

1863.

De même que le fer est rongé par la rouille,
Ainsi le cœur de l'envieux,
Jaloux du sort de l'homme heureux,
De toute joie à jamais se dépouille.

1864.

L'insatiable ambition
Est d'autant plus un détestable vice,
Que, sortant d'un cœur bas, sans élévation,
Elle accompagne l'avarice.

1865.

Infatigable dans ses vœux,
L'homme risque ce qu'il possède ;
Et la misère alors succède
A des jours souvent très heureux.

1866.

La hardiesse est en tout temps nuisible,
Lorsque les forces, les moyens
Ne viennent pas comme soutiens
D'un cœur qui se croit invincible.

1867.

La bonne foi contre l'iniquité ;
L'humanité contre la haine,

Ainsi, dans un combat que l'*injustice* entraîne,
Par un soldat souvent un soldat est dompté.

1868.

Être orphelin par suite de la guerre,
  Certes c'est un bien grand malheur ;
  Mais quelle gloire, et quel honneur,
Lorsqu'on est l'*héritier* des vertus de son père !

1869.

Celui qui pour autrui fut sans compassion,
Ne doit point espérer grâce et miséricorde ;
Et si, par ses méfaits, il mérite la corde,
Qu'il souffre, sans *se plaindre*, une punition.

1870.

  La mort n'est pas de foi mauvaise ;
  Elle a même quelque douceur ;
  Mais on redoute la douleur ;
  On craint en *route* le malaise.

1871.

Souvent en honorant un peu plus qu'il ne faut,
  Un homme faible qui chancelle,
  On *élève son âme*, on réveille son zèle,
On l'arrache parfois au crime, à l'échafaud.

1872.

Quel que soit le motif d'une grande infortune,
  Venez toujours au secours du malheur !
La raison, dans ce cas, pourrait être importune :
  Ne *consultez* que votre cœur.

1873.

Tant qu'un homme est riche et prospère,
  On met ses fautes en oubli ;
Mais la fortune enfin devient-elle contraire,
  Chacun se *tourne* contre lui.

1874.

  Heureux mortel ! soyez modeste ;
Car vous ne pouvez pas deviner l'avenir.

Et peut-être bientôt le plus grand *déplaisir*,
De vos jours marquera le reste.

1875.

La pauvreté conduit souvent
Des hommes généreux et braves,
A subir le sort des esclaves :
Plaignons-les d'éprouver un malheur aussi grand.

1876.

Ne perdons jamais l'espérance !
Le désespoir n'est bon à rien ;
Car parfois le souverain bien
Naquit du sein de la souffrance.

1877.

On n'estime beaucoup un conseil, un avis,
Que lorsqu'il a pour but et l'honnête et l'utile :
Eh ! que me fait une chose futile,
Que la raison jamais n'*admit* pour aucun prix ?

1878.

La mort est la fin de la vie ;
C'est aussi la fin de nos maux ;
C'est là qu'est l'éternel repos,
Et que vient *expirer* l'envie.

1879.

Si le présent apprend à *juger* le passé,
A le condamner ou l'absoudre ;
Pourquoi donc au présent chacun intéressé,
Sur le temps avenir, ne peut-il rien résoudre ?

1880.

L'homme de bien doit, sans beaucoup d'efforts,
Nous dit Solon, ce sage de la Grèce,
Toujours respecter la vieillesse,
Et ne point *mal parler* des morts.

1881.

Il est dans la nature humaine
D'aimer, chérir sa *conservation* :

Le plus faible animal qui vit et se promène,
N'a pas d'autre occupation.

1882.

Rien n'est plus déshonnête , et je dirais plus lâche ,
Que de blâmer la pauvreté ;
Si *ce n'est*, devant elle , et sans aucun relâche ,
De parler de ses biens , de sa félicité.

1883.

Ce que *nécessité* vient apprendre aux sauvages ,
La raison le dicte aux savants;
La nature aux bêtes des champs ;
Aux nations , les mœurs et les usages.

1884.

Ce n'est point seulement pour les lapins , les faons,
Que les forêts poussent un vert feuillage ;
Mais c'est aussi pour prêter leur ombrage
Aux vrais , aux *fidèles* amants.

1885.

Dans ce siècle de verbiage ,
On obtient la célébrité ,
Par du bruit , beaucoup de tapage ,
De l'*audace* et peu d'équité.

1886.

L'étude nourrit la jeunesse ,
Embellit la prospérité ,
Console dans l'adversité ,
Et sait *égayer* la vieillesse.

1887.

C'est par l'étude et le *savoir*
Que l'on jouit vraiment des biens de la fortune;
Ou que d'une douleur constamment importune ,
On voit naître parfois et le calme et l'espoir

1888.

Les lettres ont été sûrement inventées,
Par le sincère amour de la postérité ;

Et pour lui conserver, sans fraude et fausseté,
Des *choses* qui seraient autrement oubliées.

1889.

Lorsque je vois certain législateur,
A la parole, et lourde et saccadée,
Battre *tous les buissons*... pour avoir une idée;
Je dis qu'il ferait mieux de se faire oiseleur.

1890.

Les arts libéraux, les sciences
Ont entr'eux une affinité;
Enfants chers à l'humanité,
Ils *portent*, en tous lieux, leurs douces influences.

1891.

Rien sans étude et sans labeur :
Avec beaucoup de travail et de peine,
Le *bègue* Démosthène
Devint grand orateur.

1892.

Le laboureur, quelque soin qu'il en prenne,
Ne peut planter un arbre dans ses champs,
Qui puisse autant durer que les glorieux chants
Du *poète* chéri du Dieu de l'hippocrène.

1893.

Sans mettre en tout trop de lenteur,
Ne procédons jamais qu'avec ordre et prudence !
Du vrai bonheur c'est la *science* :
Les fruits prématurés ont très peu de saveur.

1894 et 1895.

. . . .

1896.

Vainement à nos vœux la fortune est docile;
Il est certains momens de peine et de danger :
C'est ainsi que parfois un orage étranger
Vient *agiter* les eaux du lac le plus tranquille.

1897.

Certains auteurs, en vieillissant,
Deviennent d'une humeur morose ;
Et dénigrent en vers, en prose,
Tous ceux qu'ils admiraient autrefois *franchement.*

1898.

Si toujours la littérature
Fut bien l'expression de la société ; .
Chez un peuple, des arts la brillante culture
Est l'indice certain de sa *vitalité.*

1899.

Des lâches, des poltrons déjà la voix s'élève ;
Pour eux, chargé d'orage est l'obscur avenir !
Non, ce n'est pas quand l'arbre va périr
Qu'on voit monter ainsi sa *vigoureuse sève.*

1900.

C'est un fait : la prospérité
Est une déesse changeante ;
Et, d'une humeur fort inconstante,
Elle *aime* la variété.

1901.

Qui n'a pas pour soi la fortune,
Veut *accaparer* le hasard ;
Mais, dans sa déroute commune,
Du diable il n'obtient que la part.

1902.

Selon Pascal, un très bon catholique
Ne peut user de sa raison ;
Il doit chasser, à l'égal du poison,
Tout *principe* philosophique.

1903.

Deux passions, au fond du cœur,
Ne peuvent guère vivre ensemble,
Et celui qui vainement les rassemble
Ne peut que *prévoir* un malheur.

1904.

Quand on est jeune , la vieillesse
Paraît si loin , qu'on ne l'aperçoit pas ;
Elle *avance* pourtant et nous poursuit sans cesse :
A la rose bientôt succèdent les frimas.

1905.

Qu'importe qu'un beau feu noblement nous enflamme,
Et que de maints héros nous suivions la leçon ,
Si nous n'écoutons pas la voix de la raison ?
La sagesse toujours fût la *santé* de l'âme.

1906.

On ne peut pas *tuer* , mais bien *tromper* le temps ;
Contre lui c'est en vain que chacun s'évertue ;
Car, bien contrairement, c'est le temps qui nous tue,
Dans tous les lieux et dans tous les instants.

1907.

Chez l'homme , l'instinct de la vie
Peut bien sommeiller quelquefois ;
Mais il se réveille à la voix
Qui brusquement à la *mort* le convie.

1908.

Lorsqu'on est jeune et courageux ,
Les premiers feux de la naissante aurore
Ravissent beaucoup moins encore
Que de *la gloire* un rayon généreux.

1909.

Vous que vers Albion conduit votre infortune ,
Sachez que pour gibier on n'a que des biftecks ,
Des pommes cuites pour fruits secs ,
Et pour soleil le *clair* de lune !

1910.

C'est à prévoir un triste événement,
Qu'on reconnaît un homme sage ;
C'est bien aussi dans son *courage*
A le souffrir patiemment.

1911.

Cette femme si jeune, et si belle et si fière
De ses nouveaux et frais ajustements,
Ne voit pas qu'ils seront, avant deux ou trois ans,
Ridicules autant que ceux de sa grand'mère.

1912.

L'homme insensé, l'homme méchant,
Se rappelle à regret un passé qu'il abhorre ;
Lorsque l'homme de cœur, sans cesse bienfaisant,
Se souvient du passé pour *faire mieux* encore.

1913.

La folie est, dit Cicéron,
La cause de toutes nos peines ;
Et lorsque nous portons honteusement ses chaînes,
Nous perdons à la fois le *sens* et la raison.

1914.

Prudence est le savoir des choses désirables,
Et de celles qu'on doit sagement éviter ;
Prudence, toutefois, il faut bien le noter,
Ne nous dit pas : lenteur, paresse condamnables.

1915.

L'art de passer honnêtement
Tous les instants de notre vie,
Est la *seule* philosophie
Qui promet un bonheur constant.

1916.

. . . .

1917.

En rassemblant les hommes dispersés,
C'est la douce philosophie
Qui, du sein de la barbarie,
En a fait, par ses soins, des hommes *policés*.

1918.

La philosophie est le guide
Le plus sûr, le plus excellent ;

A *toute chose* elle préside :
Le vicieux la fuit , le vertueux l'attend.

1919.

La philosophie est la mère
Des sciences et des beaux-arts ;
Fille de la sagesse , et sous ses étendards ,
Elle doit assurer le bonheur de la terre.

1920.

De même qu'un bon jugement
Honore l'homme et le couvre de gloire ;
De même *l'éloquence* , une heureuse mémoire
Jettent un grand éclat sur son entendement.

1921.

Comme un doux parfum , la louange
Nous charme , quel qu'en soit l'auteur ;
Elle n'a jamais rien d'affecté ni d'étrange :
L'amour-propre est un séducteur.

1922.

Dans tous les temps la prévoyance,
Fut mère de la sûreté :
Rarement la témérité
Est d'accord avec la *prudence*.

1923.

Plus un homme est fin , cauteleux ,
Et plus de lui je me défie ;
J'aime bien mieux la bonhomie
De l'homme *simple* et vertueux .

1924.

Les hommes vains , oisifs, sont des sots sans limites !
Hors du peuple , il n'est rien vraiment ,
Que des *champignons* parasites ,
Pénétrés d'un suc malfaisant.

1925.

Des vices le plus détestable ,
Et celui que je fuis avec le plus d'ardeur ,

C'est bien *la vanité*, toujours impitoyable ;
Elle ne connaît point les sentiments du cœur.

1926.

Quelque froide que soit ūne insensible femme,
Elle ne peut pas voir d'un œil indifférent,
Un jeune, aimable, riche et trop timide amant,
Mourir sans même oser lui déclarer sa flamme.

1927.

Sur le bonheur chacun peut, à loisir,
Déraisonner, si cela peut lui plaire ;
Moi, je pense comme Voltaire :
« C'est être *heureux* que d'avoir du plaisir ! »

1928.

Comme le feu follet, le lâche
S'échappe lorsqu'on le poursuit ;
Mais lorsqu'il pense qu'on le fuit
Il vous pourchasse sans relâche.

1929.

Par la bouche des magistrats,
La loi parle et se fait entendre ;
Et tout bon citoyen doit à l'instant se rendre,
Et leur *prêter* la force de son bras.

1930.

L'oisiveté conduit au vice ;
Les seuls hommes laborieux
Méritent du destin un regard généreux :
La fortune au *travail*, et ce sera justice.

1931.

On applaudit à des conseils suivis,
D'un bon et certain avantage ;
Mais en éprouve-t-on parfois quelque dommage,
On *maudit* le donneur d'avis.

1932.

Dans le fond de son cœur heureux celui qui trouve
D'une action coupable un remords généreux ;

Car les remords sont un présent des dieux :
L'homme de bien *seul* les éprouve.

1933.

L'aspect du pauvre, accablé de douleur,
Plein de tristesse et de souffrance,
Flétrit, jusques au fond du cœur,
Ou le plaisir, ou l'espérance.

1934.

Si hautement je crie et les deux mains je joins,
J'aime qu'autour de moi la foule se présente :
La fierté n'est point *consolante*,
Lorsqu'elle n'a pas de témoins.

1935.

Si les vents furieux et le bruit du tonnerre
Grondent sur l'humble toit de l'homme bienfaisant,
C'est pour qu'il puisse *offrir*, dans le même moment,
Un asile au malheur, du pain à la misère.

1936.

Sans lois, point de tranquillité,
D'honneur, d'équité, de justice ;
Tout pour l'État est préjudice ;
Bref, sans lois, point de *liberté*.

1937.

Ah ! qu'il est doux de calmer la souffrance
De l'homme faible et languissant ;
De ramener, sur son front pâlissant,
Le doux *rayon* de l'espérance !

1938.

. . . .

1939.

Quand l'existence fuit, va nous être ravie ;
Qu'au monde on ne tient plus par le moindre lien,
Que nous sert-il alors de regretter la vie,
Si nous ne pouvons plus y faire quelque *bien* ?

1940.

Un chacun, sous ses pas, peut trouver des abîmes ;
Et bien heureux des dieux qui calme le courroux!
Du juste les remords sont mille fois plus doux,
Que n'est, pour le méchant, le *succès* de ses crimes.

1941.

Qu'on est heureux d'ignorer l'avenir !
Dans une douce confiance,
On vit au sein de l'espérauce,
Et l'on ne connaît point *l'heure* où l'on doit finir.

1942.

La mémoire est presque semblable
A certains meubles à tiroirs,
Qui, selon le besoin, possèdent les pouvoirs
D'offrir un *souvenir* plus ou moins agréable.

1943.

Lorsque la mort vient nous ravir
L'objet cher à notre tendresse,
Nous nous promettons bien de le pleurer sans cesse ;
Comme si nous aussi ne devions pas *mourir.*

1944.

Aux jeunes gens l'*imprévoyance*,
La légèreté, les hasards ;
Aux cacochymes, aux vieillards,
Le jugement et l'impuissance!

1945.

Insensé le mortel né du sein des douleurs,
Qui, voyant de la mort s'entr'ouvrir la barrière,
Volontiers rentrerait encor dans la carrière ;
Il n'a jamais *compté* ses plaisirs ni ses pleurs !

1946.

Evitez les erreurs de la folle jeunesse ;
De l'experte vieillesse écoutez la leçon :
Le malheur *mûrit* la raison ;
Et le temps, en fuyant, conduit à la sagesse.

19

1947.

Tous les hommes, en vieillissant,
Acquièrent plus d'expérience ;
Ainsi l'ombre grandit, et s'allonge, et s'avance,
Lorsqu'on voit le soleil *pencher* vers son couchant.

1948.

J'aime du très sage Epicure
La philosophie et les lois :
Toujours il écouta la voix
De la bonne et *sainte* nature.

1949.

Le système épicurien,
Si détesté de la tourbe asservie,
Consiste à fuir le mal, à rechercher le bien :
C'est enfin l'art de *jouir* de la vie.

1950.

L'amour, la haine, une erreur de nos sens,
L'ambition, la crainte ou l'espérance,
Dans mainte et mainte circonstance,
Pervertissent nos jugements.

1951.

C'est être envers le sort rempli d'ingratitude,
Que de tous ses bienfaits n'être jamais content ;
Et de ne point jouir, en toute plénitude,
Des trésors que sur nous *chaque jour* il répand.

1952.

Ne confondons jamais, dans notre barbarie,
La misère et la pauvreté ;
Mais sachons attacher le pauvre à la patrie
Par le charme *si doux* de la propriété.

1953.

Pardonner est si doux, la clémence est si belle
Qu'elle place un mortel toujours au rang des dieux ;
Et fait un ami vrai du cœur le plus rebelle.
Ah ! c'est être innocent que d'être malheureux !

1954.

Si vous voulez que l'on vous soit propice,
A bien servir employez tous vos soins ;
 Car, le *sentiment* des besoins,
 Toujours prépare à la justice.

1955.

 D'un juge l'unique devoir
Est de considérer, en jugeant une affaire,
Non ce qu'il peut, mais tout ce qu'il doit faire ;
D'écouter *la justice* et non pas son pouvoir.

1956.

Lorsque survient une horrible tempête
Des points de l'horizon fortement agité,
Je ne baisse jamais honteusement la tête,
Mais je sais prudemment me mettre de côté.

1957.

La pauvre Niobé (1) fut en pierre changée,
Succombant à sa vive et cruelle douleur ;
Notre âme également, lâchement outragée,
 Se pétrifie et résiste au malheur.

1958.

 Dans les nombreuses assemblées,
 Lorsque l'orage va grondant,
 Nous devons mettre prudemment,
 Des *sourdines* à nos pensées.

1959.

 Celui-là seul est vraiment citoyen,
Qui défend en tous temps, en tous lieux, sa patrie ;
Et, qui même au péril, au risque de sa vie,
Se montre de ses *lois* le plus ferme soutien.

1960.

 L'homme de bien est paisible et tranquille ;
Et ne recherche point les places, les honneurs ;
Il respecte les lois, la probité, les mœurs,
Et toujours au malheur peut offrir un asile.

(1) Niobé, dans un seul jour, perdit ses 14 enfants tués par Apollon.

1961.

. . . .

1962.

A Calypso si belle , à son île fleurie ,
Ulysse préférait Ithaque et son rocher ,
Dont il voulut dix ans vainement approcher :
Ah ! c'est bien là l'amour de la *patrie !*

1963.

Qu'exilé loin de son pays ,
L'homme doit endurer de souffrance et de peine !
Malheur , malheur à l'âme dure et vaine ,
Qui le voit bannir sans soucis (1).

1964.

La chose la plus chérie ,
De l'honnête homme et du bon citoyen ,
C'est ce doux et tendre lien
Qui nous *attache* à la patrie.

1965.

Il n'est sorte d'adversité ,
De périls , il n'est pas même de chose ignoble ,
Que ne puisse endurer une âme belle et noble ,
Pour son pays et pour la *liberté.*

1966.

L'art de ne point vieillir consiste:
Dans la jeunesse , à ne point s'obstiner ;
Et partout à ne point *lutter*
Contre le temps , auquel rien ne résiste.

1967.

Puisqu'à la mort nous sommes tous soumis ,
Et que c'est un tribut qu'on doit à la nature ,
Heureux ! qui , le payant , le fait avec usure ,
Pour la gloire de son pays.

1968.

Si comme au temps de Lot , la femme curieuse
En sel était changée , aussitôt , sans appel ,

(1) A mon ami le D. G.

Oui, la France serait assurément heureuse !
On trouverait *partout* abondance de sel.

1969.

Tout voyage est vraiment futile,
Blâmable même, et sans honneur,
S'il n'a pas pour but d'être utile,
Ou bien de devenir *meilleur.*

1970.

Si très courte est notre existence,
Si le cours de nos jours se trouve limité,
L'on peut pourtant atteindre à *l'immortalité*,
Par la gloire et par la science.

1971.

Mon épitaphe :
Ici gît qui, durant plus de quatre-vingts ans,
Fit tout pour savoir et s'instruire ;
Et qui finit, car il faut bien le dire,
Par être le premier parmi les ignorants.

1972.

Oh ! la propriété ! c'est une enchanteresse,
Qui nous charme par ses produits ;
A nos regards offrant sans cesse
De ravissantes fleurs, des moissons et des fruits !

1973.

La tendresse, l'amour et la reconnaissance
Devraient uniquement diriger l'univers ;
C'est ainsi que Vénus, sortant du sein des mers,
Apporta le bonheur par sa seule présence.

1974.

Comme une tache d'huile, une mauvaise loi,
S'étend, s'agrandit, se propage ;
Lorsque, *bonne*, elle perd son plus grand avantage,
Souvent par la paresse ou la mauvaise foi.

1975.

L'homme le plus discret, veut bien de sa mémoire
Laisser un souvenir honorable et touchant :
Le philosophe même, ainsi que le savant,
Ne travaillent que pour la gloire.

1976.

Bien que sans feinte et sans détour,
L'illusion, chez une femme,
Peut seule entretenir sa flamme,
Et faire vivre son amour.

1977.

Il est encor des gens qui, sans pitié, sans peines,
Ainsi que les Romains, *jetteraient* volontiers,
Des esclaves vivants, au fond de leurs viviers,
Pour alimenter leurs murènes.

1978.

L'honneur nourrit, alimente les arts,
Dit le grand orateur de Rome ;
Il n'est sincèrement, en effet, aucun homme,
Qui veuille de la gloire *éviter* les regards.

1979.

Oui, l'éducation, dans le siècle où nous sommes,
Doit être noble, grande et sans enchantements ;
Et l'on ne doit jamais enseigner aux enfants
Que ce qu'ils doivent *faire* étant devenus hommes.

1980.

Le plus riche n'est pas celui que l'on verra
Possédant de grands biens et beaucoup de richesse ;
Mais celui qui, même dans la détresse,
Se *contente* de ce qu'il a.

1981.

La fausse modestie a souvent bien des ruses !
De la louange on est toujours flatté ;
Et nul ne cherchera jamais querelle aux muses,
Qui peuvent le *conduire* à la postérité.

1982.

Alexandre, César, si fameux dans l'histoire,
N'eussent point mille fois su braver le trépas,
Si leur grand cœur, au milieu des combats,
N'eut *ambitionné* la gloire !

1983.

Vous avez, dites-vous, Madame, quarante ans ?
Mais aussi vous avez un gracieux vîsage,
Beaucoup d'esprit, des charmes ravissants...
Et les *chefs-d'œuvre* n'ont point d'âge (1).

1984.

De tous les animaux vivans,
La marmotte est la plus heureuse :
En hiver, c'est une dormeuse
Qui ne s'*éveille* qu'au printemps.

1985.

Il est des menteurs sans mémoire,
Qui disent un mensonge avec tenacité,
Et finissent, en vérité,
Souvent eux-mêmes par y *croire*.

1986.

Il faut être privé des sentimens du cœur,
Pour mépriser, dans le fond de son âme,
Cette brûlante et dévorante flamme
Qui sait *aimer* la gloire et rechercher l'honneur.

1987.

On ne doit point appeler vie,
Ce qui forme chez nous la matière, le corps ;
Mais les fruits de l'esprit, produits non sans efforts,
Et qui *vivent* après qu'elle nous et ravie.

1988.

Jamais les hommes excellents,
Qui moururent pour leur patrie,
N'eussent ainsi sacrifié leur vie,
S'ils n'avaient espéré des cœurs *reconnaissants*.

(1) Impromptu à Mme C. D C. qui se plaignait de ses 40 ans.

1989.

Pourquoi l'homme de goût bannit-il du langage,
Ces mots vains et pompeux, où tout se contredit?
C'est que le paradoxe à bon droit déguerpit,
Et que la vérité de l'erreur se dégage.

1990.

La vanité, le plaisir et l'amour
Gouvernent les femmes *sans cesse ;*
Et chez elles font naître et mourir tour-à-tour :
Le bonheur, le chagrin, la joie ou la tristesse.

1991.

Rien n'est sûr, tout est incertain :
Pas plus que ce vieillard perclu, souffrant et piètre,
Ce jeune homme ne peut, sans erreur, se *promettre*
De vivre jusqu'au lendemain.

1992.

Ce qui caractérise un sage,
C'est de ne pas craindre la mort ;
Et d'attendre, sans peur, avec calme et courage,
Ce que de lui *décidera* le sort.

1993.

C'est comme d'une hôtellerie,
Qu'il faut sortir de ce monde félon ;
Et, non comme de sa maison,
Que l'on n'a qu'à *titre* d'hoirie.

1994.

Si tu ne meurs pas à présent,
Demain ton tour pourra paraître ;
Et, lorsque nous venons de naître,
Chaque jour la mort nous attend.

1995.

La mort est bien une traîtresse !
Elle frappe sans prévenir ;
Quoi qu'on fasse, on ne peut lire dans l'avenir ;
Et c'est *ce qui* pourtant le plus nous intéresse.

1996.

Nul ne pourrait vivre en repos
Et jouir des plaisirs que nous offre la vie,
Si les pensers de mort dont l'âme est poursuivie,
Jettaient un triste deuil sur nos jours les plus beaux.

1997.

. . . .

1998.

Quand on est jeune, on ne veut pas *mourir* ;
Quand on est vieux pas davantage ;
Lorsque la nature, plus sage,
Nous dit : tout ici-bas ne doit-il pas finir ?

1999.

. . . .

2000.

Quoique prochaine, la mort
Ne peut effrayer l'homme sage :
Car pour nous mettre à l'*abri* d'un naufrage,
Il n'est point de plus heureux port.

2001.

La *peur* a fait commettre à l'homme,
Plus de sottises, plus d'erreurs,
Qu'on ne rencontre d'imposteurs,
Depuis la Chine jusqu'à Rome.

2002.

L'homme franchement vertueux,
N'est pas celui que l'intérêt dirige,
Qui s'entoure d'uu vain prestige ;
Mais celui qui se plaît à faire des heureux.

2003.

Oui, l'histoire n'est pas uniquement utile,
Parce qu'elle nous dit, nous apprend le passé ;
Mais parce que, pour l'homme intelligent, habile,
L'*avenir*, bien souvent, s'y trouve retracé.

2004.

Quelle est la nation infirme et malheureuse,
Qui méprise un grand cœur et les nobles débats ;

Et qui met *au-dessus* d'une âme généreuse,
Les orgueilleux, les cruels, les ingrats?

2005.

Qu'il soit, avec raison, entaché d'infamie,
Le paresseux, l'ingrat qui ne songe qu'à lui !
Mais qu'il trouve partout un secours, un appui,
Le *bon cœur*, l'homme aimant, rempli de prud'hommie.

2006.

Hors les fruits de l'esprit, tout périt sous le ciel !
    De Tyr, Palmyre et Babylone,
    Il reste à peine une colonne,
    Lorsque *Voltaire* est immortel.

2007.

Fi ! de cette vertu stérile et solitaire,
Qui s'occupe du ciel et jamais du prochain !
Qui sous un *large froc* dérobe un front d'airain,
Et semble ne point voir les malheurs de la terre !

2008.

    On aime l'homme vertueux,
    Pour l'avoir vu, sans le connaître ;
    Et, par sa présence, il fait naître,
    L'espoir au cœur des malheureux.

2009.

Il faut que la vertu soit douce, bonne, aimable,
    Pour se faire aimer et chérir ;
Elle doit éviter surtout de recourir
A ce ton *aigre-doux* et fort peu charitable.

2010.

. . . .

2011.

Ne me classez jamais parmi les pessimistes,
Encore moins parmi les nombreux mécontents,
Qui disent sans pitié, malencontreux sophistes :
« Tous les hommes sont bons, *excepté* les vivants. »

2012.

La plus belle n'est pas celle que l'on préfère ;
Parfois la laideron sourit mieux aux amours :
La beauté, très souvent, ignore l'art de plaire ;
    Et la *grâce* charme toujours (1).

2013.

On aime, on est jaloux, et cette jalousie,
    Rend un amant encor plus amoureux ;
Mais qu'elle se transforme en une frénésie,
    Alors l'amant devient cent fois plus *ennuyeux*.

2014.

Celui qui ne nous dit que des mots sans idées,
    Ressemble à l'insensé qui, du fond des déserts,
    Appelle, à haute voix, des esclaves divers,
        Qui *n'existent* qu'en ses pensées.

2015.

    L'homme ne sait jamais parfaitement
        Que ce qu'il n'apprit point d'un autre,
Mais par l'expérience et par le jugement ;
C'est seulement alors qu'il peut dire : *c'est nôtre.*

2016.

Des destins malheureux le plus affreux de tous,
    C'est d'être au sein d'une guerre civile ;
A la pitié le cœur est alors indocile ;
     Les moutons *deviennent* des loups.

2017.

Nous devons désirer trois choses dans ce monde :
La vertu, la science et puis la vérité.
    Chacune, plus ou moins féconde,
Nous conduit au *bonheur* comme à la liberté.

2018.

. . . .

2019.

D'imiter la *vertu* le vice aussi s'efforce :
    Ainsi, l'orgueil est magnanimité ;

(1) A Mᵐᵉ D. C P.

Prodiguer , c'est la libéralité ;
Et l'audace devient la force.

2020 et 2021.

. . . . - . . . .

2022.

Près de son coffre fort , le vieillard le caresse ;
L'enfant fait tout pour avoir des joujoux ,
L'homme... pour les honneurs, les femmes, la richesse :
C'est avec des *hochets* que l'on nous mène tous.

2023.

Au gré des passions et de la circonstance ,
Nous tournons à tous vents , même très volontiers ;
De même au gré de quelques écoliers ,
Le *sabot* fouetté dans l'espace s'élance.

2024.

La volupté , disait le vieux Caton ,
Est toujours de nos maux *la source* primitive :
De même le pêcheur , assis sur une rive ,
Par un appât trompeur allèche le poisson.

2025.

La curiosité , les femmes , les colères
Sont, dans ce monde décevant ,
Les trois pierres d'achoppement
Qui causent toutes nos misères.

2026.

Donnez à certains animaux
La langue pour parler , et la main pour écrire ,
Et vous verrez sortir bientôt de leurs cerveaux ,
Ce que *bien des mortels* n'auraient jamais su dire.

2027.

On peut parfois guérir les maux du corps ;
Mais de l'âme , c'est autre chose :
Quelque remède qu'on propose ,
Le meilleur , bien souvent , n'est que *parmi* les morts.

2028.

L'âme a , comme le corps , aussi ses maladies ;
Ce sont : tristesse , amour et profonde douleur ;
Ambition , ennui , soucis et perfidies ,
Qui font souvent *mourir* , en nous rongeant le cœur.

2029.

Croyant aimer uniquement la vie ,
L'homme se trompe grandement ;
Car , seule , par l'ennui suivie ,
Sans les *distractions* , il mourrait promptement.

2030.

L'hymen est lent et froid par caractère ;
L'intérêt, la raison le guident tour-à-tour ;
Et l'amour de raison, du moins c'est l'ordinaire,
N'est que très rarement une *raison* d'amour.

2031.

Tel aujourd'hui l'honore , lui fait fête ,
Et volontiers tiendrait son pot de nuit ,
Qui , s'il eut succombé , le quitterait sans bruit ,
Et même en lui versant le *vase* sur la tête.

2032.

La séparation qui nous vient par la mort ,
Cause moins de douleur , cause moins de souffrance ,
Que *celle* qu'un plus triste sort ,
Amène par l'indifférence.

2033.

Lorsqu'on est jenne , et qu'on n'a que vingt ans ,
On chante tout avec ivresse ,
Les fleurs , l'amour et le printemps ,
Mais *surtout* sa belle maîtresse.

2034.

Du corps l'excellente beauté ,
Se fane, et disparaît souvent par maladie ;
Ou bien par la vieillesse est bientôt enlaidie :
Quand l'esprit *seul* conduit à l'immortalité.

2035.

Pour décider des impôts le problème,
Pour en tirer un grand produit,
Il faudrait imposer l'*esprit*,
Et que chacun pût se taxer lui-même.

2036.

Rien n'est si grand, si généreux,
Que de soulager l'infortune ;
Et de ne conserver ni mépris ni rancune,
Envers ceux que le sort a rendus malheureux.

2037.

On aime un vert gazon, un ruisseau qui murmure,
Un feuillage agité par l'onde et les zéphirs ;
Mais d'un sentiment vif redoutez la blessure ;
Sans même en excepter l'*amour* et ses plaisirs.

2038.

Vaincre son cœur, modérer sa colère,
Donner la main à l'ennemi vaincu,
Et lui prêter secours au sein de sa misère,
C'est un acte divin, *c'est là* de la vertu.

2039.

La véritable tempérance
Renferme en elle trois vertus,
Qui peuvent élever l'homme au rang des élus ;
C'est : *force, justice* et *prudence.*

2040.

Le riche, en faisant quelque bien,
Est loin de pratiquer pourtant la bienfaisance ;
Mais c'est celui qui, *près* de l'indigence,
De soulager trouve encor le moyen.

2041.

De toutes les vertus la justice est la *reine ;*
Seule elle réunit excellence et splendeur ;
Sans elle, la prudence est même sans valeur,
Et ne mérite pas qu'on la cherche avec peine.

2042.

Des regrets insensés nous ramènent souvent
Vers la jeunesse ardente, évaporée,
Qui ne doit ses charmes pourtant
Qu'à *sa brièveté*, qu'à sa courte durée.

2043.

Secourir l'indigent . sauver le malheureux,
Qu'un danger éminent menace ;
Ne point abandonner l'ami dans sa disgrâce....
C'est d'un homme de bien et d'un cœur généreux.

2044.

L'amitié ! c'est un don céleste !
Qui ne satisfait point nos désirs à demi :
Mort même, l'amitié nous reste,
Et nous vivons *encor* dans le cœur d'un ami.

2045.

Rien n'est beau comme la clémence ;
Rien n'est hideux comme la cruauté ;
Si l'une est l'attribut de la haute puissance,
L'autre assimile l'homme au *tigre* redouté.

2046.

. . . .

2047.

Crains, lorsque les destins à tes vœux sont prospères,
De perdre en un instant, ce faste, ces honneurs !
Ils se plaisent souvent, du faîte des grandeurs,
A nous précipiter dans de grandes misères.

2048.

Au moyen des chemins de fer,
Paris est une pompe aspirante et foulante ;
Des provinces pompant tout ce qui les substante,
Et ne leur laissant plus *pour aliment* que l'air.

2049.

La nature, après la sagesse,
Ne nous a rien donné qui soit plus envié,

Et qui montre mieux sa largesse ,
Que la douce et *sainte* amitié.

2050.

Après le don de la sagesse ,
Oui , rien n'est au-dessus de l'*art conservateur* ,
Qui sait non-seulement apaiser la douleur ,
Mais conserver l'*objet* cher à notre tendresse.

2051.

Le vrai dissipateur , on ne peut le nier ,
Est celui que pour fou chacun peut réconnaître ;
Qui jette bien souvent son or par la fenêtre ,
Et même *quelques fois* aussi.... son créancier.

2052.

Il n'est condition , il n'est point de fortune ,
Qui ne puisse connaître et goûter l'amitié :
C'est une onde à la fois bienfaisante et *commune* ,
Qui , du plus haut rocher , s'épand jusques au pied.

2053.

Comme disait le sage Pythagore ,
L'amitié de deux ne fait qu'*un ;*
Tout , entre deux devient commun ,
Et du matin au soir et du soir à l'aurore.

2054.

Ainsi qu'en la fournaise on peut éprouver l'or ,
Ainsi par les malheurs , les périls , la souffrance ,
On connaît , par expérience ,
Qu'un ami vaut *mieux* qu'un trésor.

2055.

. . . .

2056.

Lorsque tu dors , ton ami veille ;
C'est ton gardien , ton défenseur;
Il prête sans cesse l'oreille ,
Et le *moindre* bruit lui fait peur.

2057.

Une amitié sincère et véritable ,
Dans un ami ne voit que ses malheurs ,
Ses souffrances et ses douleurs ,
Et doit pour lui *toujours* se montrer secourable.

2058.

L'amitié , c'est ce doux penchant
Qui , sans nul *intérêt* comme sans violence ,
Nous entraîne , sans qu'on y pense ,
Vers quelqu'un qui d'abord était indifférent.

2059.

La simulation , ainsi que la feintise ,
Sont l'opposé de la sainte amitié ;
L'une , toujours agit avec *franchise* ;
Les autres du mensonge empruntent la moitié.

2060.

Pour un époux inconstant, infidèle ,
Sa femme est *peu de chose*, et presque moins que rien ;
Mais vient-on à parler d'un coupable entretien ?...
Pour l'honneur de son nom se trouble sa cervelle.

2061.

Insatiable en ses vœux indiscrets ,
L'homme comblé des dons de la fortune ,
Réclame cependant , d'une voix importune ,
Chaque jour, de nouveaux bienfaits.

2062.

Les blandices , la flatterie
Se montrent bien souvent sous le nom d'amitié ;
La peste cependant et toute sa furie ,
Sont moins à craindre de moitié.

2063.

C'est une chose belle , unique ,
Que la libéralité ;
Surtout lorsqu'on la pratique
Avec *justice* , équité.

20

2064.

Une largesse imprudente , excessive
Est toujours sans appui , sans fond ;
Et le plus souvent il arrive
Que d'un bien honnête homme *elle fait* un fripon.

2065.

˙ Il ne faut pas avec trop d'arrogance
Condamner la timidité ,
Qui souvent n'est , en vérité ,
Qu'un *résultat* de la prudence.

2066.

La flatterie a certain bon côté ;
C'est qu'elle ne peut jamais nuire
Qu'à l'homme assez dans le délire ,
Pour la *croire* une vérité.

2067.

Un doux regard est le bonheur suprême ;
Il est du cœur la vive expression ;
Mais un souris de la femme qu'on aime,
Est de l'intelligence un *céleste* rayon.

2068.

Les vrais liens de la concorde
Sont un air gracieux et l'affabilité ;
C'est de ne point blesser ni la raison ni l'ordre ;
C'est d'y joindre souvent la *libéralité.*

2069.

On se souvient plus longtemps d'une injure ,
Que du bien que l'on nous a fait. ˙
Est-ce que l'amour-propre, en cette conjoncture ,
Sur la bonté du cœur ici l'emporterait ?

2070.

On se trompe souvent sur le sens du mot *force* ;
On en altère alors le sens et la valeur ;
Force, c'est résister au mal , à la douleur ;
C'est honorer le fond , en méprisant l'écorce.

2071.

L'arbitraire et tous ses excès
Sont cent fois pis qu'une horrible tempête.
De chaque citoyen il place sur la tête
L'épée au moins de Damoclès.

2072.

La *force* est la vertu souveraine maîtresse,
Qui nous fait résister, même avec fermeté,
Pour la justice et l'équité,
A l'amour, aux honneurs, au faste, à la richesse.

2073.

Un flatteur dit : Pôle de l'univers,
Etoile belle et radieuse,
Soleil, dont la clarté brillante et généreuse
Réchauffe notre terre et les mondes divers !

2074.

Il est vraiment fort et robuste,
Celui qui, dans l'adversité,
Sait au-dessus de tout mettre la probité :
On peut le nommer l'*homme juste*.

2075.

Il est des gens si bons, si gracieux,
Et qui savent si bien parler, devenir vôtres,
Qu'il semble toujours avec eux
Qu'on *a plus d'esprit* qu'avec d'autres.

2076.

Souvent pour obtenir des titres, des honneurs,
On néglige un peu trop l'équité, la justice ;
Aussi très fréquemment on trouve un *précipice*,
Lorsque l'on ne cherchait que gloire et que faveurs.

2077.

Ne perds jamais espoir et confiance,
Jeune homme au cœur si pur, si plein de probité :
Songe que les destins ont placé l'*espérance*
A côté de la pauvreté.

2078.

L'ambition est timide et craintive ;
La convoitise est pleine de soucis ;
Et plus d'une fois il arrive,
Qu'en cherchant les honneurs, on *perd* ses vrais amis.

2079.

De l'heureuse fortune est fille l'arrogance ;
C'est le vice des sots, aussi des parvenus.
Parlant de sa misère et de son ignorance,
Socrate était plus grand, plus noble que Crésus.

2080.

Rien n'est plus loin de l'homme qui s'honore,
Que l'erreur, le mensonge ou la témérité :
Vaut mieux dire cent fois : *Je ne sais pas, j'ignore,*
Que d'affirmer un fait justement contesté.

2081.

C'est une chose mal-séante ,
Que de parler souvent de soi ;
Et de dire toujours : Qui fit ceci ? *C'est moi ;*
Surtout lorsque la chose est plus ou moins constante.

2082.

Rien n'est plus sot, disait Caton,
Que d'*approuver* une chose incertaine ;
Que d'avoir, pour la dire, une façon hautaine ;
Et d'un homme important de prendre, après, le ton.

2083.

Sous les haillons d'une affreuse misère,
Brille parfois la plus rare beauté ;
Chez elle , rien à l'art n'est emprunté ;
Et tout de la *nature* offre le caractère (1).

2084.

. . . .

2085.

C'est montrer beaucoup de faiblesse,
Que de n'avoir d'avis que sur l'avis d'autrui ,

(1) Sur une pauvre mendiante.

Qui n'a, le plus souvent, que l'erreur pour appui :
La *raison* doit être maîtresse.

2086.

Il est des gens trop pressés de jouir,
Pour lesquels le passé n'offre rien qui les tente ;
Qui comptent beaucoup moins encor sur l'avenir ;
Et dont la vie entière est dans l'*heure* présente.

2087.

Il faut un motif bien puissant,
Vraiment le cas est difficile !
Pour revenir assez souvent
Sur la chose la plus *futile*.

2088.

Sans bruit, sans beaucoup d'embarras,
Tout doucement jouissons de la *vie* !
N'excitons pas surtout l'envie :
Soyons heureux *tout bas* ! (1)

2089.

Le ton railleur n'a point ma sympathie ;
C'est un air doux et bon qui seul peut me charmer ;
Toutefois je permets pourtant la raillerie
A celui qu'on veut *opprimer*.

2090.

Les femmes sont semblables aux *mystères*,
Assure un très mauvais plaisant :
Plus on approfondit leurs cœurs, leurs caractères,
Et moins, dit-il, on les comprend.

2091.

L'exemple et la similitude
Sont pour les hommes un aimant,
Qui les attire promptement,
Et devient chez eux habitude.

(1) A mon vieil ami, le philosophe F. G.

2092.

Se montrer sot avec simplicité,
Assez aisément se pardonne ;
Mais ce qu'avec raison on ne passe à personne,
C'est de l'être avec *gravité*.

2093.

Attachons plus de prix, de poids et d'importance
Aux conseils, aux avis de dix hommes prudents,
Qu'à ce *nombreux* troupeau, tout gonflé d'ignorance,
Qui tourne à tous les vents.

2094.

L'homme *libre* est celui qui, sans nuire à personne,
Et sans blesser les lois, peut faire ce qu'il veut ;
L'homme libre est encor le sage qui raisonne,
Et, fût-il dans les fers, que jamais rien n'émeut.

2095.

L'enfant *s'endort* sur le sein de sa mère ;
Le jeune homme, au sein des plaisirs ;
L'homme fait, dans le sein d'ambitieux désirs,
Et le vieillard dans le sein de la terre.

2096.

Être libre, est des biens certes le plus vanté ;
Le jeune oiseau qu'enferme une très belle cage,
A de l'eau, du millet ; il a tout en partage :
Il *meurt* pourtant, s'il n'a la liberté.

2097.

Ainsi que l'étoile polaire,
Qui ne cesse jamais d'éclairer l'horizon,
Malgré les ignorants, et les sots, et Fréron,
Le plus grand des mortels sera toujours *Voltaire*.

2098 et 2099.

. . . .

2100.

De tous les maux le plus abominable,
C'est l'exil loin de son pays,

De ses enfans , de ses amis :
La *mort* est cent fois préférable.

2101.

Très bonne réputation
Vaut beaucoup mieux qu'honneurs, richesses,
Plaisirs, châteaux, faste, maîtresses :
Mais, pour l'atteindre, il faut de l'*abnégation.*

2102.

Une dévote, avec beaucoup de zèle,
D'aimer le jeu se confessait ;
C'est bien du temps perdu, le prêtre lui disait :
Oui, de *mêler les cartes*, reprit-elle !

2103.

Pour éviter un triste sort,
Le faible recourt à la ruse ;
Et de son pouvoir le plus fort
Assez *communément* abuse.

2104.

Que je plains un pauvre exilé !
Jeté sur la terre étrangère,
Loin de ses amis, de sa *mère...*
Il ne peut être consolé !

2105.

Qu'est-ce donc qu'une *vieille fille?*
C'est un être isolé qui, durant quarante ans,
Fut le triste jouet de désirs décevants,
Et qui meurt sans époux, sans joie et sans famille.

2106.

Telle est l'auguste et sainte vérité,
Qu'elle peut, dans l'instant, de tous être aperçue ;
Du milieu de l'erreur, sa sublime clarté,
Comme *un rayon* du ciel vient frapper notre vue.

2107.

Assez souvent le fourbe et l'imposteur
Cachent la *vérité* sous l'épaisseur d'un voile ;

Mais plus belle cent fois que la plus belle étoile,
Sa présence suffit pour dissiper l'erreur.

2108.

Lise n'est ni riche ni belle,
Mais ses yeux sont pleins de douceur ;
On ne peut la voir que chez elle,
Et plus d'un *sollicite* et sa main et son cœur.

2109.

Laure est gentille et séduisante,
Elle a même quelques talens ;
Et je vois voltiger près d'elle mille amans :
Mais *nul époux* pourtant ne se présente.

2110.

La poésie est un miroir,
Où le poète avec adresse
Nous montre nos défauts, notre propre détresse,
Lorsque *ceux* du voisin on croit apercevoir.

2111.

Si d'être un jour jaloux c'est votre fantaisie,
Lors redoublez de soins par un adroit détour :
Car, en tous temps, la triste jalousie
N'a mis en fuite que l'*amour*.

2112.

La sottise, l'enfance et des voix indiscrètes,
Le sommeil enfin et le vin
Ont quelque chose de divin :
Car de la *vérité* ce sont des interprètes.

2113.

L'homme de bien jamais ne ment ;
Il place le mensonge au niveau du *parjure* ;
Il croirait à quelqu'un faire une grave injure,
S'il osait l'accuser d'un forfait aussi grand.

2114.

Vous avez soixante ans ; Madame, c'est superbe !
Ah ! cessez par des pleurs de rougir vos beaux yeux !

Et rappelez-vous bien cet antique proverbe :
« Il n'est de *nouveau* que le vieux (1). »

2115.

Ce n'est jamais par de vaines paroles,
Que la vertu veut se manifester ;
Mais, laissant de côté tous les sots protocoles,
C'est par ses *actions* qu'elle aime à se montrer.

2116.

Dans un homme cherchons d'abord la *prud'hommie*,
Les vertus et l'intégrité ;
Puis après, le savoir et l'amabilité,
Les talents et la bonhommie.

2117.

N'imitez pas les mauvais médecins
Qui prétendent d'autrui soulager la souffrance ;
Et qui, pour se guérir en semblable occurrence,
Restent fort au-dessous des derniers turlupins.

2118.

Ici disait certain avaleur de muscades (2),
Les médecins en plus, les malades en moins ;
Car dans *la rue* on voit de nombreux médecins,
Sans rencontrer jamais ni mourants, ni malades.

2119.

Ce ne sont pas les cheveux blancs
Qui rendent seulement digne de notre hommage ;
Mais les vertus les *qualités* du sage,
Le vrai savoir et les talents.

2120.

C'est pour manifester nos vœux et nos pensées,
Que les mots furent inventés ;
Et non pas pour céler, cacher les vérités ;
Et dire, à nos *pensers*, des choses opposées (3).

(1) A Mme D P. P.
(2) Tireur de cartes, joueur de gobelets
(3) A M. de T...

2121.

Des nobles sentiments de l'esprit et du cœur
La parole doit être *interprète* fidèle ;
Bien que des mots divers servent dans ce labeur ,
Tout doit se concorder et servir de modèle.

2122.

Rien n'est à mon avis aussi fastidieux ,
Qu'un homme qui toujours conte la même histoire ;
Ou qui, de ses hauts faits conservant la mémoire,
Ne parle que *de lui*, de ses faits glorieux.

2123.

Nous nous disons Français, humains et charitables ;
Et , plutôt que du lait et des fruits excellents ,
Nous voyons , sans horreur, déposer sur nos tables
Des cadavres , des ossements.

2124.

Si ces bêtes au moins dont tu fais ta pâture ,
Étaient tigre , panthère ou quelques lionceaux ;
Mais c'est ce qu'a produit de plus doux la nature :
La colombe timide et de jeunes agneaux.

2125.

Le grand-maître des arts , la sagesse infinie ,
Et qui , dans tous les temps , réveille les esprits ,
C'est l'*estomac* ; seul il a tout appris ;
Seul il invente et donne le génie.

2126.

N'est-ce pas bizarre , entre nous ,
De dire , à table , à telle ou telle femme :
De ce *cadavre* , Madame ,
Quel membre préférez-vous ?

2127.

Nous appelons et cruels et voraces
Les tristes habitants des plus sauvages lieux :

Si nos chairs n'étaient pas un peu trop coriaces,
Nous nous dévorerions peut-être aussi bien qu'eux.

2128.

Que fait de plus que nous un peuple anthropophage ?
　　Les vainqueurs mangent les vaincus !
Nous, nous ne mangeons pas; mais, aimant le carnage,
Nous tuons sans motif des hommes inconnus.

2129.

Conduit par un motif que l'on peut dire extrême,
L'homme qui, par malice et par méchanceté,
Donne au crime d'autrui de la publicité,
Déplaît plus, bien souvent, que le crime lui-même.

2130.

　　Se louer est l'acte d'un sot ;
　　Se blâmer l'est bien davantage :
　　L'homme prudent ou l'homme sage
Sur ces deux points se *tait* et ne dit mot.

2131.

Rien ne plaît tant, ne charme davantage,
　　Et ne gagne si bien les cœurs,
Que l'amabilité, la douceur du langage,
Et ce *je ne sais quoi*, plein d'attraits séducteurs.

2132.

. . . .

2133.

　　L'homme de savoir et d'étude,
　　N'est pas toujours très *éloquent* ;
Et, dans le monde on en voit très souvent,
Qui sont pour s'exprimer dépourvus d'aptitude.

2134.

　　Il faut nous hâter de jouir :
　　Car les hommes et les affaires,
　　Ainsi que des ombres légères,
Passent pour ne plus revenir.

2135.

O toi, que j'aime tant, et qui m'es infidèle,
Dois-je donc pour jamais te perdre sans retour ?
Reviens, ô mon ami, rendre la vie à celle
Qui sollicite, hélas! un doux *regard* d'amour (1)!

2136.

Rien n'est sot comme la louange,
Que l'on donne mal à propos :
C'est à contre-poil, sans échange,
Passer l'*étrille* sur le dos.

2137.

Ce n'est rien de perdre la vie;
Mais des maux de l'humanité
Le plus justement redouté,
Assurément c'est la *folie*.

2138.

Tout homme est le jouet de la fatalité :
Qu'il croupisse dans l'ignorance,
Ou qu'il soit gonflé de science,
Il ne connaît vraiment que la *réalité*.

2139.

L'homme, en commençant sa carrière,
Entend la voix du monde et de l'humanité,
Qui, du sein de l'obscurité,
Lui crie : *avance*, et voici la lumière !

2140.

Ose exposer ton corps à ce soleil ardent;
Marche en avant; entends la voix du sage;
Ose, sans t'effrayer, aborder ce passage,
Quand même tu devrais rencontrer le néant !

2141.

Tel souvent manque d'éloquence,
Qui sait pourtant beaucoup et bien ;

(1) Paroles italiennes de Mme Grassini, célèbre cantatrice.

Tel autre ne sait *presque rien*,
Qui s'exprime avec élégance.

2142.

L'enfance est comme le printemps ;
L'ardent été ressemble à la jeunesse ;
A l'âge mûr, il faut l'automne et sa richesse ;
A la *vieillesse* enfin, l'hiver et les autans.

2143.

Chercher justement dans la vie,
Tout ce qui, chez quelqu'un, peut être critiqué,
C'est là *le fruit* d'un esprit détraqué,
De la haine ou bien de l'envie.

2144.

Les promesses des grands seigneurs
Ressemblent fort aux festins de théâtre ;
Où l'on croit voir des plats tout chauds sortant de l'âtre,
Quand ce sont des *cartons* de diverses couleurs.

2145.

L'envie et ses suites coupables,
Procèdent du bonheur d'autrui,
Qui nous fait voir avec *ennui*
Les succès d'un de nos semblables.

2146.

C'est le sort commun des mortels,
De faire bien souvent de très grands sacrifices,
Pour éviter des maux qui ne sont que factices,
Lorsqu'on est *menacé* de maux bien plus réels.

2147.

Nul de ses jours ne peut savoir le nombre ;
La mort sur nous plane à chaque moment ;
Et les destins tiennent ce dénoûment
Avec grand soin *caché* dans l'ombre.

2148.

La colère, dit Ennius,
Est une espèce de folie ;

Dans cet état, l'homme n'est plus
Qu'une *bête* immonde en furie.

2149.

Les traits méchans de l'envieux
Sont vraiment un motif de gloire;
Car il n'attaque la mémoire
Que des *honnêtes gens*, des hommes vertueux.

2150.

Surtout en punissant, évitez la colère ;
Car autrement le malfaiteur,
Victime de votre fureur,
Subira, *sans raison*, une loi trop sévère.

2151.

L'homme gonflé de haine et de courroux,
Cesse d'être juste, équitable ;
Son désir est alors, désir bien détestable,
De se venger envers et contre tous.

2152.

Rien ne sera perdu dans ce laboratoire
Sans borne, immense et redouté,
Où lentement l'humanité
Entasse des faits pour l'histoire.

2153.

L'homme envieux, à la malice enclin,
Est pour celui qui suit une noble carrière,
Ce qu'est cette *vile* poussière,
Que le char triomphant soulève en son chemin.

2154.

La pensée est seule immortelle ;
Elle est le *dieu* de l'univers !
Je la trouve partout dans les êtres divers :
Dans les eaux, dans les airs et dans la tourterelle.

2155.

L'homme ne sait former que des vœux superflus ;
Il place son bonheur toujours dans l'impossible ;

Car le bonheur pour lui, chose presque risible,
Est dans ce qu'il n'a pas ou dans ce qu'il n'a plus.

2156.

C'est en sacrifiant aux muses,
Que je *vieillis*, disait Anacréon :
J'aime mieux Bacchus que Junon,
Et de l'amour encor je ne crains point les ruses.

2157.

Vivre, n'est-ce pas espérer ?
Croire le lendemain plus heureux que la veille ?
Mais, chaque jour, hélas! on se réveille,
Sans qu'un soleil plus beau vienne nous éclairer.

2158.

Du ciron la fauvette est le fléau suprême ;
La fauvette, à son tour, redoute l'épervier ;
L'épervier a dans l'homme un grand justicier ;
Mais le grand ennemi de l'homme, c'est *lui-même*.

2159.

La crainte bien souvent cause plus de douleur,
Que le mal ne pouvait en faire ;
Et la mort est, selon nous, moins amère
Qu'une incessante et *secrète* frayeur.

2160.

Il faut que tout et finisse, et s'achève ;
Tout doit avoir un dénoûment ;
Et la mort n'est uniquement
Qu'un long sommeil, sans *douleur* et sans rêve.

2161.

Nul ne peut lire au fond de l'obscur avenir.
Il faut subir les maux que le sort nous destine :
Quel que soit son savoir, nul *mortel* ne devine
Ou le bien ou le mal qui peut lui survenir.

2162.

Tout ce que l'on a fait ne peut pas être à faire :
Pourquoi murmure-t-on contre des faits passés ?

Ah ! c'est bien vainement que notre cœur espère
Voir revenir des jours par d'autres *effacés*.

2163.

Des voluptés peut-être la plus *chère*,
Est de se rappeler les maux qu'on a soufferts ;
Ce temps où, fléchissant sous le poids de ses fers,
On était sans espoir, accablé de misère.

2164.

. . . .

2165.

Le comble du bonheur n'est pas, comme on le pense,
D'avoir beaucoup de biens, de joie et de plaisir :
Mais, après un long temps de douleur, de souffrance,
De voir un jour *plus doux* à la fin revenir.

2166.

Nul n'est assez ennemi de lui-même,
Pour, chaque jour, courir à des périls nouveaux ;
S'il n'avait pas l'espoir qu'une gloire suprême
Viendra *récompenser* ses pénibles travaux.

2167.

C'est outrager la suprême justice,
Pour laquelle nous sommes nés,
Que, pour nous rendre un destin plus propice,
De *nuire* à des infortunés.

2168.

Des lourds fardeaux, la conscience
Est bien parfois le plus lourd à porter ;
C'est un *juge secret* qu'on ne peut éviter,
Et qui peut embellir ou troubler l'existence.

2169.

Qu'elle est pleine d'effroi la nuit dans ta prison !
Tandis que, dans la ville et folâtre et joyeuse,
Se cadencent les pas d'une jeunesse heureuse,
Et que des ménestrels on entend la chanson (1).

(1) A mon ami le D. G.

2170.

Homme ! connais-tu bien toute ton influence ?
Sais-tu que ta pensée est semblable aux éclairs ?
Que du fond d'un cachot , isolé , dans les fers ,
Tu peux des trônes même abattre la puissance ?

2171.

Nous pouvons désirer trois espèces de biens :
Ceux du corps, de l'esprit et ceux de la fortune;
Mais bien nous pénétrer de la raison commune ,
Qui dit: sans probité ; tous restent incertains.

2172.

Dans nos plus grands malheurs , rien mieux ne nous soulage
Que le doux *souvenir* du bien que l'on a fait ;
Il ne laisse souvent alors d'autre regret ,
Que de n'en avoir pu faire encor davantage.

2173.

Celui-là certe est un homme de bien ,
Que *l'estime* publique en tous temps environne ;
Qui ne fit point de tort ni de mal à personne,
Et qui de l'indigent fut toujours le soutien.

2174.

Plus un homme a l'âme bonne ,
Moins il peut soupçonner une méchanceté :
Plein d'honneur et de probité ,
Il ne veut *accuser* personne.

2175.

. . . .

2176.

O toi, qui parles d'imposture ,
Sais-tu bien le point apparent ,
Où *se séparent* justement
Le Créateur et la nature ?

2177.

Mes chants savent *gémir* tout comme la douleur ,
Et gronder comme des orages ;

21

Ainsi les vents , soufflant avec fureur ,
S'enveloppent parfois des plus sombres nuages.

2178.

Non , celui-là n'est pas vraiment heureux,
    Qui désire encor quelque chose.
L'homme heureux est celui qui doucement repose
Dans le sein de la paix ; qui ne forme aucuns vœux.

2179.

. . . .

2180.

Dans le moment final, et lorsqu'on va mourir ,
On est sans volonté , sans raison , sans justice ;
On cède volontiers au plus léger caprice
De ceux que l'on aima, sans *pouvoir* réfléchir.

2181.

Qu'importe que l'on soit beau, puissant, très aimable ,
    Et que Plutus sur nous répande ses faveurs ;
    Si l'on n'est juste et bon, et sensible aux malheurs ?
Aux yeux de la *raison* on n'est qu'un misérable.

2182.

On loue assez souvent pour être aussi loué ;
On fait honneur aux gens, afin qu'ils nous honorent;
C'est comme un parti pris , par chacun avoué ;
Et de ces titres *faux* les hommes se décorent.

2183.

    Des malfaiteurs la conscience
    Les punit toujours doublement ;
    De leurs forfaits premièrement ,
    Puis par la *peur* d'une sentence.

2184.

Il est d'honnêtes gens , même pleins de vertus,
    Qui ne déroberaient certes pas deux oboles;
    Et qui, par leurs discours et de vaines paroles ,
Vous *volent* votre temps, plus cher que des écus.

2185.

La méchanceté, puis l'audace
Sont plus sûres de réussir
Auprès des grands, des gens en place,
Que le mérite *obscur* qui ne sait que souffrir.

2186.

Les voleurs, les méchans ont pourtant une chance,
Pour faire encor le bien, pour se faire bénir :
C'est, lorsqu'ils auraient pu nous ôter l'existence,
D'être assez *généreux* pour ne point la ravir.

2187.

Heureux, trois fois heureux est l'homme de mérite,
Qui vit tranquille, et dans l'obscurité !
Il ne craint point que la méchanceté
Le poursuive jamais d'un *regard* hypocrite.

2188.

Il est des insensés, il est des orgueilleux,
Qui du mal qu'ils ont fait se font une couronne ;
Tel celui qui préfère aux doux fruits de Pomone,
Les glands, produits grossiers d'un vieux chêne noueux.

2189.

Ce n'est pas sans courage et sans beaucoup de peines,
Que près de l'homme heureux l'indigent est admis;
Aujourd'hui le plaisir procure des amis,
Lorsque la vérité n'enfante que des haines.

2190.

On se rit des dangers, on brave mille maux,
Par l'effet seul de l'*habitude* :
Ainsi l'âpre chasseur, sans nulle inquiétude,
Et malgré les glaçons, court par monts et par vaux.

2191.

C'est aussi par l'effet d'une douce habitude,
Qu'on chérit le pays où l'on reçut le jour;
Qu'on aime à parcourir l'aimable solitude,
Témoin de nos sermens et d'un *premier* amour.

2192.

Les malheurs imprévus sont beaucoup plus sensibles ,
Que ceux qui *lentement* s'approchent de nos cœurs ;
De même, messagers des plus vives frayeurs ,
Les subits ouragans sont aussi plus terribles.

2193.

Ignorer l'obscur avenir ,
Est pour nous souvent profitable ;
Car que sert de connaitre *un mal* inévitable ,
Puisqu'on ne peut le prévenir?

2194.

Que d'hommes on verrait bien plus méchants encore ,
S'ils pouvaient espérer de rester inconnus ;
(N'ignorant nullement tout ce qui déshonore),
Et de faire *du mal* sans être jamais vus!

2195.

Bien au-dessus d'un animal sauvage
L'homme est , dit-on , par la raison ;
Mais , hélas ! la comparaison
N'est-elle pas *parfois* à son désavantage ?

2196.

On ne connaît jamais le prix et la valeur ,
Vraiment des plus aimables choses,
Que lorsque volontiers, ou bien par d'autres causes ,
De les avoir on *n'a plus* le bonheur.

2197.

De la raison , certe, il n'a que l'écorce ,
Celui qui, sans jamais consulter ses moyens ,
Et de la vanité toujours dans les liens ,
Veut entreprendre *au-dessus* de sa force.

2198.

Les passions font dans un jeune cœur
Souvent de terribles ravages ;
Et tel qui cherche le bonheur ,
N'y trouve , hélas! que des orages !

2199.

C'est la *justice* et l'équité
Qui nous font différer de la bête sauvage :
Car le lion si redouté,
Bien plus que nous a la force en partage.

2200.

Chaque homme a ses goûts, son humeur,
Ses penchants et son caractère :
Celui-ci veut savoir, celui-là cherche à plaire;
L'un aime le plaisir, l'autre fuit la douleur.

2201.

Ne *rougissons* jamais de l'état de nos pères ;
Mais cherchons à les surpasser,
S'ils ont su dans un art jadis se distinguer :
L'homme utile vaut mieux que cent millionnaires.

2202.

Selon les lieux, les hommes et les temps,
Une chose est mauvaise ou bonne ;
Il faut donc que l'esprit réfléchisse et raisonne,
Afin de ne parler jamais à *contre-sens*.

2203.

L'artiste qui peignit la mort d'Iphygénie,
Exprima le chagrin d'Ulysse et de Calchas,
Même celui du grand roi Ménélas,
Mais du père il *voila* la douleur infinie.

2204.

Ce qu'on dit au barreau, dans un grand appareil,
Ne convient point à table, où tout rit et tout chante :
Autre est, chacun le sait, la flamme étincelante,
Ou d'une *lampe*, ou du soleil.

2205.

L'excentrique est un *monomane*,
Qui cherche en tout la singularité ;
Vrai type de folie et d'excentricité !
L'enfant en rit, la raison le condamne.

2206.

Céder au temps, à la nécessité,
C'est le devoir toujours d'un homme sage.
Eh ! que sert-il d'affronter un orage,
Dont on ne peut *calmer* l'impétuosité !

2207.

Il n'est pas seulement d'une honnête justice,
De savoir à propos abandonner ses droits ;
Mais il arrive plusieurs fois
Que l'on y trouve un *bénéfice*.

2208.

Ce n'est jamais que par comparaison,
Qu'un objet, quel qu'il soit, nous blesse ou nous enchante ;
Une *oasis* serait bien moins belle et charmante,
Si des déserts affreux n'en bornaient l'horizon.

2209.

Une tranquille et bonne conscience,
De tous les oreillers certes est le meilleur ;
On y repose en paix, et la douce espérance,
En rêve, vient souvent caresser notre cœur.

2210.

Alfred est jeune et riche, il a bonne tournure ;
Il a quelques talents, et possède un bon cœur :
Mais il n'est pas heureux, et la chose est très sûre :
Que lui manque-t-il ?... le bonheur !

2211.

De même qu'il nous faut beaucoup de bienveillance
Pour ceux que l'on aime et chérit ;
De même ceux pour lesquels on souffrit,
Plus que *haine* souvent méritent l'indulgence.

2212.

On veut paraître être ce qu'on n'est pas !
Le médecin se fait poète ;
Pour grands historiens s'offrent les avocats,
Puis de *politiquer* le poète s'entête.

2213.

L'amour-propre toujours trotte dans le cerveau ;
Il va parfois jusqu'à la couardise :
Car quelque bien que de nous chacun dise,
On ne nous *apprendra* jamais rien de nouveau.

2214.

La louange toujours n'est pas mêts de carême ;
Chacun de l'obtenir se montre assez jaloux.
Mais, quelque bien que l'on dise de nous,
On n'est jamais loué si bien que par soi-même.

2215.

Les hommes sont jaloux, ou bien indifférents ;
A ces deux vices-là pas un seul ne déroge:
Très volontiers pourtant des *morts* on fait l'éloge,
Surtout lorsqu'on rabaisse ou blesse les vivants.

2216.

Le réalisme de la vie
Est hideux bien souvent par sa brutalité :
Car la misère est toujours poursuivie
Par les besoins, *la haine* et la calamité.

2217.

Facilement la multitude
Change d'avis, de sentiment :
Il suffit d'un seul mot, d'une similitude
Dite *à propos*, et plus ou moins gaîment.

2218.

Un fou parfois peut raviser un sage,
Et lui faire éviter les maux les plus cuisans :
Au fort d'une tempête et des grands ouragans,
Le pilote *périt* où l'ignorant surnage.

2219.

Vos vœux ne cherchent point un immense horizon,
Jeunes époux ! ni très grande richesse :

Mais vos cœurs nageraient dans une douce ivresse,
Si d'un joli *berceau* s'ornait votre maison (1).

2220.

Le riche vit presque sans espérance ;
Le pauvre espère un sort plus doux, plus consolant :
Le riche donc, bien plus que l'indigent,
A *besoin* de la bienfaisance.

2221.

Comparée à l'Eternité,
Dites-moi ce qu'est votre vie ?
Une chose toujours par une autre suivie.
Car, longtemps avant nous, que d'*autres* ont été !

2222.

Une chose bien commencée
Est, comme on dit, faite à moitié.
C'est ainsi qu'en amour, tout comme en amitié,
Notre cœur suit toujours sa *première* pensée.

2223.

C'est par l'*inconstance* du temps
Que tout se meut, tout se gouverne :
Richesse, honneur, puissance souveraine,
Feraient, pour l'éviter, des efforts impuissants.

2224.

Il n'existe rien sur la terre
Qui résiste à la faulx du temps :
Tout, *par lui*, s'envieillit, disparaît, se resserre ;
Et perd, de jour en jour, ses plus beaux agréments.

2225.

Qui peut dire avec assurance :
Demain, *pour sûr*, j'irai vous voir ?
Qui peut concevoir l'espérance
De vivre même jusqu'au soir ?

2226.

Les heures et les jours passent avec vîtesse ;
Les mois, les ans également :

(1) A M. et Mme Desf..

L'adolescence est d'un instant ;
Puis promptement *arrive* la vieillesse.

2227.

Jeunes amants ! sur le seuil de la mort,
Quand l'existence, hélas ! va vous être ravie,
Vous oubliez un aussi triste sort,
Dans les *extases* de la vie (1).

2228.

Le doux printemps, paré de fleurs,
Remplace de l'hiver les jours pleins de tristesse ;
Mais, lorsqu'arrive la vieillesse,
Nul n'espère des temps meilleurs.

2229.

Tout doucement, sans qu'on y prenne garde,
L'âge va chez nous *vieillissant* :
Beauté, grâce alors s'en allant,
Aucun à résister jamais ne se hasarde.

2230.

Défions-nous des coups du sort !
Tel se le croit très favorable,
Et qui, chétif et misérable,
Vient se submerger dans le port.

2231.

Ce qui doit consoler au sein de nos misères,
C'est que les grands, les rois dont on est si jaloux,
Aux faiblesses du corps, aux maux les plus vulgaires
Sont sujets comme nous.

2232.

C'est la fortune et non pas la sagesse
Qui gouverne aujourd'hui les malheureux mortels !
Mais comme la fortune est volage et traîtresse,
Les plus *prudents* désertent ses autels.

(1) Tués, d'un seul coup d'épée, par un mari jaloux.

2233.

Il est dans l'humaine nature ,
De souffrir moins lorsque l'on voit souffrir ;
Ce n'est pas qu'au malheur on n'aime à compatir;
Mais il rend plus *léger* le mal que l'on endure.

2234.

Quand nous avons tout fait, pour éviter
Un mal aussi grand que funeste ,
Dans ce cas, vraiment il ne reste
Que de *savoir* le supporter.

2235.

C'est souvent dans l'adolescence,
Qu'on juge l'homme et son produit ;
De même on peut savoir comment sera le fruit ,
Par l'arbre et son *inflorescence*.

2236.

Le temps est des consolateurs
Le plus sûr et le plus propice ;
Il n'est point de grandes douleurs
Qu'à *la fin* le temps ne guérisse.

2237.

L'éloge est sans valeur , même sans dignité ,
Si franchement et sans miséricorde,
Pour pendant aussi l'on n'accorde ,
Les droits *de la critique* et de la vérité.

2238.

La jeunesse est folâtre , inconstante et légère ;
Mais ne la jugeons point sur ses déportements :
Tel parut, jeune encor, d'un esprit très vulgaire,
Qui, dans un âge mûr , *brilla* par ses talents.

2239.

Contrairement à l'hirondelle ,
Qui vient nous annoncer le retour du printemps ;
C'est l'hiver qui chez nous rappelle
Les *ramoneurs* , la neige et les autans.

2240.

De tous les saints celui que j'aime,
Et je le dis très franchement,
Ce n'est point certes Nicodême,
Mais le très bon, l'excellent saint *Clément*.

2241.

Trop de sévérité peut nuire à la jeunesse,
Aussi bien que trop de douceur ;
Et l'on ne doit user des moyens de rigueur,
Que lorsque de plus doux aideraient la *paresse*.

2242.

Un ennemi franc et loyal
Est cent mille fois moins à craindre,
Que celui qui, sachant bien feindre,
Sous les traits d'un ami, ne vous veut que du mal.

2243.

Bien souvent les traits du visage
N'expriment pas les sentiments du cœur ;
Et tel parfois *paraît* plein de douceur,
Qui, dans le fond, n'aime que le carnage.

2244.

On nous dit pourtant que les yeux
Sont de l'âme un miroir fidèle ;
Et que d'un mal bien douloureux
Ils peignent l'*angoisse* cruelle.

2245.

Heureux ! qui trouve un bon voisin
Près de la maison qu'il habite,
Et qui sait à propos, sans qu'on l'en sollicite,
Lui prêter le secours de *son cœur*, de sa main !

2246 et 2247.

. . . .

2248.

Préférez un bon naturel
A tout ce que l'*art* à d'aimable ;

Si l'un est un présent du ciel ,
L'autre est parfois celui du *diable*.

2249.

L'art cependant peut améliorer
Une chose déjà très bonne par nature ;
Il peut de même corriger
Ce qui souvent *au mal* eût servi de pâture.

2250.

La mémoire est un vrai trésor,
Qui, pour se conserver, beaucoup de soins exige :
Le vieillard soucieux n'oublie et ne néglige
Nullement la cachette où se *trouve* son or.

2251.

Le style , la méthode, aussi bien que l'usage ,
Sont *trois maîtres* très excellents ;
Sous leur direction marchez avec courage ;
Et l'on vous citera pour vos rares talents.

2252.

Le *sol*, sur notre esprit , n'est pas sans influence ;
On aime à respirer un air pur et nouveau ;
Les alimens grossiers aussi sur l'existence
Ont un pouvoir secret qui trouble le cerveau.

2253.

Il est des mots remplis de poésie,
Qui caressent l'oreille et rendent un doux son ;
Tels que ceux de Sapho , d'Iris , d'Anacréon ,
De Parny , de Tibulle , ainsi que d'Aspasie.

2254.

C'est honorer le vrai talent
Que de le critiquer avec poids et mesure ;
C'est de l'estime offrir une preuve plus sûre ,
Que l'éloge *fardé* qu'on donne à tout venant (1).

(1) A mon ami le philosophe F. G....

2255.

Plus une chose est excellente et belle,
Plus on la trouve raremeut ;
Et le mérite est assez grand,
De pouvoir même *approcher* d'elle.

2256.

La mémoire du méchant,
Est pleine d'aigreur et de ruse ;
Du mal il se souvient bien plus facilement
Que du bien qui pourrait souvent *servir* d'excuse.

2257.

C'est honorer le vrai talent,
Que d'oser critiquer ses plus brillants ouvrages ;
Et celui-là n'est pas digne de nos suffrages,
Qui *craint* la vérité, qui tremble en la voyant (1).

2258.

Il vaut mieux *empêcher* une action louable,
Quelque bien qu'il eut pu pourtant en résulter,
Que de prêter l'appui le plus léger
A celle qui serait vilaine et condamnable.

2259.

Celui qui veut parler et médire d'autrui,
Doit être au moins sans reproche et sans blâme ;
Car autrement c'est un infâme ;
Et *le mépris* seul est pour lui.

2260.

C'est lorsque la fortune est bonne et favorable,
Que l'on devrait se dire avec sincérité :
Si *j'étais pauvre* et dans l'adversité,
Que ferais-je pour fuir un sort si misérable ?

2261.

Ah ! de tout les états celui de laboureur
Est le plus beau, le plus utile ;

(1) A mon ami le philosophe F. G. ..

Et si l'on en savait le prix et la valeur,
 Qui pourrait rester à la ville (1)?

2262.

Le singe a, quoi qu'on dise, un sentiment humain.
 Lorsqu'il a saisi quelque chose,
 A quelque danger qu'il s'expose,
 Il ne veut plus *ouvrir* la main.

2263.

De deux maux choisissons le moins désagréable,
Celui qui peut le moins de mal nous apporter;
Même encore celui qu'on peut mieux supporter,
 Et qui *cause* moins de dommage.

2264.

 La *santé* certe est un grand bien ;
 Chacun la veut, le malade l'espère.
 Pour l'obtenir, voici ce qu'il faut faire :
 « User de tout, et n'abuser de rien. »

2265.

Vous avez, dites-vous, cent mille francs de rente,
Et vous vous lamentez sur votre triste sort !
Economisez donc, et n'en mangez que trente :
Vos fonds seront doublés, certe.. après votre mort (2).

2266.

La fortune est souvent inconstante et traîtresse,
 Et très sujette à de prompt changement:
 La plus certaine et plus grande richesse,
Est bien celle qui rend l'homme *heureux* et content.

2267.

Jouir de l'air du ciel et des dons de la terre,
 C'est posséder les plus grands biens ;
Et, comme l'ont écrit tous les stoïciens,
Cela doit nous suffire et nous doit *satisfaire*.

(1) A M. R , agriculteur
(2) A M de F., g m de l'Uni\

2268.

Certe il est pauvre et disetteux,
Celui-là qui n'a pas même le nécessaire ;
Mais il est bien plus souffreteux
L'avare *cousu d'or*, endurant la misère!

2269.

La vieillesse est avare, et c'est sa passion :
A cet âge pourtant il n'est rien de moins sage ;
Ce n'est point à la fin d'un dur et long voyage ,
Qu'il faut songer à faire *ample* provision.

2270.

La superfluité, tout comme l'avarice,
Conduisent l'homme également
Au crime, à la porte du vice ;
Et lui font encourir un *juste* châtiment.

2271.

Il en est peu dans l'abondance ,
Ou qui, dans leurs travaux, rencontrent un soutien ;
Mais, hélas ! le nombre est *immense*
De ceux qui ne possèdent rien.

2272.

Le plus à désirer, le meilleur héritage ,
Qu'un jour puisse laisser un père à ses enfants ,
C'est *l'exemple* de son courage ,
De ses vertus, de ses grands sentiments.

2273.

Tout ce que peut nous ravir la fortune ,
Ne nous appartient point, est victime du temps :
La vertu, le mérite et les rares talents
Peuvent *seuls*, s'affranchir de cette loi commune.

2274.

Que la lune de miel est rapide en son cours !
C'est bien le résultat d'une foule de choses ;
Mais de ce que surtout dans le champ des amours
On *s'épuise* a cueillir les bluets et les roses.

2275.

Ce n'est point sans impunité,
Qu'on veut tromper le vœu de la nature;
Son pouvoir est sans borne, ainsi que sans mesure,
Comme celui de la *nécessité* (1).

2276.

Rien de meilleur et de plus agréable,
Que le mélange et la *variété*:
Sans l'hiver, où seraient les charmes de l'été?
Un bonheur continu devient intolérable.

2277.

On compatit surtout au sort des malheureux,
Lorsque leur mal est à nos yeux visible;
Le *récit* d'un malheur nous est bien moins sensible,
Que si ce grand malheur se passait sous nos yeux.

2278.

C'est une chose et très grave et fâcheuse,
Que le crime d'un père atteigne les enfants:
C'est bien souvent frapper une âme généreuse,
Et *punir* des cœurs innocents.

2279.

Les malheurs et les infortunes
Des cœurs nobles et généreux,
Ne sont bien *connus* que par ceux
Au-dessus des sphères communes.

2280.

Il est de savoir et d'esprit
Une *mésalliance*,
Qui provoque autant de dépit
Que celle de rang, de naissance.

2281.

J'aime bien mieux acheter que prier,
Dit Cicéron dans l'un de ses offices;
C'est en effet, de tous les sacrifices
Le plus grand, que de *mendier*.

(1) A Mlle D. B. qui voulait, disait-elle, se faire religieuse

2282.

De tous les maux nous bravons la cohorte ;
On nous voit en tous lieux, et sur tous les chemins,
Pour obtenir souvent des succès *incertains* ;
Quand, chez nous, le bonheur nous attend à la porte.

2283.

N'imite point le frélon paresseux,
Qui dérobe à la jeune abeille,
Son doux miel récolté sur la rose vermeille :
Travaille et tu seras heureux.

2284.

La paix est, nous pouvons le dire,
La liberté dans le *repos*,
La seule fin de tous les maux,
Le bonheur où le peuple aspire.

2285.

La justice et les lois
Ne se rencontrent guère,
Lorsque l'on est en guerre,
Et que de la *nature* on n'entend plus la voix.

2286.

Les humbles fleurs de nos vallées
Se dessèchent très promptement,
Si sur les *monts*, sous un soleil ardent,
Elles sont un jour transplantées.

2287.

Pour être heureux, vivons toujours
Sans ambition, sans envie !
Laissons aux sots leurs alentours :
Car c'est la moitié de leur vie.

2288.

Le plus grand de tous les malheurs,
C'est entre citoyens la guerre et le carnage :
Nul ne peut y *trouver* que perte et que dommage,
Les vaincus comme les vainqueurs.

22

2289.

Le généreux hasard, dont souvent on se raille,
Dans les plus grands succès fait souvent les deux tiers ;
Et plus d'un général fit après la bataille,
Le plan qui, selon lui, l'a *couvert* de lauriers.

2290.

La vraie et la seule espérance,
Est celle qui dans la douleur,
Porte un baume consolateur,
Et vient *calmer* notre souffrance.

2291.

Celui qu'un éloge flatteur
Ne saurait détourner d'une action coupable,
Encor bien moins par la terreur
Deviendra-t-il *juste*, équitable.

2292.

La sage modération
Doit, en tous temps, accompagner la force ;
C'est autrement bien en vain qu'on s'efforce
D'obtenir la *paix*, l'union.

2293.

. . . .

2294.

Qu'il est doux d'habiter, de vivre dans sa terre !
De labourer ses champs, de chasser ses lapins ;
De cultiver ses fleurs, ses vergers, ses jardins :
Enfin, d'être *propriétaire* (1) !

2295.

Aisément l'esprit est jaloux,
Ce sentiment s'unit à la nature humaine ;
Et c'est toujours avec fatigue et peine,
Que l'*admiration* se montre parmi nous.

2296.

Donne ta fille en mariage,
Plutôt à l'*homme honnête* et dépourvu de bien,

(1) A M B de la P.

Qu'au riche et puissant citoyen ,
Qui n'a pas l'honneur en partage (1)!

2297.

. . . .

2298.

L'homme se fait ce qu'il doit être ,
Par ses désirs et ses affections ;
Ce sont nos goûts , nos passions ,
Qui toujours *commandent* en maître (2).

2299.

Il n'est chère que d'appétit,
Nous dit un proverbe assez sage ;
Aussi les vins sont tous de l'Hermitage
Pour l'*altéré* , pour le conscrit.

2300.

Pour nous éblouir, nous convaincre
Sur un faible succès, pourquoi tant d'embarras ?
Il est bien *facile* de vaincre
Celui qui ne résiste pas.

2301.

De tous les mets la sauce la meilleure ,
C'est le *travail*, la chasse , la sueur ,
La faim , la soif, la paix du cœur ,
Et tout ce que procure une aimable demeure.

2302.

Thémistoclès, illustre Athénien ,
Disait, si l'on en croit l'histoire ,
Qu'il préférait à l'art de la mémoire
L'art *d'oublier*, et certe il pensait bien.

2303.

Le savant Archilas , d'un noble caractère,
Disait à son valet, paresseux , insolent ;
Oui, je t'étrillerais, coquin , bien durement ,
Si je n'étais pas en *colère*.

(1) A M. S. P. P
(2) A M l'abbé F...

2304.

Comme les émanations
Des tristes plantes vénéneuses,
Les liaisons, *parfois* bien dangereuses,
Font naître dans les cœurs d'affreuses passions.

2305.

Toujours, pour les amans, d'une vitesse extrême,
Les heures semblent s'écouler :
Jamais assez longtemps on n'a vu ce qu'on aime,
Jamais assez longtemps on n'a pu lui parler.

2306.

Lysander, d'une voix et franche et peu commune,
Félicitait Cyrus, noble roi des Persans,
De ce que la *vertu*, les plus beaux sentiments
Chez lui venaient s'unir aux dons de la fortune.

2307.

L'amour donne *tout* aux amants,
Et le dôme des cieux, et l'herbe des prairies ;
Pour les époux, les sorts sont différents :
Il faut alors des biens, de l'or, des pierreries.

2308.

La louange ne peut flatter,
Que lorsque celui qui l'adresse,
Respectable par sa sagesse,
Mieux qu'aucun *doit* la mériter.

2309.

Le meilleur est de ne point naître,
Dit Syllanus, historien de Tyr ;
Que sert un instant de paraître,
(Puisqu'après nous devons *mourir* ?

2310.

La malice et la médisance
S'exerceraient bien plus souvent,
Si le respect, la crainte et la prudence
Ne mettaient pas un *frein* à l'esprit malfaisant.

2311.

Celui, dit-on, qui plaît à tout le monde,
A personne *ne plaît*, assez communément ;
De même, des défauts le pire assurément,
C'est de n'en avoir point sur la machine ronde.

2312.

Nul n'ignore le juste, et le bien, et le mal ;
    Mais, par un destin très contraire,
    Aussi funeste que fatal,
Le bien, le plus souvent, est difficile à faire.

2313.

A chacun de son temps le terme est limité,
Et *nul* à cette loi ne saurait se soustraire :
Le grain que dans l'hiver on répand sur la terre,
    Mûrît, se sèche et se cueille en été.

2314.

Alexandre au tombeau d'Achille,
S'écriait, et non sans raison :
Ah ! sans *Homère*, saurait-on,
S'il fut grand, courageux, habile ?

2315.

Nos jours sont fauchés par le temps ;
Ainsi la nature l'ordonne ;
Elle n'en exempte *personne* :
Les gens de bien, pas plus que les méchants.

2316.

    Une misère fardée,
    Produit même effet sur mes sens,
    Qu'une femme vieille et ridée,
Qui veut *dissimuler* le ravage des ans,

2317.

Nous serions pour autrui moins sévère,
Si reportant sur nous un regard scrutateur,
Nous recherchions, au *fond* de notre cœur,
    Et nos fautes et nos misères.

2318.

Je ne suis point oisif quand je suis en repos,
Observait Scipion, le vainqueur de l'Afrique ;
Je ne suis non plus seul, lorsque pour la replique,
Personne près de moi ne se trouve à propos.

2319.

Un célèbre orateur vit fuir son auditoire,
Et Caton seul à sa place resta :
Caton me reste, et pour ma gloire
Cela suffit, dit-il ; puis il continua.

2320.

L'homme selon ses goûts, suit diverses carrières :
L'un aime avec ardeur les nobles jeux de Mars ;
L'autre brille au barreau, l'autre dans les beaux-arts :
« Tous les *succès* sont frères » (1).

2321.

. . . .

2322.

Si sur l'usure un quelqu'un m'interroge,
Je lui répondrai franchement :
Prêter ainsi, c'est volontairement
D'un malheureux *couper* la gorge.

2323.

Qu'ils sont pleins de douceurs les amoureux liens !
Un cœur que l'amour protège,
A les ris, les jeux pour cortège ;
Et trouve son bonheur, bien souvent dans *des riens*.

2324.

Si dans vos liaisons s'élève quelque orage,
Si l'objet qui vous plût n'a plus autant d'appas,
Soyez toujours aussi discret que sage :
Décousez, mais ne rompez pas.

2325.

C'est manquer à la fois d'honneur et de noblesse,
Que de dire : n'aimons notre ami qu'à demi,

(1) A M. C. L.

Comme s'il devait être un jour notre ennemi : ·
Bias n'a pas ici fait preuve de sagesse !

2326.

Perdre un bonheur rêvé, le plus doux avenir,
  A supporter est bien plus difficile,
  Qu'une félicité passagère et futile ;
Car, l'*espérance* vaut mieux que le souvenir.

2327.

Les hommes diligens dans toutes les affaires,
De leurs biens, de leur or prennent très grands soucis :
  Mais de compter leurs *vrais amis*,
  Hélas ! ils ne s'occupent guères.

2328.

Lucilius, homme courtois, savant,
  Disait : A qui peut servir mon ouvrage ?
  Il n'est pas bon pour l'ignorant,
  Et le docte en sait davantage.

2329.

Monsieur.... est un très bon enfant ;
  Il conduit fort bien son affaire ;
Au soleil qui décline il tourne le derrière,
Pour mieux se diriger vers le soleil levant.

2330.

De ce que nous devons au sort, à la nature,
  Je ne m'occupe nullement,
  Disait Crassus ; mais c'est bien différent,
Pour ce qu'on peut avoir par *travail* et culture.

2331.

  Montrer la route au voyageur,
  Donner un conseil salutaire,
Offrir de son foyer l'agréable chaleur,
C'est ce que, sans se *nuire*, un chacun peut bien faire.

2332.

C'est aux malheurs qui peuvent survenir,
Que nous devons penser au sein de l'abondance ;

Et regarder comme une heureuse chance,
Tous ceux dont le destin veut bien nous garantir.

2333.

Il est difficile de craindre,
Et de ne pas en même temps haïr ;
Bien plus, quoique l'on sache feindre,
De ne pas désirer qu'on puisse aussi *mourir*.

2334.

Rien ne nous venge plus, je gage
D'un propos tenu méchamment,
Dans l'espoir de nous faire outrage,
Qu'un *silence* bien méprisant.

2335.

Ainsi qu'un ver, sous ses métamorphoses,
Les hommes croupiraient dans leur oisiveté,
Si la *mère* de toutes choses,
N'était pas la nécessité.

2336.

Ce n'est point faire acte de bienfaisance,
Que de soulager les pervers ;
Et, selon *Ennius*, auteur de très beaux vers,
C'est bien plutôt acte de malfaisance.

2337.

Méfiez-vous des ennemis secrets !
Ils sont bien plus pour vous dangereux que l'hyène,
Car, vains efforts on n'échappe jamais,
Aux *regards* perçans de la haine.

2338.

Heureux, je vois les malheurs à venir,
Disait le tragique Euripide ;
Ainsi, contre les maux qui peuvent survenir,
Je me prépare à la *longue* une égide.

2339.

Malheur à qui, dans un péril pressant,
Oubliant son voisin, ne songe qu'à lui-même.

Tel est sur un vaisseau, dans un danger extrême,
Celui qui *prend* l'esquif, et se sauve en fuyant.

2340.

Tout le *luxe* des grandes âmes
Est dans des sentimens nobles et généreux ;
Ainsi que du bonheur les consolantes flammes
Sont le fruit d'un travail utile et glorieux.

2341.

Tout près de l'extrême richesse,
Naît ordinairement l'extrême pauvreté ;
Et de là l'immoralité,
Et les *vices* qu'elle professe.

2342.

Si tout seul un membre du corps
Obtenait la force et l'adresse,
Les autres resteraient plongés dans la détresse :
De la *société* tels s'offrent les ressorts.

2343.

Uu citoyen prudent et sage
Doit louvoyer selon le temps ;
Ainsi le nautonnier, au milieu de l'orage,
Cargue sa voile et s'abandonne aux vents.

2344.

La fortune, le rang restent sans influence ;
Le vicieux n'en est qu'encor plus déplacé :
Plus un vice est en évidence,
Plus il doit être méprisé.

2345.

Tous les champs ne sont point également fertiles ;
Il en est dont le sol ne produira *jamais* :
De même nous voyons bien des esprits stériles,
Près desquels les efforts sont toujours sans succès.

2346.

Ainsi qu'en certains maux d'une triste apparence,
Notre corps est souffrant, un membre reste enflé ;

Le cœur de l'homme est ainsi *boursoufflé*
Par l'orgueil et par l'arrogance.

2347.

Un champ non labouré ne donne point de fruit ;
On n'y voit que chardons croissant à l'aventure :
De même un esprit sans culture
Ne peut jamais fournir qu'un *très mauvais* produit.

2348.

Si nous ne sommes point d'accord avec nous-mêmes,
Nous ne pouvons goûter douceur ni volupté :
Tels sont les *citoyens*, dans leurs erreurs extrêmes,
Qui sont en désaccord au sein d'une cité.

2349.

Pour résister aux maux qui tourmentent la vie,
A l'exil, aux besoins, à la vive douleur,
A ces chagrins cuisans qui tombent sur le cœur,
Il n'est rien de *meilleur* que la philosophie.

2350.

Ainsi qu'un médecin très habile en crédit,
Cherche d'où vient le mal, sa science intercède ;
Ainsi cherchons d'où vient la douleur de l'esprit,
Et nous aurons aisément le remède.

2351.

L'empereur Dioclétien,
Pour Salonne quitta l'autorité publique ;
Il se fit jardinier, et, comme un très grand bien,
Etudia la botanique.

2352.

De même qu'un soldat et poltron, et couard,
En fuyant du combat, bien souvent perd la vie ;
Au *contraire* le sort très souvent glorifie
Celui qui du dieu Mars affronte le hasard.

2353.

Un orateur, parlant à la tribune,
Sait avec art varier ses discours ;

Ainsi , pour *soulager* une grande infortune ,
Il faut de tons divers emprunter le secours.

2354.

Un fardeau paraîtra toujours léger , facile ,
A celui qui gaîment voudra bien s'en charger ;
Lorsque le paresseux , le *lâche* , l'inhabile ,
Seulement à le voir trouvera du danger.

2355.

Le *travail* aux mortels est toujours nécessaire ;
Sans lui la vie est un fardeau pesant ;
C'est pour l'homme un devoir utile et bienfaisant ;
Il lui doit son bonheur , et non pas sa misère.

2356.

Comme il n'est rien sans feu qui puisse s'enflammer ,
Bien que l'objet soit inflammable ;
De nous charmer ainsi nul homme n'est capable ,
S'il ne sait , avec art , d'abord nous animer.

2357.

D'un médecin l'on veut le savoir et l'adresse ,
Parce que c'est de lui qu'on attend la santé;
De même que pourrait nous servir la sagesse ,
Sans le bien qu'elle fait , sans son utilité?

2358.

On dit : tel qui remplit un emploi d'importance ,
A ce ton trop léger devrait bien renoncer :
Mais ne sait-on donc pas que le maître de danse ,
N'est pas toujours celui qui *sait* le mieux danser ?

2359.

Un honnête homme est celui qui possède
Les sentimens , les qualités du cœur ,
Un esprit juste , attachant , sans fadeur ,
Et ce *je ne sais quoi* qui plaît , à qui tout cède.

2360.

Cette charmante enfant , que l'on se plaît à voir ,
Visite chaque jour et secourt l'indigence ;

Sa *douce voix* donne la patience,
La résignation, et fait naître l'espoir (1).

2361.

De l'homme de talent la fortune se joue,
Et le cache souvent aux regards curieux :
Mais un beau diamant *enfoui* dans la boue,
N'en est pas moins et rare, et précieux.

2362.

De même que les corps sont entr'eux dissemblables :
Si l'un va droit, l'autre va de côté ;
Ainsi tous les esprits sont plus ou moins capables :
Ils n'ont rien de *semblable* en leur variété.

2363.

Que prétendez-vous que l'on fasse
D'un homme ingénieux, s'il est fort *ignorant* ?
D'un cheval indompté de même on se défend,
Bien qu'il soit beau, bien fait ; qu'il dévore l'espace.

2364.

. . . .

2365.

De toutes les vertus, c'est la seule clémence,
Qui sache bien calmer la haine des partis ;
Chez les plus irrités et les plus pervertis,
Elle *éteint* dans le cœur tout désir de vengeance.

2366.

Pour sûreté, contre les jeux du sort,
La *clémence* est encor le meilleur des ôtages ;
Elle ramène en paix l'exilé dans le port,
Et fait briller partout un soleil sans nuages.

2367.

De même qu'un rayon du soleil bienfaisant,
Et nous réchauffe, et nous ranime ;
Ainsi, dans nos douleurs, un mot doux, consolant,
Elève nos *pensers* parfois jusqu'au sublime.

(1) A Mlle M.

2368.

Sachant ce qu'a de bon , de consolant la mort ,
  Le cygne *chante* au moment qu'il expire ;
Ainsi l'homme prudent , que la raison inspire,
Doit , sans nulle terreur , braver les coups du sort (1).

2369.

  O doux amour de la patrie !
Toi qui soutiens les malheureux vaincus ,
Bien que ces souvenirs pour eux soient superflus ,
C'est de leur liberté la *mémoire* chérie.

2370.

  Si le sage est toujours content
  De ce qu'il tient de la fortune ;
Au contraire le fou , d'une voix importune ,
  Toujours réclame un *supplément*.

2371.

  L'avare est semblable au malade
Qui , de mets entouré , meurt en les regardant ;
Le coffre de l'avare est plein d'or et d'argent ,
Et sa main *recevrait* pourtant la caristade.

2372.

Souffrir , languir est un bien triste sort :
  Autant eut valu ne point *naître !*
  Aussi , sans être vraiment mort ,
  Beaucoup font-ils semblant de l'être.

2373.

  Un vieillard dit fort aisément ,
Qu'il est nul, que la mort de ses membres s'empare :
C'est pour insinuer , assez adroitement ,
Que sa jeunesse était quelque chose de *rare*.

2374.

  Hélas ! de ce monde on n'est plus ,
  Lorsqu'on commence à le connaître ;
  Au moins *très avancé* le voyage doit être ;
  Et les meilleurs chemins alors sont superflus.

(1) A M C. P. D

2375.

Pour finir une chose, et surtout la bien faire,
Il n'est pas suffisant toujours de la savoir ;
En outre, il faut encor s'y plaire,
Et de l'ennui *surtout* éviter le pouvoir.

2376.

Ainsi que c'est dans la convalescence,
Que nous connaissons bien le prix de la santé ;
Ainsi nous préférons un objet souhaité,
A ceux dont nous avons l'*entière* jouissance.

2377.

Celui-là seul est vraiment innocent,
Non qui nuit peu, mais qui ne cause aucun dommage ;
De même est brave, et rempli de courage
L'homme sans peur, et non l'*effrayé* seulement.

2378.

Il faut non-seulement pardonner une offense,
Mais nous devons encor l'oublier tout-à-fait ;
De même nous devons peu de reconnaissance
A qui, nous obligeant, ne le fait qu'à *regret*.

2379.

La parque, en se hâtant, file mes destinées.
Hélas ! pour moi : les heures sont des jours !
A mon âge, les jours sont des mois dans leur cours,
Et puis les *mois* deviennent des années (1) !

2380.

On loue un jeune adolescent,
Qui montre en ses discours un peu de la vieillesse ;
Ainsi, chez un vieillard, de l'aimable jeunesse
On se plaît à *trouver* l'esprit et l'enjoûment.

2381.

Doublement myope vous êtes,
Mon cher Joseph ; en votre air c'est écrit.
Mais pour la myopie à l'*égard* de l'esprit,
On n'a point encor de lunettes.

(1) 86 ans passés, A Mme L. B. D

2382.

Par les vents l'arbre en fleurs est parfois emporté ;
C'est par un doux soleil que la pêche est mûrie :
  Ainsi la violence ôte au jeune la vie ,
  Lorsque , chez le vieillard , c'est la maturité.

2383.

Tous les peuples anciens , selon leur habitude ,
Ne voyaient dans la mort qu'un tranquille repos ;
Et sur les grands chemins construisaient leurs tombeaux,
  Ou dans quelque riante et verte solitude.

2384.

  Ainsi que chez les jeunes gens ,
  On ne voit pas toujours la folie et l'ivresse ;
  Ainsi , dans l'extrême vieillesse ,
  Il est encor des esprits pleins de sens.

2385.

  De même que ce n'est point l'âge
  Qui fait toujours aigrir le vin ,
  Un esprit *morose* et chagrin ,
N'est pas toujours non plus d'un vieillard le partage (1).

2386.

Si les beautés du corps plaisent tant à nos yeux ,
  Par leur gracieux assemblage ,
Les beautés de l'esprit charment bien davantage ,
  Si l'on y *joint* surtout un cœur grand , généreux (2).

2387.

  Si ce n'est point avec usure
  Que nous répandons nos bienfaits ;
  De même , dans l'amitié pure ,
C'est l'amour *dégagé* de tous les intérêts.

2388.

  L'honnêteté dans le langage ,
C'est bien ce qui séduit , ce qui charme le plus ;

(1) A mon vieil ami G D
(2) A Mme J

L'honnêteté, c'est, dit un sage,
La *quintescence* des vertus.

2389.

S'élevant au-dessus des biens de la fortune,
La vertu jouissant du destin le plus beau,
Ne connaît point la loi commune,
Qui nous soumet *tous* au tombeau.

2390.

De même que les hirondelles
Qui ne paraissent qu'au printemps,
Les amis légers, peu fidèles,
Viennent nous voir *selon* le temps.

2391.

La campagne et la jeunesse
S'*accordent* parfaitement :
L'une prête ses eaux, ses bois, son agrément ;
L'autre son innocence et sa vive allégresse.

2392.

On n'est ni dur ni bien méchant ;
De jouir d'un bon cœur même l'on se fait *gloire* :
Ponrquoi donc oublier le malheur si souvent ?
C'est que les gens heureux ont *très peu* de mémoire.

2393.

Lire, non-seulement c'est un plaisir de plus,
Mais c'est des bons auteurs connaître les pensées,
Les belles actions et les gloires passées :
C'est enfin acquérir de l'esprit, des vertus.

2394.

En tous lieux la vertu trouve aisément sa place ;
Elle charme toujours et ne *trompe* jamais :
Qu'elle soit sous le chaume ou bien dans un palais,
Au faîte des honneurs, comme dans la disgrâce !

2395.

Le cœur est un jardin placé dans un vallon,
Où l'on voit naître bien des choses :

Les ennemis y sèment le chardon,
Et les amis y *cultivent* les roses.

2396.

Elle vient sans beaucoup de bruit
La *mort*, à la marche assez lourde;
C'est la fille aveugle et très sourde
Et du sommeil et de la nuit.

2397.

L'envie est compagne ordinaire
De la gloire et de la vertu;
Mais, comme un vieil ormeau par le vent abattu,
Leur *ombre* encor est utile à la terre.

2398.

. . . .

2399.

D'abord, avant que d'entreprendre,
Très mûrement nous devons réfléchir;
Mais d'un retard après l'homme doit s'affranchir,
Et *besogner* sans plus attendre.

2400.

Sur le passé nous pouvons revenir,
Examiner ses effets et sa cause;
Mais de le corriger, d'en faire une *autre chose*,
Nul être humain n'y saurait parvenir.

2401.

Dans tout état, dans toute circonstance,
Le meilleur guide auquel on puisse recourir,
Et qui toujours peut le mieux nous servir,
C'est à coup-sûr l'*expérience*.

2402.

On rencontre parfois certains instituteurs,
Qui placent leurs devoirs dans la méthode unique
D'enseigner le dessin, la danse et la musique;
C'est comme un jardinier qui ne *veut* que des fleurs.

2403.

Sont tardives, vitupérables,
Les plaintes des gens paresseux,
Qui, s'ils sont pauvres, malheureux,
De leurs malheurs sont *seuls* coupables.

2404.

Méfions-nous de toute passion :
De l'amour comme de la haine,
De l'amitié, de la compassion :
De ce qui vers l'*injuste* enfin parfois nous mène.

2405.

Il est vraiment sage, celui
Qui se corrige avec prestesse ;
Et qui dans les fautes d'autrui
Trouve une *leçon* de sagesse.

2406.

Ne craignez pas de faire des sermens,
Disait le poète Tibulle :
L'amour est toujours *très crédule ;*
Et puis autant en emportent les vents.

2407.

Ernest, en vain tu te proposes
De faire pardonner certains manques d'égards ;
Encore si c'était quelques grossiers écarts...
Car on ne se souvient que des petites choses.

2408.

Le bonheur rarement accompagne un trésor ;
On le voit plus souvent au fond d'une chaumière :
« C'est avec la *monnaie* et non des lingots d'or,
« Que l'on se rend, dit-on, au marché d'ordinaire. »

2409.

Profitons d'un heureux destin ;
Et, sans compter sur la fortune absente,
Jouissons de l'*heure présente :*
Le jeune homme d'hier peut être vieux demain (1).

(1) A mon ami A. B. D. L.

2410.

Le printemps et l'été sont beaux , ne durent guère :
Songeons donc à l'hiver , à la rude saison ;
Et bâtissons d'avance une sûre maison.
Qui croit à l'*avenir,* bientôt se désespère !

2411.

Heureux qui , dans l'obscurité ,
Jouit d'une modeste aisance ;
Et qui toujours avec prudence ,
Se *plaît* où le sort l'a jeté !

2412.

Une âme est quelquefois tellement poursuivie
Par la fureur , l'inclémence du sort ,
Que l'unique lien qui l'enchaîne à la vie ,
Est le *pressentiment* d'une prochaine mort.

2413.

C'est vraiment un trait de folie ,
Que de vouloir veiller aux affaires d'autrui ,
Lorsque demain , et peut-être aujourd'hui ,
Notre *perte* sera tout-à-fait accomplie (1).

2414.

Tout ce qui peut blesser les arrêts du destin ,
Quoique brillant *en apparence* ,
Aura toujours mauvaise chance ,
Et ne fait espérer qu'une fort triste fin.

2415.

C'est lorsqu'ils ne sont plus , ces puissants de la terre,
Qu'un cadavre soumis à l'éternel niveau ,
Qu'on voit la vérité, rapide messagère ,
Venir, *comme un remords*, s'asseoir sur leur tombeau.

2416.

Le cœur se tourmente et s'afflige ,
Lorsque la mort menace un jeune enfant :
On éprouve à peu près le même sentiment ,
Pour une fleur brisée et *mourant* sur sa tige.

(2) A M. S

2417.

Il est plus d'une fin qu'on ne peut, sans faillir,
    Outrepasser dans les choses humaines ;
    Et qui nous sont des limites certaines,
Que, par *aucun motif*, nous ne devons franchir.

2418.

    Dans mainte et mainte circonstance,
    Il faut se hâter promptement ;
    Car *le moindre* retardement
    Est plus funeste qu'on ne pense.

2419.

Souvent un cœur trop ardent, envieux,
    Voulant le mieux trouve le pire ;
    Et, dans son aveugle délire,
Croyant prendre *le neuf* ne choisit que le vieux.

2420.

    C'est vraiment une balourdise,
    Que de tomber dans un piège connu,
    Et qui loin d'être une surprise,
    Depuis longtemps était prévu.

2421.

    La tyrannie et la licence,
    Sont deux maux qu'on ne peut souffrir ;
A peine de la vie est-ce alors l'apparence :
    Ce n'est pas vivre, et c'est *deux fois* mourir.

2422.

Nous devons préférer l'utile à l'agréable ;
Puisque nous ne pouvons, malgré notre désir,
L'un et l'autre à la fois ensemble réunir.
Pourtant cela serait *tout-à-fait* délectable !

2423.

    L'homme, dans ses goûts variés,
    Veut tout savoir, et se perd dans la nue ;
    Hélas ! lorsque sa *courte vue*
A peine lui permet de voir jusqu'à ses pieds.

2424.

On veut que l'homme à l'homme se confie ;
Mais la raison parle tout autrement,
Puisque l'homme instruit et prudent
De lui-même toujours sagement se défie.

2425.

Pourquoi serions-nous exempts,
Du *mal* que nous faisons aux autres ?
De même aussi pourquoi né deviendraient-ils pas nôtres,
Les biens que nous faisons aux pauvres indigents ?

2426.

Nous nous plaignons souvent d'un destin peu propice,
D'un sort toujours conjuré contre nous ;
Horace dit, avec plus de justice :
« L'événement est le maître des fous. »

2427.

Aux vices nous cédons par une fausse honte ;
Et c'est du cœur humain l'ordinaire défaut :
Le plus fort est celui qui toujours se surmonte,
Et c'est de la vertu le *sommet* le plus haut.

2428.

La fortune est toujours riante et favorable
Aux hommes forts, hardis, audacieux ;
L'adversité n'est pas aussi moins honorable,
Lorsqu'on sait *se soumettre* au sort capricieux.

2429.

Selon des ignorans les nombreuses séquelles,
Des langues *mortes* sont le latin et le grec :
Mais, d'après un avis qui ne m'est pas suspect,
Je soutiens que ce sont des *langues immortelles*.

2430.

C'est surtout dans l'adversité,
Que *croissent* la vertu, la force :
Du courage il n'a que l'écorce,
Celui qui cède trop à la nécessité.

2431.

La grandeur de l'effet se mesure à la cause :
L'étincelle au baril, la poudre éclatera ;
Mais sur un grand chemin qu'une torche on dépose,
Et, sans faire aucun mal, la flamme *s'éteindra*.

2432.

La fortune est toujours pleine de courtoisie
    Pour les braves, les courageux ;
  Mais à l'égard des lâches, des peureux,
    Elle n'a point de sympathie.

2433.

Au plus lâche souvent, à l'homme sans vigueur,
Un péril évident donne force et courage ;
Et *momentanément* lui donne l'avantage,
Sur un guerrier connu par sa rare valeur.

2434.

Il est des vérités que l'on a peine à croire :
    Aujourd'hui l'or prime tous les talents;
L'hôtel de la *monnaie* est, pour beaucoup de gens,
    L'unique temple de la gloire.

2435.

    Si tu n'entreprends jamais rien,
Dans la société qu'espères-tu donc être ?
    Pour te montrer et pour paraître,
Agis, mais fuis le mal et recherche le bien (1)!

2436.

De ce brillant soleil qui réchauffe le monde,
    Il vaudrait mieux nous ôter la moitié,
Que nous *priver* de la chaleur féconde
    De la douce et sainte amitié (2).

2437.

    La chose la plus désirable,
    C'est un ami tendre et discret,
    Qui sache garder un secret,
Et toujours nous prêter un *appui* secourable.

(1) Au jeune A. D N.
(2) A mon ami G. P.

2438.

Lorsque l'on voit la bonne volonté ,
Et l'ardent désir de bien faire ,
Quoique parfois le destin soit contraire ;
On n'applaudit pas moins au bien qu'on a *tenté*.

2439.

Je vois , en consultant l'histoire
Et tous ses nombreux documents ,
Qu'en France , c'est le *provisoire*
Qui dure encor le plus longtemps.

2440.

Les amitiés toujours sont désintéressées ,
Pleines de bon vouloir , comme de loyauté :
    « L'amitié , c'est l'*égalité*
    « Des cœurs et des pensées. »

2441.

On peut , dans la prospérité ,
Rencontrer des amis et loyaux et sincères ;
Mais c'est, quand les destins à nos vœux sont contraires,
Qu'on voit, *dans tout son jour* , briller la vérité (1).

2442.

Non , rien n'est plus inique, et je dis plus blâmable ,
Qu'un ami trop tardif à nous faire plaisir ;
Ou qui jamais ne trouve un instant de loisir ,
    Pour *obliger* un ami véritable.

2443.

Non l'amitié n'est pas en tout semblable aux fleurs,
Qui plaisent d'autant plus qu'elles sont plus récentes ,
    Plus fraîches et plus odorantes :
La plus *vieille* toujours charme le plus nos cœurs.

2444.

Est à l'abri des coups de la fortune ,
Tout ce que nous donnons à la sainte amitié :
Et c'est en quelque sorte en garder *la moitié* ,
Pour le temps où le sort peut nous garder rancune.

(1) A mon ami le D G

2445.

Jeune fille , tu peux , selon ta volonté ,
Tourmenter ton amant , contre lui faire rage ;
Il pourra t'en aimer peut-être davantage ;
Blesse même son cœur , mais non *sa vanité*.

2446.

Si d'avoir peu d'amis la chose est nécessaire ,
N'en avoir point du tout est un très grand malheur :
Un soleil trop ardent brûle une jeune fleur ,
Lorsqu'un *jour doux* lui devient salutaire.

2447.

Plus d'une fillette , entre nous ,
N'épouse pas celui qu'elle aime :
Mais , de très bonne foi , dans sa douleur extrême ,
Elle fait mille efforts *pour aimer* son époux.

2448.

Ce n'est pas sans dangers et sans péripétie ,
Que l'on désire impartialement
Juger de deux amis l'antique différend :
C'est *se brouiller* avec l'une ou l'autre partie.

2449.

L'homme poursuit avec ardeur
Une perfection qui n'est qu'une chimère ;
Car ici-bas , pourquoi le taire ?
Rien n'est *complet* que le malheur.

2450.

C'est un grand revenu que sage *économie* !
Il est heureux et riche grandement ,
L'homme sobre qui vit économiquement ,
Et dont le cœur jamais ne connut l'infamie.

2451.

De l'infâme Néron on montre le tombeau ;
Et , depuis deux mille ans , on l'a vu disparaître ;
Mais *déjà* l'on ignore où sont , où peuvent être
Ceux de Voltaire et de Rousseau.

2452.

Le grand-maître des arts et de toute industrie ,
Dit Perse , c'est la *pauvreté* :
Par elle l'homme est excité ,
Et devient bien souvent l'honneur de sa patrie.

2453.

Ce n'est point dans un monde indigent , importun ,
Que les cœurs peuvent bien s'entendre ;
L'amitié n'aime pas par trop à se répandre :
Avoir beaucoup d'amis c'est n'en avoir *aucun*.

2454.

Qu'il meure dans la servitude ,
Celui qui ne sait pas souffrir la pauvreté ;
Et qui honteusement donne sa liberté ,
Pour *un peu* de béatitude !

2455.

Si sur ces beaux messieurs je promène un regard ,
Je m'aperçois aisément et sans peine ,
Que , semblables au chien dont parle Lafontaine ,
Du dîner de leur maître ils ont *tous* pris leur part (1).

2456.

Sur tout domine la fortune ;
Elle donne la gloire et la célébrité ;
Mais elle est sans puissance aucune
Sur l'honneur et la probité.

2457.

Homme , ramasse , prends , possède ,
Avec beaucoup de peine accumule du bien ;
Un jour viendra la *mort* , à qui tout cède ;
Elle ne te laissera rien.

2458.

L'amour de l'or , passion méprisable ,
De tous les crimes l'inventeur ,
Fait braver les flots en fureur ,
Et les assauts d'une mort effroyable.

(1) Fable 7 , livre 9.

2459.

La richesse de l'homme fort,
Que de l'humanité le pur amour enflamme,
Est dans son cœur et dans son âme,
Et *non pas* dans son coffre fort.

2460.

Du désir d'augmenter ses biens et sa fortune,
L'homme riche n'est pas seulement tourmenté ;
Mais il tremble toujours qu'une main importune
Ne le prive du fruit de sa *rapacité.*

2461.

Le savant, privé d'or, vit au sein des détresses ;
Des gens heureux il est abandonné :
Tout, hélas ! est subordonné
A *l'excellence* des richesses.

2462.

Où l'on peut rencontrer les superfluités,
Là se trouvent aussi l'amour de la richesse,
La *convoitise*, la paresse,
Et les vices honteux par le luxe inventés.

2463.

De l'avare le supplice,
C'est uniquement l'argent ;
Et des défauts le plus grand,
Lui-même se fait *justice.*

2464.

L'homme content de ce qu'il a,
Qui fait le bien sans orgueil, sans bassesse,
Et qui jamais au sort n'en appela,
Possède *le bonheur*, possède la richesse (1).

2465.

Rien ne s'obtient sans soins et sans difficulté ;
Il en faut pour finir la plus faible entreprise :
On ne va point à *l'immortalité*,
Par la paresse et la fainéantise.

(1) A Mme F L

2466.

Ceux qui dorment très volontiers,
Ou qui passent gaîment leur vie
Sans soucis, sans soins, sans envie,
Ne suivent pas toujours le meilleur des sentiers.

2467.

Et le travail et l'exercice
Sont les pères de la santé,
De l'honneur, de la probité;
Et de tout ce qui peut être le plus propice.

2468.

Le repos est le condiment
Du travail le plus rude et le moins supportable;
Et le destin juste, équitable,
Récompense toujours un homme *diligent*.

2469.

L'attente du repos rend bien plus tolérables
Les plus ardus, les plus rudes travaux;
De même les succès sont bien plus *honorables*,
Lorsque l'on a vaincu de plus nobles rivaux.

2470, 2471 et 2472.

. . . .

2473.

La gloire est toujours l'*égoïsme*
Des grands cœurs, des cœurs courageux;
Comme l'espoir d'être toujours heureux,
Sur les sots très souvent étend son despotisme.

2474.

Ce que l'on fait avec regret,
Semble toujours très difficile;
De même on est toujours *docile*,
Et prêt à faire ce qui plaît.

2475.

Celui-là doit tenir à l'existence,
Qui n'eut jamais à se plaindre du sort;

Mais c'est *avec plaisir* qu'il voit venir la mort,
Celui qui ne connut jamais que la souffrance.

2476.

La douleur et la volupté
Se redoutent comme la peste ;
Mais quand l'une s'enfuit, la première *nous reste*,
Et souille tout de son souffle empesté.

2477.

Il n'est chose si difficile,
Qu'en bien cherchant on ne puisse trouver ;
De même, en commençant, l'homme le plus habile
Sent que, bien malgré lui, *la peur* vient le troubler.

2478.

La fortune nous peut enlever la richesse,
Mais celle de l'âme jamais ;
Et si nous la voyons opprimer la paresse,
Sur le fort, en tout temps, elle *émousse* ses traits.

2479.

Si tu veux éviter la douleur importune ;
A l'abri des coups du destin,
Apprends à *voir* d'un œil serein,
L'une ou l'autre fortune.

2480.

Nous accusons le sort jaloux,
De notre fortune contraire ;
Lorsque souvent notre misère,
Au fond, *ne dépend* que de nous.

2481.

Quand la fortune nous caresse,
Qu'elle cède à tous nos désirs,
C'est alors qu'il nous faut craindre des déplaisirs :
La fortune est une *traîtresse !*

2482.

C'est au moment de la prospérité,
Qu'un homme doit être modeste ;

Car *bien du temps* encor lui reste ,
Pour amener l'adversité.

2483.

La probité , l'honneur et la justice ,
Le noble cœur de l'homme fort ,
Sont *bien au-dessus* du caprice
Et des injustices du sort.

2484.

Tout en usant des biens de la fortune ,
Défions-nous de sa mobilité ;
Et disons-nous toujours : sa faveur importune
Trompera tôt ou tard notre crédulité.

2485.

Cette volage et folâtre fortune ,
Que nul ne peut arrêter un instant ,
Et qui rit de nos vœux , de notre emportement ,
Est déloyale *à tous* , à tous est importune.

2486.

La fortune est aveugle et n'y voit nullement ;
La chose est très facile à croire ;
Mais le sûr ici de l'histoire ,
C'est que *tous* ses sujets sont dans l'aveuglement.

2487.

Chacun est l'ouvrier de sa propre fortune ;
Mais l'orgueil bien souvent en ternit la clarté.
Béni soit le cœur simple et plein de loyauté ,
Qui n'est heureux qu'autant que sa joie est *commune !*

2488.

Nous jugeons un homme excellent ,
Selon que *bien ou mal* il se sert des richesses ;
Et qu'il sait faire ses largesses
Avec plus de discernement.

2489.

Nous ne savons vraiment où nous en sommes !
On brise du savoir les plus sûrs fondements :

Les sciences font bien des hommes très savants ;
Mais des lettres la gloire est de faire des hommes.

2490.

Heureux qui sait *modérément* user
Des biens que le sort lui dispense !
Mais le malheur sera la récompense
De celui qui ne sut jamais qu'en abuser.

2491.

Des femmes, par vertu, bien plutôt par malice,
Se couvrent à l'envi d'un manteau décevant ;
Pour donner plus de charme, aussi plus de piquant
Aux tendres *abandons* du vice.

2492.

La fortune donne à plusieurs,
Au-delà de toute espérance ;
Et cependant nul n'a sa suffisance,
Et ne cesse jamais d'implorer ses faveurs.

2493.

Profite de l'heure présente,
Ne la laisse pas s'échapper ;
Si tu laisses s'enfuir la fortune inconstante,
N'espère *plus* la rattraper.

2494.

Plus notre sort fut heureux et prospère,
Plus nous souffrons quand vient l'adversité ;
Qu'il en est qui du sein de la prospérité,
Tombent *pourtant* au fond d'une horrible misère !

2495.

La fortune bien plus souvent,
Se trouve sur notre passage,
Qu'on n'obtient le rare avantage
De la *retenir* en courant.

2496.

Fortune, à son plaisir et folle fantaisie,
Accorde ses faveurs parfois injustement ;

Et toujours par l'effet d'un subit mouvement,
Use envers *qui lui plaît* d'aigreur, de courtoisie.

2497.

Tu te plains d'être malheureux,
Tout comme si, dans l'humaine nature,
Ici-bas chaque créature
Ne devait pas *souffrir* un destin rigoureux.

2398.

Nous ignorons notre jeunesse,
Nous pestons contre l'âge-mûr,
Et nous n'aimons pas, à *coup-sûr*,
Les maux qui suivent la vieillesse.

2499.

On regarde souvent comme effet du hasard,
Ce qui réellement est fruit de la constance,
Du *travail*, de l'expérience,
Du raisonnement et de l'art.

2500.

A nos souhaits, à nos désirs rebelle,
La *jeunesse* paraît et disparaît soudain ;
Et ce qui doit causer un éternel chagrin,
C'est que bien vainement après on la rappelle.

2501.

Nul homme n'est immortel ici-bas ;
On compterait en vain sur ses gloires passées ;
Chaque jour, chaque instant avertit nos pensées
Qu'on ne peut *éviter* les rigueurs du trépas.

2502.

Ainsi qu'une ombre fugitive,
Le bonheur s'offre à nos regards surpris ;
Et quand hélas ! il nous arrive,
A *peine* en sentons-nous le prix.

2503.

Quels que soient les malheurs où le sort nous entraîne,
Si l'on nous voit, nous pensons souffrir moins :

Dans le plaisir, ainsi que dans la peine,
On aime à trouver des *témoins*.

2504.

La vie est si courte et si brève,
De nous est si proche sa fin,
Que nous devons jouir, avant qu'elle s'achève :
Qui sait *si nous serons* demain ?

2505.

Au fer est semblable la vie :
Il s'use ou bien se rompt alors que l'on s'en sert :
Ou de la rouille il est bientôt couvert,
Si nulle main de lui jamais ne s'est servie.

2506.

Recherchez le plaisir, évitez la douleur,
Nous dit le plus sage des sages (1) ;
Et sachez que le vrai bonheur
Est de vivre *en repos*, à l'abri des orages.

2507.

Je n'aime que le vrai, je déteste le feint ;
Aussi, philosophe émérite,
Je dis : Sénéque était un hypocrite,
Lorsqu'Epicure était *un saint*.

2508.

L'homme souffrant et misérable ;
Comme le remède à ses maux,
Doit désirer, s'il est *inconsolable*,
L'ombre paisible des tombeaux.

2509.

Deux façons d'être à nos yeux se présentent :
Pour vivre vieux, *tuez* le sentiment :
Pour mourir jeune, adorez constamment
Les passions qui toujours nous tourmentent.

2510.

Des douceurs de la liberté
Chacun jouit avec délice ;

(1) Epicure

Et nul *ne peut*, sans injustice,
Mettre un autre en captivité.

2511.

Mais au plus profond esclavage
La licence aussi nous conduit ;
Et la liberté qui s'enfuit,
Nous *laisse* sans force et courage.

2512.

C'est chose indigne que la peur :
Elle avilit et déshonore ;
Malheur à celui qui l'adore !
De *l'esclavage* elle est la sœur.

2513.

Celui qui de plusieurs en tous temps se fait craindre,
Qui n'inspira jamais que la peur et l'effroi,
Doit à son tour craindre *pour soi ;*
Et nul ne croit devoir le plaindre.

2514.

L'homme savant et studieux
Se construit une tombe en qui l'espoir réside ;
Et, semblable à la chrysalide,
Il doit *renaître* un jour brillant et glorieux.

2515.

Si j'en crois le poète Ovide,
La nuit, et l'amour, et le vin
Ne peuvent *inspirer* qu'un fort mauvais dessein,
Et jamais rien de très solide.

2516.

Pour bien juger un cœur rempli d'émotions
Il faut y découvrir les paroles tracées ;
Être *dans le secret* de toutes ses pensées,
De ses malheurs, de ses sensations.

2517.

L'amour, en commençant nous flatte, nous caresse ;
Tout en lui plaît, est séduisant ;

24

Mais c'est bientôt une flamme traîtresse ,
Qui nous *brûle* en nous dévorant.

2518.

Qu'elles sont douces les querelles ,
Et les embûches de l'amour !
Les amants *aiment* tour-à-tour
A voir rire et pleurer leurs belles.

2519.

On accuse parfois le vin
De ses fautes , de sa folie ; ·
S'il n'était pas muet , il prouverait soudain
Que c'est bien une calomnie.

2520.

Jamais dans tes discours ne te laisse emporter ;
Sois court , si tu désires plaire :
Celui qui ne sait pas se taire ,
Ne saura *jamais* bien parler.

2521.

Il est certaine circonstance ,
Ou la *rivalité* ne connaît point de lois :
Les amans ainsi que les rois
Ne souffrent point de concurrence.

2522.

Un mot dit une fois , souvent sans y penser ,
Et que l'on croit sans conséquence ,
Fait bien souvent plus de mal qu'on ne pense :
Mais il ne peut se *révoquer.*

2523.

D'après l'oracle de Dodone :
Si tu veux mettre tes secrets ,
A l'abri des gens indiscrets ,
Ne les *confie* à personne.

2524.

Ce n'est point seulement avec l'or et l'argent ,
Que l'on montre sa bienfaisance ,

Mais dans ce doux et tendre sentiment,
Qui nous fait *compâtir* aux maux de l'indigence (1).

2525.

Aisément d'un bienfait on perd *le souvenir;*
Vainement le cœur en murmure :
Mais on se souvient bien, sans en disconvenir,
Souvent de la plus faible injure.

2526.

Vers les héros les arts s'empressent d'accourir,
Et l'immortalité se loge dans un livre :
La muse empêche de mourir
L'homme vraiment *digne* de vivre.

2527.

Il est ingrat celui qui pour prix d'un bienfait,
Ou le dissimule ou le nie;
Ou qui s'en montre assez peu satisfait :
Mais le pire de tous est celui qui *l'oublie.*

2528.

La politesse, ou bien l'urbanité,
Que les Grecs nommaient atticisme;
Ne consiste jamais dans un étroit purisme;
Mais dans un ton léger, *gracieux*, sans fierté.

2529.

Qu'est-ce que le probabilisme ?
Suivant Pascal, c'est l'art des faux-fuyants,
Des arrière-pensers et des ménagements......
C'est en définitif le *pur* jésuitisme.

2530.

. . . .

2531.

Acquerez de grands biens, oui, je vous le concède ;
Mais tels que, le vaisseau dans les flots s'enfonçant .
On puisse les sauver, dans le même moment,
Avec celui qui les possède.

(1) A mes deux petites-filles Noemi et Nelly

2532.

Je n'ai point la peur de mourir :
Des hommes c'est la loi commune.
Je voudrais seulement que madame Fortune
Me tuât d'*un seul coup* , sans me faire souffrir.

2533.

De même que la médecine
Est pour guérir les maux du corps ;
C'est *la philosophie* et ses nombreux ressorts,
Qui donnent à l'esprit une force divine (1).

2534.

De l'illétré , de l'ignorant ,
Et dont l'esprit est sans culture ,
La vie est un fardeau pesant :
C'est *la mort* , c'est la sépulture.

2535.

Nous ne manquons jamais d'argent,
Pour payer les choses futiles ;
Mais, pour celles qui sont nécessaires , utiles ,
L'homme toujours se *prétend* indigent.

2536.

Si nous voulons vivre un jour dans l'histoire ,
D'une oisive paresse évitons les écarts ;
C'est l'honneur qui nourrit les arts ,
Et qui seul *conduit* à la gloire.

2537.

L'esprit jadis valait bien mieux que l'or ;
Il répandait sur tout son heureuse influence :
Mais aujourd'hui, voyez *la différence* ,
C'est le riche ignorant qui donne à tout l'essor.

2538.

Elle est toujours modeste la science ,
Fruit d'une sage instruction ;
Ce qui caractérise à mes yeux l'ignorance ,
C'est la *fatuité* , c'est la présomption.

(1) A M B..., ancien professeur de philosophie.

2539.

C'est le travail et l'industrie,
Qui de la gloire sont les meilleurs alimens :
Les artistes et les savans
Seront toujours l'*honneur* de leur patrie.

2540.

Les plaisirs de la vanité
Par trop cher jamais ne s'achètent;
Tandis que, bien souvent, les hommes ne rejettent,
Que ce qui semble avoir un but d'*utilité*.

2541.

Fi de ces gens injustes et coupables,
Qui, de l'honneur dédaignant les liens,
Prétendent que la *fin* rend toujours honorables,
Et justifie, en tous temps, les moyens (1) !

2542.

Rien n'est plus sot, rien n'est plus condamnable,
Que de ne juger de parfait,
De bon, d'utile et raisonnable,
Que ce que l'on *a dit*, que ce que l'on a fait.

2543.

Il est aussi glorieux, honorable,
Et tout homme de bien doit en être charmé,
D'être loué par un homme louable,
Que *blâmé* par celui qui de tous est blâmé.

2544.

. . . .

2545.

Celui qui trop librement use
D'un droit qu'il ne possède pas,
Assez fréquemment en *abuse*,
Et se jette dans l'embarras.

2546.

On ne connaît très souvent le mérite,
Des gens de bien et des savans,

(1) A M. T.

Que lorsque, de la mort fidèles desservants,
Ils ont *passé* les rives du Cocyte.

2547.

En poursuivant très souvent l'incertain,
Nous perdons la chose certaine ;
Il n'est rien cependant que toujours on n'obtienne,
Dans un temps *à venir* et plus ou moins lointain.

2548.

Un homme prévoyant et sage
Prend, dans tout, un juste milieu ;
De ses mérites parle peu ;
Mais il *agit* bien davantage.

2549.

Il n'appartient qu'à l'orgueilleux
De se louer, de se vanter lui-même ;
C'est être toutefois d'une sottise extrême,
Que de se *rabaisser* sans cesse à tous les yeux.

2550.

Un juste esprit d'union, de concorde,
Des plus petits objets quadruple la valeur ;
Tandis qu'un esprit querelleur
Amoindrit les plus grands, et sans miséricorde.

2551.

Qui demande craintivement,
Fournit *moyen* pour l'éconduire ;
Qui sollicite insolemment,
Ne connaît pas l'art de séduire.

2552.

Pour autrui soyons indulgens ;
Dans les hommes voyons des amis et des frères :
Mais pour nous seuls toujours durs et sévères,
Ne soyons *jamais* tolérants.

2553.

Le cœur humain est un profond abîme,
Dont l'intérêt souvent est l'unique levier ;

Le faible alors *en devient* la victime :
On ne tend point ses rêts pour prendre un épervier.

2554.

Attaque qui peut se défendre ;
Encore fais-le sagement :
Mais respecte d'un mort le dernier logement :
Ne prends point un poignard pour *agiter* sa cendre.

2555.

L'intérêt et la vanité
Sont les deux grands moteurs des hommes ;
Et dans le moment où nous sommes,
Plus que jamais c'est une vérité.

2556.

Le mal que l'on ressent est toujours sans mesure ;
Il n'en est de plus fort ni de plus douloureux.
L'*égoïsme* nous rend alors peu généreux,
Insensibles aux maux que le prochain endure.

2557.

La mort d'un grand, puissant et redouté,
Console l'indigent dans les maux qu'il endure ;
En lui *montrant* que la nature
Ne connaît que l'égalité.

2558.

Très aisément on déclare la guerre ;
Les rôles à chacun se trouvent départis :
Mais c'est bien aux dépens toujours *des deux partis,*
Qu'on voit se terminer l'affaire.

2559.

Toujours nous aspirons à ce qu'on nous défend ;
Et le fruit défendu nous charme davantage,
Que ceux qu'une nature et prévoyante et sage,
Avec profusion sur nos traces répand.

2560.

Ne sois point toujours à la piste,
Pour trouver des amis nombreux,

Qui viennent partager tes plaisirs et tes jeux :
Tu seras à la fois *moins* joyeux et moins triste.

2561.

La nature dit à chacun :
Cherche un ami, vis avec ton semblable,
Un malheur partagé devient plus supportable ;
On souffre *moins* quand on souffre en commun.

2562.

Le doute et l'incertitude
Causent une vive douleur ;
Et bien souvent un malheur
Donne *moins* d'inquiétude.

2563.

Vis pour toi, demeure avec toi,
Entreprends *peu*, sois toujours sage !
L'esquif léger doit se faire une loi
D'éviter les vents et l'orage.

2564.

Nous aimons tous notre prochain,
Et la chose est incontestable ;
Pourtant, nous préférons le voir très misérable,
Que si son mal *sur nous* devait tomber demain.

2565.

Pour un obstacle à tes yeux invincible,
Ne te dis pas aussitôt malheureux :
Si tu ne peux faire ce que tu veux,
Fais au moins la chose possible.

2566.

La fortune est un vrai fantôme d'or,
Que l'on poursuit à perdre haleine ;
Et qui, bien souvent, nous entraîne
Très loin de notre but, et *bien loin* d'un trésor.

2567.

. . . .

2568.

Tiens fidèlement ta promesse ;
Achève un bienfait commencé,
Et que, comme un contract passé,
Ta parole ne soit *jamais* fausse et traîtresse !

2569.

J'aimais, *jeune*, à faire ma cour ;
J'avais une gente maîtresse ;
Vieux, ce n'est plus la même ivresse :
L'amitié remplace l'amour.

2570.

Lorsque d'aimer notre cœur se hasarde,
L'amour, ce fripon, ce coquin,
Ce double et ce triple assassin,
Cruellement aussitôt *nous poignarde.*

2571.

Juge ! rentre au fond de ton cœur,
Avant de prononcer une rude sentence ;
Vois comme est belle la clémence !
Songe que tu n'es pas ici *l'accusateur.*

2572.

Telle est la loi de la nature :
En vain l'homme se croit un être sans pareil ;
Rien *de nouveau* sous le soleil ;
On le dit, et c'est chose sûre.

2573.

As-tu donc tant de loisir aujourd'hui,
Et pour toi n'as-tu rien à faire ?
Pour que sans que cela soit vraiment nécessaire,
Tu sois si soucieux *des affaires* d'autrui ?

2574.

Oui, la vieillesse à la vieillesse
Doit secours et protection :
Qui peut apprécier mieux sa position,
Que celui que la mort *poursuit* avec vitesse ?

2575.

J'augure peu de l'avenir
De celui qui toujours s'occupe de lui-même ;
Qui se fait le *centre* suprême
De tout ce qui peut survenir.

2576.

Heureux qui sait user des biens de la fortune !
Il y rencontrera la joie et le bonheur.
Que je plains l'homme riche , et pourtant sans valeur ,
Dont l'âme est à la fois orgueilleuse et *commune !*

2577.

Ce qu'on a commencé doit toujours s'achever ;
L'homme ne doit jamais dire : c'est impossible !
Il n'est chose si *difficile* ,
Qu'en cherchant bien on ne puisse trouver (1).

2578.

C'est très souvent une grande injustice ,
Que d'user d'un droit rigoureux ;
Et ce n'est pas parce que tu le *peux* ,
Que tu dois suivre un dangereux caprice.

2579.

Ce que nous faisons forcément ,
Contraints, sans goût , rend indocile ;
Et, quoique facile pourtant ,
Nous *semble* toujours difficile.

2580.

C'est par douceur, bons traitemens ,
Et par honte ou bien par caresse ,
Qu'on doit diriger la jeunesse ;
Et non par de durs châtimens.

2581.

Celui qui croit que la puissance
Se double par la force et par le châtiment ,
A *notre avis* , se trompe lourdement :
Bien plus que la rigueur vaut mieux la bienfaisance.

(1) A Mlles N. et N.-D. de B.

2582.

Un père doit beaucoup plus désirer
Que naturellement son fils soit bon et sage ;
Que si ces qualités étaient l'unique ouvrage
Des *craintes* qu'il aurait pris le soin d'inspirer.

2583.

C'est bien souvent un fort grand avantage ,
Que de fort peu priser et l'or et les honneurs,
On ne craint point alors les jalouses fureurs,
Et du destin l'*inconstance* et la rage.

2584.

Plus un homme est puissant , heureux ,
Plus il est riche et noble par lui-même ;
Plus il doit être et juste et généreux ,
S'il veut qu'on l'*estime* et qu'on l'aime.

2585.

L'homme souffrant et malheureux ,
Que poursuit sans relâche une injuste fortune ,
Contre le monde entier conserve une rancune ,
Qui *rend* son sort encor plus douloureux.

2586.

Aliénés , barbares que nous sommes !
Nous punissons de mort l'assassin, le voleur;
Et, tous, nous *célébrons* la gloire et la valeur
D'un roi qui , combattant, fait périr dix mille hommes.

2587.

Si, pour le plus léger bienfait ,
Nous éprouvons de la reconnaissance ,
Qui ne *bénit* le sort pour le bien qu'il lui fait ,
Au-delà de son espérance ?

2588.

Supporte ton mal doucement ,
Ne refais point ce que tu viens de faire ;
Sache réprimer ta colère :
Et tu vivras tranquillement.

2589.

Dirige ta barque toi-même ,
Si tu prétends arriver à bon port ;
Crains que d'autrui *la malice* suprême ,
De rocher en rocher ne te mène à la mort.

2590.

. . . .

2591.

Lorsqu'il prend pour conseil et pour guide suprême
Sa folle ambition , ses effrénés désirs ,
Sa colère insensée et tous ses déplaisirs ,
L'homme est bien le plus grand *ennemi* de lui-même.

2592.

Avant que d'accuser le prochain ou le sort
De tous les maux que le temps nous amène ;
Pour nous sortir d'embarras et de peine,
Faisons d'*abord* un grand effort !

2593.

Ce n'est pas sans raison que l'homme se mesure
Sur les talens , les qualités du cœur,
Et les biens qui *jamais* ne seront la pâture
Des destins en fureur.

2594.

Pour exprimer ses besoins, sa misère,
Chaque animal n'a qu'une voix ;
L'homme est *le seul* que de si dures lois
N'atteignent jamais sur la terre.

2595.

L'homme se plaint assez souvent
De maux légers , très supportables ;
Lorsqu'il *cache* soigneusement
Des souffrances intolérables.

2596.

Nous gémissons, lorsqu'un destin pervers
Nous jette , malgré nous , loin de notre patrie ,

De nos meilleurs amis , de la terre chérie....
Bien que citoyens *tous* de l'antique univers !

2597.

Privé des dons de la fortune ,
On est toujours un homme cependant ;
Mais dépourvu d'esprit et de talent ,
Des *brutes* on devient certes la plus commune.

2598.

Oui , de toutes les *pauvretés*
La plus honteuse et la plus misérable ,
Est celle de l'esprit et de ces qualités
Qui rendent un homme estimable.

2599.

Dans la société , je le dis à regrets ,
Véritables marionnettes ,
Il est des gens si sots , si bêtes ,
Qu'on *croirait* qu'ils le font exprès.

2600.

Le corps perd sa force avec l'âge ;
Il devient faible et languissant :
Mais la vieillesse assure l'avantage
D'un plus *juste* raisonnement.

2601.

Celui-là n'aime point sa femme ,
Qui chérit plus ses grâces , ses beautés ,
Que les heureuses *qualités*
Que l'on voit briller dans son âme.

2602.

La fortune n'a pas de juridiction
Sur les biens que l'âme procure ;
Ils sont , avec raison , au-dessus de l'injure
Du temps , des lois et de l'*abjection*.

2603.

. . . .

2604.

A la plus humble place, à la plus éphémère,
Nous avons vu parfois un magistrat
Donner du lustre et de l'éclat,
Par ses vertus, son noble caractère.

2605.

En tout, on doit considérer
L'effet, bien plutôt que les causes,
Que sert cet appareil, alors que tu m'exposes
Ce que je peux et je *dois* censurer?

2606.

Cherche si tu n'as point de vice,
Qui, pour être secret, n'en soit pas moins honteux,
Et dont il te faudrait faire le sacrifice,
Avant d'oser te dire vertueux.

2607.

Parmi les genres de noblesse,
La *vertu* tient le premier rang;
Elle vaut bien celle du sang,
Selon la raison, la sagesse.

2608.

L'homme privé des qualités du cœur,
Hélas! est bien à plaindre;
Il ne pourra jamais atteindre
La pure *source* du bonheur.

2609.

Sans d'un rare savoir affecter le langage,
Une femme prudente et d'un esprit rassis,
Doit faire à son époux préférer le logis,
Instruire ses enfants et *veiller* au ménage.

2610.

Il doit *outrepasser* toutes les voluptés,
De même que les chants séducteurs des sirènes,
Qui choisit les vertus pour dames souveraines,
Et renonce à jamais aux folles vanités.

2611.

La vérité , pour briller et paraître ,
N'a pas besoin d'un long raisonnement:
Deux ou trois mots énoncés *franchement*
Suffisent bien pour la faire connaître.

2612.

Rien n'est plus excellent ,
Que le savoir , que la science ;
A l'aimable vertu nons devons cependant
Toujours donner *la préférence.*

2613.

Il vaut bien mieux vaincre par des bienfaits ,
Les refus ou l'indifférence ;
Qu'au milieu des pleurs , *des regrets* ,
Par la force et par la puissance.

2614.

Non-seulement chez lui , dans ses habits ,
Le desservant de la philosophie
Doit du *luxe* éviter l'éclatante folie ,
Mais même en ses discours , comme dans ses écrits.

2615.

L'excellence surtout de la philosophie ,
C'est de guérir les vicieux ;
Et d'enseigner à l'homme vertueux ,
Comme on doit supporter *les malheurs* de la vie.'

2616.

La philosophie est vraiment
Celle qui nous donne la *vie ;*
Et qui , du calme et de la paix suivie ,
En écarte avec soin tout funeste penchant.

2617.

Oui , les sciences libérales
A la philosophie obéissent toujours ;
Humbles servantes dans leur cours ;
Elles ne sont jamais *fatales.*

2618.

Seulemeut est faite la loi
Pour l'ignorant et le vulgaire :
L'homme *savant* n'en a que faire ;
Il la trouve toujours en soi.

2619.

Chez le pauvre exilé le doux mot *d'amnistie*
Est comme du soleil les rayons bienfaisants :
Il fait naître l'espoir, le bonheur et la vie
Dans les cœurs affligés des femmes, des enfants (1).

2620.

On doit se secourir, s'entr'aider comme un frère ;
Pourtant on voit partout sourdre la pauvreté :
   « L'homme de bien dans la misère,
   « *Déshonore* l'humanité. »

2621.

De l'honnête homme *la parole*
Vaut autant et plus qu'un serment ;
Du fripon, de l'homme méchant
Que sert le plus long protocole ?

2622.

. . . .

2623.

De la douleur l'égoïsme farouche,
Et la crainte parfois d'une prochaine mort,
De l'âme la plus noble altèrent le ressort ;
   Et d'un *Titus* font un Cartouche.

2624.

Je ne vous dirai point tout ce qu'est le boudoir
   D'une jolie et très gentille dame ;
Mais c'est un arsenal où, chaque jour, on trame
Des *projets*, pour fixer les cœurs sous son pouvoir.

2625.

Le premier des devoirs qu'inspire la nature,
   C'est d'aider et de secourir,

(1) A Mme G

Les ennemis y sèment le chardon ,
Et les amis y *cultivent* les roses.

2396.

Elle vient sans beaucoup de bruit
La *mort*, à la marche assez lourde ;
C'est la fille aveugle et très sourde
Et du sommeil et de la nuit.

2397.

L'envie est compagne ordinaire
De la gloire et de la vertu ;
Mais, comme un vieil ormeau par le vent abattu ,
Leur *ombre* encor est utile à la terre.

2398.

. . . .

2399.

D'abord , avant que d'entreprendre ,
Très mûrement nous devons réfléchir ;
Mais d'un retard après l'homme doit s'affranchir ,
Et *besogner* sans plus attendre.

2400.

Sur le passé nous pouvons revenir ,
Examiner ses effets et sa cause ;
Mais de le corriger, d'en faire une *autre chose* ,
Nul être humain n'y saurait parvenir.

2401.

Dans tout état , dans toute circonstance ,
Le meilleur guide auquel on puisse recourir ,
Et qui toujours peut le mieux nous servir ,
C'est à coup-sûr l'*expérience*.

2402.

On rencontre parfois certains instituteurs ,
Qui placent leurs devoirs dans la méthode unique
D'enseigner le dessin , la danse et la musique ;
C'est comme un jardinier qui ne *veut* que des fleurs.

23

2403.

Sont tardives, vitupérables,
Les plaintes des gens paresseux,
Qui, s'ils sont pauvres, malheureux,
De leurs malheurs sont *seuls* coupables.

2404.

Méfions-nous de toute passion :
De l'amour comme de la haine,
De l'amitié, de la compassion :
De ce qui vers l'*injuste* enfin parfois nous mène.

2405.

Il est vraiment sage, celui
Qui se corrige avec prestesse ;
Et qui dans les fautes d'autrui
Trouve une *leçon* de sagesse.

2406.

Ne craignez pas de faire des sermens,
Disait le poète Tibulle :
L'amour est toujours *très crédule ;*
Et puis autant en emportent les vents.

2407.

Ernest, en vain tu te proposes
De faire pardonner certains manques d'égards ;
Encore si c'était quelques grossiers écarts...
Car on ne se souvient que des petites choses.

2408.

Le bonheur rarement accompagne un trésor ;
On le voit plus souvent au fond d'une chaumière :
« C'est avec la *monnaie* et non des lingots d'or,
« Que l'on se rend, dit-on, au marché d'ordinaire. »

2409.

Profitons d'un heureux destin ;
Et, sans compter sur la fortune absente,
Jouissons de l'*heure présente :*
Le jeune homme d'hier peut être vieux demain (1).

(1) A mon ami A. B. D. L.

2410.

Le printemps et l'été sont beaux, ne durent guère :
Songeons donc à l'hiver, à la rude saison ;
Et bâtissons d'avance une sûre maison.
Qui croit à l'*avenir,* bientôt se désespère !

2411.

Heureux qui, dans l'obscurité,
Jouit d'une modeste aisance ;
Et qui toujours avec prudence,
Se *plaît* où le sort l'a jeté !

2412.

Une âme est quelquefois tellement poursuivie
Par la fureur, l'inclémence du sort,
Que l'unique lien qui l'enchaîne à la vie,
Est le *pressentiment* d'une prochaine mort.

2413.

C'est vraiment un trait de folie,
Que de vouloir veiller aux affaires d'autrui,
Lorsque demain, et peut-être aujourd'hui,
- Notre *perte* sera tout-à-fait accomplie (1).

2414.

Tout ce qui peut blesser les arrêts du destin,
Quoique brillant *en apparence,*
Aura toujours mauvaise chance,
Et ne fait espérer qu'une fort triste fin.

2415.

C'est lorsqu'ils ne sont plus, ces puissants de la terre,
Qu'un cadavre soumis à l'éternel niveau,
Qu'on voit la vérité, rapide messagère,
Venir, *comme un remords,* s'asseoir sur leur tombeau.

2416.

Le cœur se tourmente et s'afflige,
Lorsque la mort menace un jeune enfant :
On éprouve à peu près le même sentiment,
Pour une fleur brisée et *mourant* sur sa tige.

(2) A M. S.

2417.

Il est plus d'une fin qu'on ne peut, sans faillir,
Outrepasser dans les choses humaines ;
Et qui nous sont des limites certaines,
Que, par *aucun motif*, nous ne devons franchir.

2418.

Dans mainte et mainte circonstance,
Il faut se hâter promptement ;
Car *le moindre* retardement
Est plus funeste qu'on ne pense.

2419.

Souvent un cœur trop ardent, envieux,
Voulant le mieux trouve le pire ;
Et, dans son aveugle délire,
Croyant prendre *le neuf* ne choisit que le vieux.

2420.

C'est vraiment une balourdise,
Que de tomber dans un piège connu,
Et qui loin d'être une surprise,
Depuis longtemps était prévu.

2421.

La tyrannie et la licence,
Sont deux maux qu'on ne peut souffrir ;
A peine de la vie est-ce alors l'apparence :
Ce n'est pas vivre, et c'est *deux fois* mourir.

2422.

Nous devons préférer l'utile à l'agréable ;
Puisque nous ne pouvons, malgré notre désir,
L'un et l'autre à la fois ensemble réunir.
Pourtant cela serait *tout-à-fait* délectable !

2423.

L'homme, dans ses goûts variés,
Veut tout savoir, et se perd dans la nue ;
Hélas ! lorsque sa *courte vue*
A peine lui permet de voir jusqu'à ses pieds.

2424.

On veut que l'homme à l'homme se confie ;
Mais la raison parle tout autrement,
Puisque l'homme instruit et prudent
De lui-même toujours sagement se défie.

2425.

Pourquoi serions-nous exempts ,
Du *mal* que nous faisons aux autres ?
De même aussi pourquoi ne deviendraient-ils pas nôtres,
Les biens que nous faisons aux pauvres indigents ?

2426.

Nous nous plaignons souvent d'un destin peu propice,
D'un sort toujours conjuré contre nous ;
Horace dit , avec plus de justice :
« L'événement est le maître des fous. »

2427.

Aux vices nous cédons par une fausse honte ;
Et c'est du cœur humain l'ordinaire défaut :
Le plus fort est celui qui toujours se surmonte ,
Et c'est de la vertu le *sommet* le plus haut.

2428.

La fortune est toujours riante et favorable
Aux hommes forts , hardis , audacieux ;
L'adversité n'est pas aussi moins honorable,
Lorsqu'on sait *se soumettre* au sort capricieux.

2429.

Selon des ignorans les nombreuses séquelles ,
Des langue*s mortes* sont le latin et le grec :
Mais , d'après un avis qui ne m'est pas suspect ,
Je soutiens que ce sont des *langues immortelles.*

2430.

C'est surtout dans l'adversité ,
Que *croissent* la vertu , la force :
Du courage il n'a que l'écorce ,
Celui qui cède trop à la nécessité.

2431.

La grandeur de l'effet se mesure à la cause :
L'étincelle au baril , la poudre éclatera ;
Mais sur un grand chemin qu'une torche on dépose,
Et , sans faire aucun mal , la flamme *s'éteindra*.

2432.

La fortune est toujours pleine de courtoisie
    Pour les braves, les courageux ;
  Mais à l'égard des lâches, des peureux,
    Elle n'a point de sympathie.

2433.

Au plus lâche souvent , à l'homme sans vigueur,
Un péril évident donne force et courage ;
Et *momentanément* lui donne l'avantage,
Sur un guerrier connu par sa rare valeur.

2434.

Il est des vérités que l'on a peine à croire :
    Aujourd'hui l'or prime tous les talents;
L'hôtel de la *monnaie* est , pour beaucoup de gens ,
    L'unique temple de la gloire.

2435.

    Si tu n'entreprends jamais rien ,
Dans la société qu'espères-tu donc être ?
    Pour te montrer et pour paraître,
Agis , mais fuis le mal et recherche le bien (1)!

2436.

De ce brillant soleil qui réchauffe le monde ,
    Il vaudrait mieux nous ôter la moitié,
Que nous *priver* de la chaleur féconde
    De la douce et sainte amitié (2).

2437.

    La chose la plus désirable ,
    C'est un ami tendre et discret ,
    Qui sache garder un secret ,
Et toujours nous prêter un *appui* secourable.

(1) Au jeune A. D. N.
(2) A mon ami G. P.

2438.

Lorsque l'on voit la bonne volonté ,
Et l'ardent désir de bien faire ,
Quoique parfois le destin soit contraire ;
On n'applaudit pas moins au bien qu'on a *tenté*.

2439.

Je vois , en consultant l'histoire
Et tous ses nombreux documents ,
Qu'en France , c'est le *provisoire*
Qui dure encor le plus longtemps.

2440.

Les amitiés toujours sont désintéressées ,
Pleines de bon vouloir , comme de loyauté :
« L'amitié , c'est l'*égalité*
« Des cœurs et des pensées. »

2441.

On peut , dans la prospérité ,
Rencontrer des amis et loyaux et sincères ;
Mais c'est, quand les destins à nos vœux sont contraires,
Qu'on voit , *dans tout son jour* , briller la vérité (1).

2442.

Non , rien n'est plus inique , et je dis plus blâmable ,
Qu'un ami trop tardif à nous faire plaisir ;
Ou qui jamais ne trouve un instant de loisir ,
Pour *obliger* un ami véritable.

2443.

Non l'amitié n'est pas en tout semblable aux fleurs ,
Qui plaisent d'autant plus qu'elles sont plus récentes ,
Plus fraîches et plus odorantes :
La plus *vieille* toujours charme le plus nos cœurs.

2444.

Est à l'abri des coups de la fortune ,
Tout ce que nous donnons à la sainte amitié :
Et c'est en quelque sorte en garder *la moitié* ,
Pour le temps où le sort peut nous garder rancune.

(1) A mon ami le D G.

2445.

Jeune fille , tu peux , selon ta volonté ,
Tourmenter ton amant , contre lui faire rage ;
Il pourra t'en aimer peut-être davantage ;
Blesse même son cœur , mais non *sa vanité.*

2446.

Si d'avoir peu d'amis la chose est nécessaire ,
N'en avoir point du tout est un très grand malheur :
Un soleil trop ardent brûle une jeune fleur ,
Lorsqu'un *jour doux* lui devient salutaire.

2447.

Plus d'une fillette , entre nous ,
N'épouse pas celui qu'elle aime :
Mais , de très bonne foi , dans sa douleur extrême ,
Elle fait mille efforts *pour aimer* son époux.

2448.

Ce n'est pas sans dangers et sans péripétie ,
Que l'on désire impartialement
Juger de deux amis l'antique différend :
C'est *se brouiller* avec l'une ou l'autre partie.

2449.

L'homme poursuit avec ardeur
Une perfection qui n'est qu'une chimère ;
Car ici-bas , pourquoi le taire ?
Rien n'est *complet* que le malheur.

2450.

C'est un grand revenu que sage *économie !*
Il est heureux et riche grandement,
L'homme sobre qui vit économiquement ,
Et dont le cœur jamais ne connut l'infamie.

2451.

De l'infâme Néron on montre le tombeau ;
Et, depuis deux mille ans , on l'a vu disparaître ;
Mais *déjà* l'on ignore où sont , où peuvent être
Ceux de Voltaire et de Rousseau.

2452.

Le grand-maître des arts et de toute industrie ,
Dit Perse , c'est la *pauvreté* :
Par elle l'homme est excité ,
Et devient bien souvent l'honneur de sa patrie.

2453.

Ce n'est point dans un monde indigent , importun ,
Que les cœurs peuvent bien s'entendre ;
L'amitié n'aime pas par trop à se répandre :
Avoir beaucoup d'amis c'est n'en avoir *aucun*.

2454.

Qu'il meure dans la servitude ,
Celui qui ne sait pas souffrir la pauvreté ;
Et qui honteusement donne sa liberté ,
Pour *un peu* de béatitude !

2455.

Si sur ces beaux messieurs je promène un regard ,
Je m'aperçois aisément et sans peine ,
Que , semblables au chien dont parle Lafontaine ,
Du dîner de leur maître ils ont *tous* pris leur part (1).

2456.

Sur tout domine la fortune ;
Elle donne la gloire et la célébrité ;
Mais elle est sans puissance aucune
Sur l'honneur et la probité.

2457.

Homme , ramasse , prends , possède ,
Avec beaucoup de peine accumule du bien ;
Un jour viendra la *mort* , à qui tout cède ;
Elle ne te laissera rien.

2458.

L'amour de l'or , passion méprisable ,
De tous les crimes l'inventeur ,
Fait braver les flots en fureur ,
Et les assauts d'une mort effroyable.

(1) Fable 7 , livre 9.

2459.

La richesse de l'homme fort,
Que de l'humanité le pur amour enflamme,
Est dans son cœur et dans son âme,
Et *non pas* dans son coffre fort.

2460.

Du désir d'augmenter ses biens et sa fortune,
L'homme riche n'est pas seulement tourmenté ;
Mais il tremble toujours qu'une main importune
Ne le prive du fruit de sa *rapacité*.

2461.

Le savant, privé d'or, vit au sein des détresses ;
Des gens heureux il est abandonné :
Tout, hélas ! est subordonné
A *l'excellence* des richesses.

2462.

Où l'on peut rencontrer les superfluités,
Là se trouvent aussi l'amour de la richesse,
La *convoitise*, la paresse,
Et les vices honteux par le luxe inventés.

2463.

De l'avare le supplice,
C'est uniquement l'argent ;
Et des défauts le plus grand,
Lui-même se fait *justice*.

2464.

L'homme content de ce qu'il a,
Qui fait le bien sans orgueil, sans bassesse,
Et qui jamais au sort n'en appela,
Possède *le bonheur*, possède la richesse (1).

2465.

Rien ne s'obtient sans soins et sans difficulté ;
Il en faut pour finir la plus faible entreprise :
On ne va point à *l'immortalité*,
Par la paresse et la fainéantise.

(1) A Mme. F. L

2466.

Ceux qui dorment très volontiers,
Ou qui passent gaîment leur vie
Sans soucis, sans soins, sans envie,
Ne suivent pas toujours le meilleur des sentiers.

2467.

Et le travail et l'exercice
Sont les pères de la santé,
De l'honneur, de la probité;
Et de tout ce qui peut être le plus propice.

2468.

Le repos est le condiment
Du travail le plus rude et le moins supportable;
Et le destin juste, équitable,
Récompense toujours un homme *diligent*.

2469.

L'attente du repos rend bien plus tolérables
Les plus ardus, les plus rudes travaux;
De même les succès sont bien plus *honorables*,
Lorsque l'on a vaincu de plus nobles rivaux.

2470, 2471 et 2472.

. . . .

2473.

La gloire est toujours l'*égoïsme*
Des grands cœurs, des cœurs courageux;
Comme l'espoir d'être toujours heureux,
Sur les sots très souvent étend son despotisme.

2474.

Ce que l'on fait avec regret,
Semble toujours très difficile;
De même on est toujours *docile*,
Et prêt à faire ce qui plaît.

2475.

Celui-là doit tenir à l'existence,
Qui n'eut jamais à se plaindre du sort;

Mais c'est *avec plaisir* qu'il voit venir la mort ,
Celui qui ne connut jamais que la souffrance.

2476.

La douleur et la volupté
Se redoutent comme la peste ;
Mais quand l'une s'enfuit , la première *nous reste ,*
Et souille tout de son souffle empesté.

2477.

Il n'est chose si difficile ,
Qu'en bien cherchant on ne puisse trouver ;
De même , en commençant , l'homme le plus habile
Sent que, bien malgré lui , *la peur* vient le troubler.

2478.

La fortune nous peut enlever la richesse ,
Mais celle de l'âme jamais ;
Et si nous la voyons opprimer la paresse ,
Sur le fort , en tout temps , elle *émousse* ses traits.

2479.

Si tu veux éviter la douleur importune ;
A l'abri des coups du destin ,
Apprends à *voir* d'un œil serein ,
L'une ou l'autre fortune.

2480.

Nous accusons le sort jaloux ,
De notre fortune contraire ;
Lorsque souvent notre misère ,
Au fond , *ne dépend* que de nous.

2481.

Quand la fortune nous caresse ,
Qu'elle cède à tous nos désirs ,
C'est alors qu'il nous faut craindre des déplaisirs :
La fortune est une *traîtresse !*

2482.

C'est au moment de la prospérité ,
Qu'un homme doit être modeste ;

Car *bien du temps* encor lui reste ,
Pour amener l'adversité.

2483.

La probité , l'honneur et la justice,
Le noble cœur de l'homme fort ,
Sont *bien au-dessus* du caprice
Et des injustices du sort.

2484.

Tout en usant des biens de la fortune ,
Défions-nous de sa mobilité ;
Et disons-nous toujours : sa faveur importune
Trompera tôt ou tard notre crédulité.

2485.

Cette volage et folâtre fortune ,
Que nul ne peut arrêter un instant ,
Et qui rit de nos vœux , de notre emportement ,
Est déloyale *à tous* , à tous est importune.

2486.

La fortune est aveugle et n'y voit nullement ;
La chose est très facile à croire ;
Mais le sûr ici de l'histoire ,
C'est que *tous* ses sujets sont dans l'aveuglement.

2487.

Chacun est l'ouvrier de sa propre fortune ;
Mais l'orgueil bien souvent en ternit la clarté.
Béni soit le cœur simple et plein de loyauté ,
Qui n'est heureux qu'autant que sa joie est *commune!*

2488.

Nous jugeons un homme excellent ,
Selon que *bien ou mal* il se sert des richesses ;
Et qu'il sait faire ses largesses
Avec plus de discernement.

2489.

Nous ne savons vraiment où nous en sommes !
On brise du savoir les plus sûrs fondements :

Les sciences font bien des hommes très savants ;
Mais des lettres la gloire est de faire des hommes.

2490.

Heureux qui sait *modérément* user
  Des biens que le sort lui dispense !
  Mais le malheur sera la récompense
De celui qui ne sut jamais qu'en abuser.

2491.

Des femmes, par vertu, bien plutôt par malice,
Se couvrent à l'envi d'un manteau décevant ;
Pour donner plus de charme, aussi plus de piquant
  Aux tendres *abandons* du vice.

2492.

  La fortune donne à plusieurs,
  Au-delà de toute espérance ;
  Et cependant nul n'a sa suffisance,
  Et ne cesse jamais d'implorer ses faveurs.

2493.

  Profite de l'heure présente,
  Ne la laisse pas s'échapper ;
Si tu laisses s'enfuir la fortune inconstante,
  N'espère *plus* la rattraper.

2494.

  Plus notre sort fut heureux et prospère,
  Plus nous souffrons quand vient l'adversité ;
Qu'il en est qui du sein de la prospérité,
Tombent *pourtant* au fond d'une horrible misère !

2495.

  La fortune bien plus souvent,
  Se trouve sur notre passage,
  Qu'on n'obtient le rare avantage
  De la *retenir* en courant.

2496.

Fortune, à son plaisir et folle fantaisie,
Accorde ses faveurs parfois injustement ;

Et toujours par l'effet d'un subit mouvement ,
Use envers *qui lui plaît* d'aigreur, de courtoisie.

2497.

Tu te plains d'être malheureux ,
Tout comme si , dans l'humaine nature ,
Ici-bas chaque créature
Ne devait pas *souffrir* un destin rigoureux.

2398.

Nous ignorons notre jeunesse ,
Nous pestons contre l'âge-mûr ,
Et nous n'aimons pas , à *coup-sûr* ,
Les maux qui suivent la vieillesse.

2499.

On regarde souvent comme effet du hasard ,
Ce qui réellement est fruit de la constance ,
Du *travail* , de l'expérience ,
Du raisonnement et de l'art.

2500.

A nos souhaits , à nos désirs rebelle ,
La *jeunesse* paraît et disparaît soudain ;
Et ce qui doit causer un éternel chagrin ,
C'est que bien vainement après on la rappelle.

2501.

Nul homme n'est immortel ici-bas ;
On compterait en vain sur ses gloires passées ;
Chaque jour , chaque instant avertit nos pensées
Qu'on ne peut *éviter* les rigueurs du trépas.

2502.

Ainsi qu'une ombre fugitive ,
Le bonheur s'offre à nos regards surpris ;
Et quand hélas ! il nous arrive ,
A *peine* en sentons-nous le prix.

2503.

Quels que soient les malheurs où le sort nous entraîne ,
Si l'on nous voit , nous pensons souffrir moins :

Dans le plaisir , ainsi que dans la peine ,
On aime à trouver des *témoins.*

2504.

La vie est si courte et si brève ,
De nous est si proche sa fin ,
Que nous devons jouir , avant qu'elle s'achève :
Qui sait *si nous serons* demain ?

2505.

Au fer est semblable la vie :
Il s'use ou bien se rompt alors que l'on s'en sert :
Ou de la rouille il est bientôt couvert ,
Si nulle main de lui jamais ne s'est servie.

2506.

Recherchez le plaisir , évitez la douleur ,
Nous dit le plus sage des sages (1) ;
Et sachez que le vrai bonheur
Est de vivre *en repos* , à l'abri des orages.

2507.

Je n'aime que le vrai , je déteste le feint ;
Aussi , philosophe émérite ,
Je dis : Sénèque était un hypocrite ,
Lorsqu'Epicure était *un saint.*

2508.

L'homme souffrant et misérable ;
Comme le remède à ses maux ,
Doit désirer , s'il est *inconsolable* ,
L'ombre paisible des tombeaux.

2509.

Deux façons d'être à nos yeux se présentent :
Pour vivre vieux , *tuez* le sentiment :
Pour mourir jeune , adorez constamment
Les passious qui toujours nous tourmentent.

2510.

Des douceurs de la liberté
Chacun jouit avec délice ;

(1) Epicure

2739.

La fortune capricieuse,
Quelquefois du méchant favorise les vœux ;
Mais vous ne trouverez les arts industrieux
Que dans une âme généreuse.

2740.

Que penser de tel orateur,
Qui lui-même est connu coupable,
Du crime affreux, abominable,
Dont il se montre le *censeur* ?

2741.

Il n'est point de malheur qu'avec la *prévoyance*
On ne puisse éviter plus ou moins aisément ;
Au contraire, toujours un homme imprévoyant
De les tous éprouver court sans cesse la chance.

2742.

Malheur au lâche, au paresseux,
Qui, voyant gronder sur sa tête
Les ouragans et la tempête,
Attend tout du secours des dieux !

2743.

Qui n'eut compassion, ni pitié de personne ;
Qui vit souffrir autrui sans douleurs, sans regrets,
Ne doit point espérer qu'un jour on lui *pardonne*,
S'il commet, à son tour, quelques honteux méfaits.

2744.

L'homme opulent est plein d'audace ;
L'orgueilleux parle hautement ;
Un homme sans pudeur se montre violent,
Et *modeste* est celui qu'afflige une disgrâce.

26

2745.

Le bonheur de l'homme méchant
Peut, un instant nous dérober ses vices ;
Mais, lorsque, du destin éprouvant les caprices,
Il *tombe*, son forfait en est plus apparent.

2746.

Tout, par une route secrète,
Marche dans ce vaste univers ;
Tantôt droit, tantôt de travers :
Et la raison reste *muette*.

2747.

Un homme riche et toujours fortuné,
Est plus sensible à la souffrance,
Que le pauvre plongé dans l'extrême indigence,
Qui toujours à *souffrir* pense être destiné.

2748.

Lise est coquette, insensible et légère,
Et ne veut point, dit-elle, nous charmer ;
Pourtant lorsque l'on cherche à plaire,
On *prouve* que l'on veut aimer (1).

2749.

Lise de grand matin s'éveille,
Et va se promener dans le bosquet voisin ;
Par le même sentier j'ai vu passer Colin :
Savez-vous pourquoi Lise a *la puce* à l'oreille ?

2750.

L'amour est éloquent, soutenu des neuf sœurs !
Les vers ont une grâce à nulle autre pareille,
Qui charme, qui séduit et l'esprit et l'oreille,
Et qui donne aux *discours* de célestes douceurs.

(1) A Mlle....

2751.

Si vous voulez, jeunesse, être *toujours* aimée,
Que l'application devienne votre enjeu ;
Et que de la fumée il jaillisse du feu,
    Et non du feu de la fumée.

2752.

Il est certains instants où l'on se sent mourir ;
Où pour vivre on abdique, on rejette la vie :
L'âme, dans ces instants, est si fort *asservie*,
Qu'elle est sans espérance et même sans désir.

2753.

. . . .

2754.

La femme qu'on chérit d'une bien vive ardeur,
Obtient parfois sur nous un si puissant empire,
Qu'elle guérit nos maux d'un regard, d'un sourire ;
Et qu'un *pli* de son front nous déchire le cœur (1).

2755.

J'eus, dans ma longue et dangereuse course,
Autant à me louer qu'à me plaindre du sort :
Mais un fleuve ne peut remonter vers sa source ;
Et mon âge me dit qu'il faut *virer* de bord.

2756.

On voit parfois des gens qui, sans aucun scrupule,
Bravent les lois, les mœurs et tous les sentiments ;
Mais on n'en trouve point d'assez indépendants,
    Pour ne pas craindre un *ridicule*.

2757.

Dans son code, Solon, l'ennemi des abus,
Nous dit, c'est de ses lois peut-être la meilleure :
    « Des morts respectez la demeure ;
    « *Honneur* à ceux qui ne sont plus ! »

(1) A Mlle M. A. M.

ÉPILOGUE

A des Anonymes intéressés.

Dans mon riant séjour , j'ai vu grandir et naître
Mes trois adorables enfants ;
A leur bonheur , à leur bien-être
J'ai consacré dès lors tout mes instants :
Bien vainement l'obscure jalousie
Veut troubler ma félicité ,
Et verser son venin sur la fin de ma vie :
Je ris de sa méchanceté.

FIN.

Niort, Imp Gillet